7 delen

D1391848

0

LAUREN CONRAD

The Fame Game

BOEKEN VAN LAUREN CONRAD

L.A. Candy

Sweet Little Lies
DEEL 2 UIT DE L.A. CANDY-TRILOGIE

Sugar & Spice
DEEL 3 UIT DE L.A. CANDY-TRILOGIE

Style

LAUREN CONRAD

The Fame Game

Blossom Books

Voor Adam Divello, die me uit de anonimiteit heeft geplukt en me een carrière heeft gegeven waarvan ik alleen maar had kunnen dromen. Bedankt voor elke kans die je me gegeven hebt en voor het beste videodagboek dat je je maar kunt wensen.

Verwijzingen naar bestaande mensen, gebeurtenissen, etablissementen, organisaties of locaties zijn fictief gebruikt en slechts bedoeld om een authentieke sfeer op te roepen. Alle andere personages, gebeurtenissen en dialogen vloeien voort uit de verbeelding van de auteur en dienen niet gezien te worden als de realiteit.

NUR 285/GGP011205
©MMXII Nederlandse editie: Blossom Books
©MMXII Lauren Conrad
First published by HarperCollins Children's Books, an imprint of HarperCollins Publishers
Oorspronkelijke titel: *The Fame Game*
Nederlandse vertaling: Carolien Metaal
Omslagontwerp: Design Team Kluitman
Opmaak binnenwerk: Studio L.E.O.
Alle rechten voorbehouden, inclusief het recht van reproductie in zijn geheel of in gedeelten, in welke vorm dan ook.

Blossom Books is een imprint van Uitgeverij Kluitman Alkmaar B.V.
blossombooks.nl

Lieve Madison,

Je hoort dit vast de hele tijd, maar ik ben je grootste fan. Ik heb elke aflevering van *Madisons Makeovers* tien keer gezien. Ik had niet gedacht dat je Tanya ooit zover zou krijgen om dat haar te knippen en die tanden onder handen te laten nemen, maar het is je gelukt – en ze zag er geweldig uit! En je had groot gelijk wat betreft dat meisje uit Idaho. Een spijkerrok tot op de knie met gymschoenen eronder staat niemand, en zeker niet iemand met *cankles*– haha.

Je was ook mijn lieveling in *L.A. Candy*. Ik bedoel: je bent wie je bent en dat heb je laten zien! Vooral toen je verleden werd onthuld. Jane is een soort ster van de show geworden, maar dat had jij moeten zijn. Meisjes als Jane krijgen alles in hun schoot geworpen. Hoe eerlijk is dat?

Heb je al met Sophia gepraat? Ze is natuurlijk je kleine zusje en je houdt van haar, maar mag ik even zeggen dat ze wel heel erg ondankbaar is? Het was zo gemeen van haar om jou op die manier te kakken te zetten. Ik weet dat je dol bent op je fans, en je zou ons uiteindelijk heus wel alles verteld hebben.

Het is zo waanzinnig wat je voor elkaar hebt gekregen. Als kind had je helemaal niets en nu heb je alles! Je had een droom en je ging ervoor. Als ik iemand als jou zie – iemand die alles voor elkaar krijgt door hard te werken en moedig te zijn en gewoon elke kans te grijpen die zich voordoet – dan heb ik het gevoel dat ik dat misschien ook wel kan. Snap je? Je bent echt een inspiratiebron voor me geweest. Dus hartstikke bedankt. Ik ben gek op je. Echt, je bent mijn idool!

Mijn beste vriendin Emma vertelde dat ze gehoord had dat je een rol krijgt in een nieuw programma van PopTV. Is dat waar? Ik hoop het!!! Schrijf me alsjeblieft terug en stuur alsjeblieft een foto met handtekening mee!

Dikke kus!!!!!

Becca B.

Ontzettend bedankt voor je brief. Zonder jou en mijn miljoenen andere fans zou ik niet zo van mijn geweldige leven genieten. En bedankt voor het kijken naar *Madisons Makeovers*! Ik heb echt het gevoel dat ik bij elke make-over iets goeds doe. Elk meisje verdient een beetje schoonheid, vind je niet?

Niemand is erop voorbereid om door haar zusje verraden te worden (zeker niet op tv), maar Sophie was erg diep gezonken. Ik ben gewoon zo blij dat ik haar ontwenningskliniek heb kunnen betalen en dat zij en ik elkaar nog hebben. Bedankt dat je door dik en dun achter me bent blijven staan en dat je begrijpt dat ik mijn verleden verborgen heb gehouden.

Wat betreft dat nieuwe programma: ik mag eigenlijk niets zeggen, maar aangezien jij een van mijn grootste fans bent... Ja, er wordt gewerkt aan een nieuwe show en ja, natuurlijk ben ik de ster.

Ik hoop dat je bijgaande foto leuk vindt. Ik vind het een van mijn beste. En vergeet niet me te volgen op Twitter: @MissMadParker.

Liefs,
Madison

PS: Geef je dromen nooit op en verwacht nooit dat iets je in de schoot geworpen wordt. Ik heb dat ook niet gedaan... en moet je me nu zien!

1

EEN STAPJE VOORUIT

adison Parker had geregeld dat Trevor Lord dit keer naar háár toe kwam. Als hij haar echt zo graag voor zijn nieuwe programma wilde, wat stelde dat korte ritje over Sunset Boulevard dan voor? Trouwens, hij had net een nieuwe flitsende sportwagen aan zijn verzameling toegevoegd – kon hij die mooi eens gebruiken.

'*The Fame Game* heeft je nodig, Madison.' Trevor hield zijn blik gespannen op haar perfect opgemaakte gezicht gericht, terwijl hij zich vooroverboog op zijn stoel. 'PopTV wil nog een kijkcijferkanon. En jij en ik weten hoe we dat voor elkaar kunnen krijgen.' Hij zei het zacht, op een bijna samenzweerderige toon.

Madison nam een slokje van haar kokoswater. Ze had al tegen Nick, haar agent, verteld dat ze ja zou gaan zeggen – een nieuw televisieprogramma betekende meer aandacht voor haar in tijdschriften en meer sponsorcontracten – maar ze vond gewoon dat Trevor er iets voor moest doen. Hij wist niet dat *Madisons Makeovers* geen tweede seizoen zou krijgen – niemand wist dat nog – en dat ging ze hem ook echt niet vertellen. De kijkcijfers waren naar de maatstaven van PopTV tenslotte heel redelijk geweest. Waarom zouden Trevor Lord, de exclusieve producent van *L.A. Candy*, en zijn assistent (ook wel bekend als 'slaafje') Dana anders hier in Soho House zijn (dat Madison had uitgekozen omdat het zo dicht bij haar appartement lag en vanwege hun gruwelijk lekkere salade met geroosterde tonijn, maar ook omdat ze haar privileges als lid zo veel mogelijk wilde uitbuiten) dan om haar bij de concurrent weg te lokken? Trouwens, op deze manier kon ze ervoor zorgen dat haar persagent 'uit betrouwbare bron' zou laten uitlekken dat Madison, en niet de televisiemaatschappij, had besloten te stoppen met *Madisons Makeovers*, om in plaats daarvan *The Fame Game* te gaan maken.

Trevor negeerde de heen en weer drentelende ober, die probeerde te besluiten of hij de koffiekop van de producent al dan niet zou bijvullen. '*Madisons Makeovers* is een geweldig programma, maar het gaat niet om jou. Ben je het niet zat om mensen te vertellen dat ze wel een knipbeurt kunnen gebruiken en tien kilo moeten afvallen? Ik bedoel, dat kunnen ze elke maand lezen in *Self*.' Eindelijk keek Trevor op naar de ober, maar alleen om hem weg te wuiven. 'Jouw talenten komen daar niet uit de verf, Madison,' zei hij.

Madison trok een zorgvuldig geëpileerde wenkbrauw op. 'Wauw, Trev, jij weet echt hoe je een meisje moet paaien.'

Hij vertoonde iets wat in de verte op een glimlach leek. 'Je weet best wat ik bedoel.'

Madison wendde zich tot Dana, die zoals gebruikelijk een supergespannen indruk maakte. Er zaten blauwige wallen onder haar ogen en haar haar zag er droger uit dan een hoop herfstbladeren. Als íémand een make-over van Madison kon gebruiken...! Ze vormde een schril contrast met Trevor, die er altijd moeiteloos evenwichtig en stralend uitzag, alsof iemand hem met een polijstschijf bewerkt had.

Dana lachte niet naar haar en Madison draaide zich weer naar Trevor. 'Ik denk niet dat ik begrijp wat je bedoelt,' zei ze. 'Waarom leg je het niet even uit?' Nu kwam het leukste onderdeel: ingepakt worden. En als iemand wist hoe je een meisje het gevoel moest geven dat ze het meest spectaculaire exemplaar was dat ooit op deze aardbol had rondgelopen, dan was het Trevor wel. Helaas kon hij dat net zo snel weer terugnemen. Dus Madison ging dit moment zo lang mogelijk rekken. En er met volle teugen van genieten.

'Jij bent dol op drama. Je vindt het heerlijk om in het middelpunt van de belangstelling te staan. Alle ogen moeten op jou gericht zijn, Madison Parker.' Hij leunde achterover en sloeg zijn armen voor zijn brede borst over elkaar.

Madison snoof, ze was niet onder de indruk. Kon Trevor niet met wat beters komen dan dit, om vervolgens te doen alsof hij een of andere briljante ontdekking had gedaan? O, wat vond hij zichzelf toch slim!

Toegegeven: tijdens het filmen van *L.A. Candy* had Madison Trevor nodig gehad. Hij was degene die de touwtjes in handen had: hij koos de verhaallijnen, hij besloot wie het meest in beeld kwam. Maar nu? Trevor had háár nodig. Madison had van Nick gehoord dat PopTV zonder haar niet het groene licht zou geven voor *The Fame Game*.

Madisons blik dwaalde naar de andere kant van het restaurant. Ze keek alsof ze verdiept was in het uitzicht (de primaire kleuren van het Pacific Design Center, die nogal opvielen tussen de omringende witte gebouwen en groene bomen) en verplaatste haar blauwe ogen toen met een ruk weer naar Trevor. 'Ben ik de ster?'

'Altijd,' zei Trevor met een grijns. 'Je fans willen je zien.'

Madison kon een kleine glimlach niet onderdrukken. Natúúrlijk wilden haar fans haar zien. Zij had in *L.A. Candy* immers twee seizoenen lang haar leven, haar ambities en zelfs haar pijnlijke, voormalig geheime verleden met hen gedeeld. In eerste instantie was Madison woedend op haar zus geweest – bijna moordzuchtig zelfs – vanwege het onthullen van haar woonwagenverleden, dat ze uit alle macht verborgen had gehouden. Maar toen de massale media-aandacht eenmaal overgewaaid was, realiseerde ze zich dat haar duistere verleden haar alleen maar populairder had gemaakt. Ze had het Sophie (of Sophia, zoals ze nu per se genoemd wilde worden) nog niet bepaald vergeven, maar ze wilde ook niet meer meteen haar keel dichtknijpen zodra ze haar zag.

'Het wordt net zoiets als *L.A. Candy*,' vervolgde Trevor. 'Jij en nog een paar andere meisjes.'

Hij zei het alsof het er nauwelijks toe deed, maar Madisons haren gingen meteen recht overeind staan. 'Wat voor andere meisjes?' vroeg ze kil.

Ze begreep dat het bij dit soort programma's zo ging – de producenten brachten een groepje zogenaamde vriendinnen bij elkaar, of een gestoord, slecht functionerend gezin, of een stelletje waanzinnige collega's in een bizarre kapsalon/bouwput/tatoeageshop – maar zij was niet van plan weer de spotlights met iemand te delen. Dat had ze al in *L.A. Candy* gedaan. Nu was het tijd dat Madison Parker de hoofdrol ging spelen. Nu was het haar beurt om te schitteren.

Trevor haalde onverschillig zijn schouders op. 'PopTV wil graag vasthouden aan het format van vier meisjes die op het punt staan om door te breken.'

'O, Trev,' zei Madison zuchtend, alsof ze het tegen een kind had dat ze met geen mogelijkheid iets aan het verstand kon brengen. 'Ik ben al doorgebroken. Ik sta niet meer 'op het punt'.'

Trevor en Dana wisselden een blik die Madison niet kon ontcijferen en ze voelde een vervelende steek van angst. Misschien waren ze toch op de hoogte van haar besluit om te stoppen met *Madisons Makeovers*. Hoewel ze het verschrikkelijk vond om toe te geven, wist Madison dat Trevor gelijk had: ze was niet doorgebroken, nog niet. Telkens als ze een stapje vooruit deed, was er wel iets wat haar meteen weer terugduwde. Hoe had zij nou kunnen weten dat het onschuldig ogende meisje uit Walnut Creek allergisch was voor botox? (Maar allerminst voor rechtszaken? En dat als iemand een rechtszaak aanspande tegen het programma, meteen ook Madisons productiebedrijf voor de rechter gedaagd werd?) En hoe had zij moeten weten dat de trainer, die voor het programma was ingehuurd, getrouwd was? Hij droeg geen ring en hij had het met geen woord over zijn vrouw gehad toen hij zich met Madison opsloot in het vliegtuigtoilet. Tot nu toe waren ze erin geslaagd deze dingen stil te houden, maar verschillende kwade hoge bazen hadden blijkbaar besloten dat ze het zich niet konden veroorloven door te gaan met het programma.

'O, je staat wel degelijk 'op het punt',' zei Trevor. 'Het punt om door te stoten naar het volgende niveau.'

Daar heb je je mooi onderuit geluld, dacht Madison. 'En de andere drie meisjes?' vroeg ze. 'Wie zijn dat?'

'Gaby.' Trevor drukte zijn wijsvingers tegen elkaar, alsof hij begon te tellen. 'Plus nog twee anderen dus. Die zijn we nog aan het zoeken.'

Madison knikte. Gaby klonk logisch. Ze was bij lange na niet de slimste van het stel (en dat was nog zacht uitgedrukt), maar je kon tenminste met haar lachen. Zij was samen met haar overgebleven uit *L.A. Candy*, nadat Scarlett naar Columbia University was gegaan en Jane weer terug was getransformeerd tot het saaie doorsneemeisje dat ze volgens Madison altijd was geweest. Oké, dus zij en Gaby zouden weer herenigd worden op het televisiescherm. Prima. Maar Madison geloofde geen milliseconde dat Trevor nog op zoek was naar de meisjes die de twee andere rollen zouden spelen.

'Geef me dan tenminste een hint over die andere twee,' probeerde ze.

Trevor keek naar Dana, die zenuwachtig met haar lange vingers op de tafel zat te trommelen. 'We weten het nog niet zeker, maar we willen iemand uit de muziekindustrie. En we zoeken iemand die actrice wil worden,' zei hij. 'Ik bedoel, dit is tenslotte L.A. Elke serveerster heeft een promotiefilmpje en een portretfoto.'

Madison onderdrukte een lach. Een Adele-imitator en een of ander verblind wittedoek-strebertje! Die zangeres: oké. Maar de actrice? Madison wilde het arme schaap dat dacht dat een realityshow leidde naar toekomstige hoofdrollen graag ontmoeten. Tenzij je naam al gevestigd was, kon een realityshow dódelijk zijn voor een carrière als actrice. Zo zat de filmindustrie nu eenmaal in elkaar. Natuurlijk, je kreeg bekendheid, maar je was de rest van je carrière aan het vechten tegen het stigma 'reality star'. Geen enkele serieuze producent zou je in zijn film willen, tenzij het om een ultrakort optreden ging om je eigen tv-persoonlijkheid belachelijk te maken. Triest.

Madison speelde met een pluk van haar volmaakte platinablonde haar. 'Weet je, Trevor, ik twijfel hierover. Ik heb in *L.A. Candy* ook de spotlights gedeeld en...'

Trevor stak zijn hand niet eens op om haar te onderbreken. Hij viel haar gewoon in de rede: 'Wat dacht je van dertig mille per aflevering erbij? Word je daar rustiger van? Maar we willen het wel aan het eind van de dag weten, anders moeten we op zoek naar iemand anders. En ik weet zeker dat het ons geen enkele moeite zal kosten om die te vinden.'

Madison haalde diep adem en dwong zichzelf neutraal te blijven kijken – dankzij enkele jaren van botoxinjecties was dat niet zo moeilijk. Opeens hadden ze het dus over géld. En Madison had altijd geld nodig, want het kostte een paar centen om er zo goed uit te zien als zij. Ze zag de uitdrukking op het gezicht van haar agent al voor zich als ze het hem vertelde. Nick zou ontzettend trots op haar zijn.

'PopTV zal het nieuwe bod naar je agent sturen,' zei Trevor, alsof hij haar gedachten kon lezen. Als geen ander was hij in staat zijn meisjes één stapje voor te blijven en hen met een onverwachte wending te confronteren – zowel tijdens de opnames als daarbuiten.

'En ik ben de ster,' zei Madison kordaat.

Trevor glimlachte. 'Je kunt een ster niet maken, Madison,' zei hij gladjes. 'Je kunt haar alleen op haar voordeligst aan de wereld laten zien.'

Madison lachte. Dat was nog zoiets van Trevor: hij wist altijd precies wat voor onzin hij moest uitkramen. Dat vond ze ook zo leuk aan hem.

'En niemand verdient meer dan ik?'

Trevor lachte. 'Denk je echt dat de maatschappij zich dat kan veroorloven, met jouw salaris?'

Ze nam nog een slokje van haar kokoswater en stak toen, tergend langzaam, haar hand uit. 'Dan denk ik,' zei ze, terwijl haar mondhoeken omhoog bewogen naar een stralende miljoenenglimlach, 'dat we misschien wel een deal hebben.'

2

EEN GOED TEKEN

ate Hayes trok haar schort van The Coffee Bean & Tea Leaf uit en haalde het elastiekje uit haar rossige haar terwijl ze naar de auto rende. Dit werd haar laatste sollicitatiegesprek voor het nieuwe programma van Trevor Lord en ze wilde niet te laat komen. Ze had Dana al twee keer gesproken en blijkbaar had ze het goed gedaan, want Trevors assistente had haar die ochtend gebeld om te vertellen dat ze om twee uur langs moest komen. 'En zorg dat je je gitaar meeneemt,' had ze op een slijmerige, maar ferme toon gezegd.

Toen Dana haar voor het eerst benaderd had in The Coffee Bean, wist Kate niet wat ze ervan moest denken. Ze had wel gemerkt dat de lange, vermoeid ogende vrouw een hele tijd nadat ze haar suikervrije koffie met vanillesoja had betaald van achter de vitrine naar haar had zitten staren. Kate was druk in de weer geweest met het malen van bonen en het inschenken van koffie, en had net gedaan of het heel normaal was dat een vreemde haar aangaapte alsof ze een of ander misplaatst exotisch dier was. Pas toen Kate enigszins de zenuwen begon te krijgen van dat gestaar, had Dana zich eindelijk voorgesteld. Ze was tv-producent, zei ze, en ze vroeg zich af of Kate het meisje was dat dat filmpje van *Girls just want to have fun* op YouTube had gezet.

'Wie heeft er nou géén filmpje gemaakt van *Girls just want to have fun*?' had Kate gevraagd, die nog steeds twijfelde of Dana wel echt een producente was. 'Dat is zo'n beetje het meest gecoverde liedje ooit.'

Dana had met haar vingers door haar lusteloze haar gestreken en gezucht. Nee, zei ze, ze bedoelde dat ene filmpje waarin Cyndi Laupers hit uit de jaren tachtig van de vorige eeuw was getransformeerd tot een langzame, ingetogen, bijna hartverscheurende kijk op klassenstrijd en het verlangen van een jong meisje naar onafhankelijkheid. 'Dat was jij, toch?' had Dana met samengeknepen ogen gevraagd.

Kate was uit het veld geslagen geweest. Het was één ding om herkend te worden in haar geboortestad Columbus, Ohio, maar in L.A.? Oké, haar YouTube-filmpje was wel degelijk een hit geworden op internet vanaf het moment dat Courtney Love er iets vaags over had getwitterd ('Wies dat chillychickie datk p.o. vond, loveher!'), de meisjes van HelloGiggles.com haar tot clip van de dag bombardeerden, en er op de website van *Rolling Stone* een korte persoonsbeschrijving van haar was verschenen. Kate had nog steeds geen idee hoe dat allemaal was gebeurd, maar ze was er wel – heel even – een beetje beroemd mee geworden.

Maar hé, dit was Los Angeles, de stad met die talloze mensen die een klein beetje beroemd waren. Het was een zee van waar-ken-ik-jou-ookalweer-van-gezichten, waar bijna iedereen wel eens een beroemdheid had ontmoet.

Dana had haar gevraagd een screentest te komen doen, en Kate had daar, tot haar eigen verbazing, mee ingestemd. Maar toen ze met Dana en één camera in die kleine, spaarzaam gemeubileerde kamer zat, had

Kate de neiging moeten onderdrukken om de video die ze vorig jaar voor de lol met haar ex-vriendje had gemaakt, te bagatelliseren. Ze had geen idee gehad dat Ethan het filmpje op internet wilde zetten en ze hadden een heftige ruzie gekregen zodra ze erachter was gekomen dat hij dat gedaan had. Maar toen waren mensen commentaar gaan leveren op haar video; ze vonden hem leuk en stuurden hem door naar anderen. Iedereen was het erover eens dat haar stem onvoorstelbaar was, speciaal. *Zoiets als Lucinda Williams meets Joni Mitchell, onder het toeziend oog van de geest van Nina Simone*, had iemand geschreven. (En het had haar geen kwaad gedaan dat Ethans Berner Sennenhond als een gek was gaan janken toen ze de laatste noten tokkelde, alsof hij niet kon leven in een wereld waarin Kate Hayes niet zong. Daarmee had ze de harten van alle hondenliefhebbers sneller voor zich gewonnen dan je 'Bonzo Life Plus Nutrition' kon zeggen.)

Het probleem met de video was dat het niet háár muziek was. Al vanaf haar elfde schreef Kate als een bezetene haar eigen liedjes en had ze zichzelf leren spelen op de oude gitaar van haar vader. De muziek van het filmpje was van iemand anders. En dat betekende dat de video in een bepaald opzicht niet meer dan een veredeld soort karaoke was.

Maar hij was goed genoeg geweest om ervoor te zorgen dat je je spullen pakte en naar L.A. verhuisde, hield Kate zichzelf voor. Hij was goed genoeg geweest om jou te laten denken dat je het misschien zou kunnen gaan maken.

Ja, ze wilde het best toegeven: ze had gedacht dat haar video het begin van iets speciaals zou zijn. Maar vanaf het moment dat ze in L.A. was gearriveerd, had de hele situatie eerder uitzichtloos geleken.

Over uitzichtloos gesproken: Kate zat vast in het verkeer. Wéér. Ook al woonde ze nu al een jaar in de stad, ze had nog steeds niet uitgevogeld hoe ze ergens op tijd moest komen. Voordat ze vertrok had ze op de klok gekeken en geconstateerd dat ze twintig minuten had om bij het kantoor van Trevor Lord te komen. Maar in dit tempo zou dat waarschijnlijk een half uur gaan duren.

Ze wierp een blik op het kleine koperen klokje dat aan haar achteruitkijkspiegel hing en dat haar moeder 'het klokje van veilig reizen' noemde. Marlene Hayes had gezegd dat het klokje haar zou beschermen tegen ongelukken op de overvolle wegen in L.A., maar nu Kate in de uitlaatgassen van een Cadillac Escalade voor het zoveelste rode stoplicht stilstond, had ze liever dat haar moeder haar een klokje van snel reizen had gegeven. Daar had ze meer aan gehad.

Ze bedacht dat ze net zo goed even kon multitasken en grabbelde op de bodem van haar tasje naar een eyeliner. Natuurlijk hoopte ze dat Trevor haar vanwege haar talent zou kiezen, maar het kon geen kwaad om wat make-up op te doen. Net toen ze klaar was met het zetten van twee kleine zwarte streepjes, begon haar mobiel op de bijrijdersstoel te zoemen. Ze nam op. 'Ik ben laat,' zei ze, zonder erbij stil te staan tegen wie ze het had.

'Goh, dat is echt een verrassing,' zei een opgewekte stem aan de andere kant van de lijn.

'O hai, Jess,' zei Kate. Jessica was haar vijftien maanden oudere en twaalf centimeter langere zus. Ze belde vanuit Durham, North Carolina, waar ze als middenvelder speelde bij het vrouwenbasketbalteam van Duke. 'Wassup?'

'Ik bel gewoon even om te horen hoe het met mijn favoriete *chanteuse* is. Dat is Frans voor zangeres, snap je?'

Kate snoof. 'Alleen omdat ik niet meteen verder ben gaan studeren, ben ik nog geen idioot.'

'Weet ik. Was gewoon een geintje. Hoe is het met je?'

Kate dacht hier even over na voordat ze antwoord gaf. Ze had de laatste tijd amper contact met haar zus gehad (Jess had het zo druk met school en basketbaltraining) en Kate wilde niet overkomen als een zeurpiet. Aan de andere kant: ze waren dikke vriendinnen en bloedverwanten, en er was geen enkele reden om te liegen. 'Tja, ik zit vast in het verkeer. Ik ben te laat voor een sollicitatiegesprek. Er zitten termieten in het gebouw waar ik woon. En ik ben gisteravond naar een open podium geweest, maar ik heb het podium niet eens gehaald.'

'O, Katie,' zei Jessica meelevend.

'Ja, ik weet het. Ik ben helemaal naar Glendale gereden voor een of ander singer-songwriter-iets en een kwartier voordat ik op moest, begonnen mijn handen te tintelen en groeide er in mijn maag een soort van bowlingbal. Ik heb twee tequilashots genomen bij de bar, maar daar ging ik me alleen maar beroerder door voelen. Dus toen ben ik maar weer naar huis gegaan.'

Kate zuchtte toen ze klaar was met haar verhaal. Het was niet voor het eerst dat ze bedacht hoe ironisch het was dat iemand met heftige plankenkoorts het in de amusementsindustrie hoopte te gaan maken. Haar zus dacht ongetwijfeld precies hetzelfde, maar Jess was te aardig om een open deur in te trappen. Ze zou bijvoorbeeld nooit beginnen over Kates auditie voor *American Idol*, toen ze tien uur had moeten wachten en de voorselectie was doorgekomen, om vervolgens in paniek te raken en het totaal te verknallen, voor de jury. ('Misschien moet je nog eens nadenken over je carrièrekansen,' had Simon Cowell, niet eens zo heel onvriendelijk, gezegd.)

'Je bevindt je in uitstekend gezelschap,' suste Jess. 'Denk maar aan Cat Power. Zij was zo verlamd door podiumangst dat ze alleen in het stikdonker kon zingen. Maar daar is ze toen wel overheen gekomen.'

De Cadillac Escalade voor Kate begon naar voren te kruipen. Ze trapte zachtjes op het gaspedaal. 'Dus jij denkt dat er nog hoop voor me is? Of ben ik gewoon niet goed bij mijn hoofd?' vroeg ze.

'Natuurlijk is er nog hoop,' zei Jess. 'Zoals mijn coach zegt: je moet gewoon blijven dribbelen.'

Kate zag al voor zich hoe ze met een gitaar in haar ene en een basketbal in haar andere hand probeerde te dribbelen. Ze grinnikte en pakte de telefoon wat steviger vast. (Ze moest echt een carkit aanschaffen; een dezer dagen zou ze ongetwijfeld aangehouden worden.) 'Het punt is: ik ben min of meer blijven steken,' bekende ze. 'Ik ben hier al sinds mijn eindexamen, langer dan een jaar dus. En dat betekent dat ik nog maar één jaar heb om iets in gang te zetten, voordat mam hiernaartoe komt, me vastbindt, me terugsleept naar Columbus en me dwingt om te gaan studeren.'

'Maar je doet je bést,' zei Jess. 'Je hebt nog meer geweldige video's gemaakt. En had je de afgelopen maanden niet, weet ik veel, tien nieuwe nummers geschreven?'

'Ja, maar die hoort niemand,' jammerde Kate. 'Ik speel en zing ze alleen voor mezelf!'

Toen ze daaraan dacht wilde Kate het liefst aan de kant van de weg gaan staan en zich oprollen op de achterbank van haar tiendehands Saab. Het punt was: ze had gelogen tegen Dana over wat ze had gedaan om haar muziekcarrière vooruit te helpen. O absoluut, had ze gezegd, ik ga continu naar open podia! En Dana had tevreden geknikt; een open podium was feitelijk net zoiets als een talentenjacht en wie hield daar niet van? Het zou een soort akoestische miniversie van *American Idol* worden. Geen lichtshow, geen beroemde juryleden, maar gewoon een paar musici in de dop met hun instrument en hun liedje. Amerika zou ervan smullen!

Maar Kates werkelijke pogingen om haar muziekcarrière vooruit te helpen bestonden uit het spelen op haar gitaar, het neerkrabbelen van songteksten en akkoorden, en het opnemen van stukjes van haar nummers op haar ouderwetse bandrecorder. En dat zou waarschijnlijk geen opwindende televisie opleveren.

'Tja, je zult gewoon wat vaker je gezicht moeten laten zien,' zei Jess zakelijk. 'Wat ik al zei: blijven dribbelen. Hoe zit het met die show waarover je me gemaild hebt?'

'Dat is dus het sollicitatiegesprek waarvoor ik te laat dreig te komen,' bekende Kate. Ze stak haar hoofd uit het raampje en probeerde langs de Escalade heen te kijken. Waren er wegwerkzaamheden? Een ongeluk? 'Ik begrijp niet waarom mensen per se met SUV'S willen rijden in L.A. Dat staat nou niet bepaald bekend om zijn ruwe terrein,' zei ze verongelijkt.

'Hou je kop erbij,' zei Jess. 'Vertel me over die show.'

'Het gaat over vier meisjes die het in Los Angeles proberen te maken,' zei Kate. 'Het is van de mensen die dat andere programma, L.A. *Candy*, hebben gemaakt,' voegde ze er enigszins gegeneerd (maar ook een beetje opgewonden) aan toe.

Jess floot. 'Niet! Dat heb je me niet verteld.'

'Hé, jij was net zo dol op dat programma als ik,' zei Kate lachend. 'Dus ga nou niet doen alsof dat niet zo was.'

'Ik beken,' zei Jess. 'Ik heb altijd een zwak gehad voor Scarlett.'

'Ja, ik ook.' Kate was natuurlijk dol geweest op Jane Roberts, maar Scarlett Harp was haar favoriet. Scarlett was slim, brutaal en praktisch, en ze gaf niets om haar of make-up of roem. Nou ja, zo had het tenminste geleken. Maar na haar vertrek uit het programma had Scarlett tijdens een interview geklaagd dat de producenten haar leven hadden gemonteerd tot iets wat het niet was. 'De echte Scarlett is ergens op de grond in de montagekamer achtergebleven,' had ze gezegd.

Die uitspraak was Kate bijgebleven, zeker na haar eerste gesprek met Dana, waarin de schijnbaar permanent gestreste vrouw haar het vuur aan de schenen had gelegd over haar liefdesleven ('Eh, een beetje op een laag pitje de laatste tijd, aangezien ik twee banen heb – je weet wel, om mijn rock-'n-roll-levensstijl te kunnen bekostigen.' Dat had Dana dan weer wel een glimlach ontlokt.), haar sportprogramma ('Ik zou het niet echt een programma willen noemen.'), haar familie ('Alleenstaande moeder, normaal, aardig, en ruim drieduizend kilometer hiervandaan.' Ze had geen zin gehad om over haar vader te beginnen, die overleden was toen ze tien was, maar vermoedde dat ze dat uiteindelijk misschien wel zou moeten doen als ze voor het programma werd gekozen.), en nog honderden andere dingen. Als de mensen van PopTV haar de rol gaven, zou ze dan zichzelf kunnen zijn voor de camera? En als ze dat op een of andere wonderbaarlijke wijze klaarspeelde, zouden ze haar echte ik dan monteren tot iets heel anders? Het was een zorgwekkende gedachte.

'Maar meedoen aan een tv-programma… Dat is echt waanzinnig,' ging Jess verder. 'Misschien word je wel beroemd!'

'Ja, tuurlijk,' zei Kate, terwijl ze in haar achteruitkijkspiegel keek en nog wat lipgloss opdeed. 'Laten we daar voorlopig maar even niet van uitgaan.'

'Nou ja, je krijgt in ieder geval goed betaald,' bracht Jess naar voren.

Kate spitste haar oren. 'Goed betaald?'

Jess lachte. 'Ja, dombo. Hoezo, denk je dat je het voor niets gaat doen dan?'

'O, eh... nee, natuurlijk niet,' stamelde Kate. Maar in werkelijkheid had ze niet eens stilgestaan bij het feit dat ze misschien betaald zou krijgen. Er waren toch miljoenen meisjes die er echt álles voor overhadden om mee te doen aan een programma van PopTV? Trevor Lord zou de rollen kunnen verdelen onder de hoogste biedsters als hij dat wilde.

Opeens was ze nóg dankbaarder dat Dana in haar vestiging van The Coffee Bean & Tea Leaf was beland. Stel dat het haar echt lukte? Geld betekende dat ze minimaal één van haar baantjes kon opzeggen. En dat ze zich een nieuwe bandrecorder met minimaal acht sporen kon veroorloven, of een nieuwe MacBook met een versie van GarageBand die het wél deed – of, nog beter, opnametijd in een echte studio. Geld betekende dat haar moeder haar niet terug kon slepen naar Columbus.

'Wat ben je toch een nerd,' lachte Jess liefdevol.

'Weet ik,' zei Kate. 'Geloof me, dat weet ik.'

De auto voor haar begon sneller te rijden en Kate kon voor het eerst in tien minuten naar z'n twee schakelen.

'Je doet het vast geweldig,' verzekerde Jess haar.

Kate voelde iets van vlinders in haar buik. Als ze nou gewoon door kon blijven rijden, zou ze maar vijf minuten te laat zijn op haar afspraak met Trevor Lord. Ze was opeens vastbesloten: geen plankenkoorts meer – ze zou ze omverblazen.

'Ik moet hangen, Jess,' zei ze. 'Kus. Bel je later.'

Terwijl Kate over de kruising reed, wierp ze een blik omhoog en zag Madison Parker – van ongeveer negen meter hoogte – glimlachend op haar neerkijken vanaf een gigantisch reclamebord. Het was een advertentie voor *Madisons Makeovers*. BEAUTY'S A BITCH! stond er in grote letters.

Kate glimlachte. Madison hing als een soort beschermengel van reality-tv boven de hoek van Venice en Sepulveda.

Dat móést wel een goed teken zijn.

3

WIJDOPEN OGEN

armen Curtis vloog door haar slaapkamer en zocht als een bezetene naar haar nieuwe bruinleren enkellaarsjes. Schoenendozen
en plastic tassen lagen verspreid over de vloer: getuigen van een
(zelfs naar de maatstaven van Carmen) waanzinnige shop-uitspatting
die eerder die dag had plaatsgevonden. Drie truien van negenhonderd
dollar hingen over de rand van haar bed, en een belachelijk dure zijden
jurk lag nu al gekreukt in een hoek. Ook al zouden ze met de hoeveelheid gratis kleding en accessoires die haar moeder opgestuurd kreeg
een complete kamer kunnen vullen in hun zeer grote, maar niet aan-
stootgevende huis, toch gingen ze met z'n tweeën altijd een dagje tekeer bij Barneys voordat Cassandra op tournee ging. Cassandra zou
binnenkort vertrekken naar Japan en Australië voor tien uitverkochte
concerten, dus ze hadden de winkel bijna leeg gekocht.

Bovendien vierden ze Carmens nieuwtje: ze ging meedoen aan *The
Fame Game*, Trevor Lords nieuwste realityserie. Over twee weken begonnen de opnames en Carmen had nu tenminste genoeg leuke kleding om te dragen.

Ze was bang geweest dat haar moeder bezwaar zou maken tegen haar deelname aan een realityshow (waar feitelijk niets 'reëels' aan was), vooral omdat het hele gezin bijna tien jaar geleden onderwerp was geweest van een documentaire over Cassandra's comebacktournee. Cassandra had zeer gemengde gevoelens gehad over *Cassandra is terug*, maar ze zei dat *The Fame Game* schattig klonk. Ze was het ook eens geweest met hun publiciteitsagente Sam, die had gezegd dat dit de uitgelezen kans was om de aandacht af te leiden van dat winkeldiefstalgedoe waar Carmen een paar maanden geleden in verwikkeld was geraakt.

Carmen gooide een nieuwe kanten beha van La Perla boven op haar ladekast en slingerde een mooi klein handtasje van Lanvin op de chaise longue. Waar waren die stomme enkellaarsjes?

Voor de goede orde: ze had niet echt iets gestolen. Maar het was wel een krankzinnige tijd geweest, vol ups en downs. Ups: ze had net eindexamen gedaan en was bevrijd van de tirannie van studieboeken. Haar rol in een in eigen beheer uitgegeven film over van elkaar vervreemde zussen die op reis gaan om hun moeder te zoeken, die in de zomer voor haar eindexamenjaar was opgenomen, kreeg geweldige recensies. (Ze had het alleen wel fijn gevonden als de recensenten niet zo verbaasd waren geweest, alsof ze aannamen dat ze de rol alleen gekregen had vanwege de status van haar ouders. Oké, dat had ook niet in haar nadeel gewerkt – haar vader was tenslotte een van de producenten van de film – maar de regisseur had haar echt niet gekozen als ze niet kon acteren.) Maar er waren ook downs: ze had haar toelating aan Sarah Lawrence uitgesteld, omdat ze er niet van overtuigd was dat studeren iets voor haar was, en haar vader was daar niet blij mee geweest. Ze had het uitgemaakt met haar vriendje toen ze op D-lish.com foto's van hem had gezien waarop hij een lapdance kreeg. (Om de een of andere reden hadden de woorden 'leugenaar' en 'bedrieger' niet in het onderschrift gestaan toen de klootzak erin geslaagd was terecht te komen in het Most Beautiful-nummer van *People*; erger nog, hij had het zo weten te draaien dat Carmen als 'behoeftig' werd gezien en hij in de relatie werd onderdrukt.) En ze had de schuld op zich genomen van het stelen van een topje van Phillip Lim, omdat haar vriendin Fawn na haar laatste mislukte poging tot winkeldiefstel nog voorwaardelijk vrij was en Carmen vreesde dat de rechter dit keer niet zo soepel zou zijn. Uiteraard waren de bladen ermee aan de haal gegaan.

Juist door dat voorval was haar vader nog pissiger geworden – in eerste instantie omdat hij dacht dat ze het gedaan had (bedankt voor het vertrouwen, pap!), en vervolgens omdat zij de schuld op zich had genomen van iemand die hij überhaupt nooit erg gemogen had. Vanaf het moment dat Carmen Fawn had leren kennen tijdens een workshop acteren en ze samen uit waren gegaan, had haar vader gemopperd dat hij liever had dat ze vriendinnen van haar eigen leeftijd zocht. (Fawn was maar twee jaar ouder – lekker belangrijk.) Maar dit alles betekende wel dat Philip Curtis niet echt stond te juichen over zijn dochters recente beoordelingsvermogen, waardoor het enigszins lastig zou worden om hem ervan te overtuigen dat een rol in *The Fame Game* niet zou leiden tot uitbuiting, het nemen van borstimplantaten of op een andere manier haar leven zou ruïneren.

Ze moest hem aan zijn verstand brengen dat ze precies wist waar ze zich mee inliet. Ze was in L.A. opgegroeid – in het gezelschap van acteurs, schrijvers, zangers, regisseurs en producenten – en ze kende de regels van het spel; nu wilde ze het officieel gaan meespelen. De afgelopen paar jaar had ze toch voornamelijk geliefhebberd; jawel, ze had acteerlessen genomen en hard gewerkt, maar niettemin geliefhebberd. Ze had nooit echt auditie gedaan, zich niet druk gemaakt over haar 'imago' en het best gevonden om als een mini-Cassandra door het leven te gaan. Maar nu wilde ze haar kans grijpen.

Het zou echter best eens een uitdaging kunnen zijn om Philip Curtis te overtuigen van iets wat hij niet zelf had bedacht. Of, zoals hij het zelf altijd graag zei: 'Ik ben niet de oprichter en directeur van Rock It! Records geworden door te doen wat anderen me opdroegen of te vinden wat anderen vonden dat ik moest vinden.'

Ja hoor, dat zal wel, dacht Carmen. Hoe dan ook, het ging er juist om dat zij probeerde om níet te doen wat anderen haar opdroegen. Wilde haar vader dat ze ging studeren? Tja, zij had een beter idee. Ze was dol op hem, echt waar, maar soms werd ze echt gek van zijn koppigheid. Telkens als ze het probeerde om te draaien en hem vertelde dat ze het hartgrondig eens was met zijn 'zelf nadenken', dat dat precies was wat ze probeerde te doen, dan weigerde hij daarin mee te gaan. Dan keek hij haar gewoon koelbloedig aan en kuierde vervolgens weg, alsof het gesprek een wedstrijd was geweest en hij die al gewonnen had. De enige bij wie hij dat niet moest flikken was Cassandra.

'Carm,' riep haar moeder van beneden. 'Drew is er. En het eten is bijna klaar.'

'Ik kóm,' riep Carmen terug. Jammer dan: dan ging ze maar eten zonder haar fantastische nieuwe enkellaarsjes.

Net zoals het een traditie was dat Carmen en haar moeder zich suf winkelden voordat Cassandra op tournee ging, was het ook een oude traditie dat ze op vrijdagavond thuis met z'n allen een feestmaaltijd aten. Dat Drew Scott werd uitgenodigd was inmiddels ook een traditie. Hij was haar beste vriend en hij had sinds Carmen vijftien was en hij zestien minstens om de week bij hen aan tafel gezeten. Drews moeder, artiestenadvocaat, en zijn pa, dermatoloog van veel celebs, hadden toen midden in een afschuwelijke scheiding gezeten, en Drew wilde hen zo veel mogelijk ontlopen. Maar zelfs nu zijn ouders vrede hadden gesloten (met andere woorden: elkaar volkomen vermeden) en ook omdat hij tijdens het schooljaar op de campus van UCLA woonde, verscheen Drew nog steeds aan de eettafel van de familie Curtis. Vaak droeg hij zelfs een net overhemd over zijn getatoeëerde armen en had hij zijn haar netjes gekamd.

Carmen deed het roze, speciaal voor haar gemaakte horloge van Chopard om haar pols – het eindexamencadeau van haar ouders – en rende naar beneden de woonkamer in, waar haar vader Drew had klemgezet om hem te vertellen over een of andere band die hij net had gecontracteerd. (Drew studeerde muziekwetenschap, dus hij praatte graag over het vak.) Net toen Carmen op hen af liep, zweefde haar moeder de kamer binnen. Serieus, Cassandra Curtis deed nooit zoiets alledaags als lopen. Zelfs in een spijkerbroek en een simpele witte trui zag ze er met haar prachtig golvende donkere haar en haar volmaakt matte, olijfkleurige huid oogverblindend uit, alsof ze zo van de cover van *Vogue* kwam – waarop ze, toevallig, tot nu toe al drie keer had gestaan.

'De zalm is klaar, jongens,' zei Cassandra. Haar stem was soepel en zwoel, zelfs als ze het over het eten had. 'Carm, liefje, je ziet er geweldig uit – die skinny jeans van L'Wren Scott staat je prachtig.' Ze boog zich naar haar dochter toe en fluisterde glimlachend: 'Vertel je vader alleen niet wat die broek gekost heeft.' Het kon Philip Curtis feitelijk niets schelen wat ze aan kleding uitgaven, maar het was bij hen thuis een standaardgrapje: hoeveel schoenen en spijkerbroeken konden twee vrouwen mogelijkerwijs bezitten? Vervolgens mijmerde haar moeder op normale toon: 'Ik zou er heel wat voor geven om goed weg te komen met een witte spijkerbroek.'

Carmen sloeg haar ogen ten hemel. 'Nou mam, je bent inderdaad moddervet. Ik zou het eten maar overslaan. Jij gaat vanavond aan de citroensap met cayennepeper.'

Drew maakte zich los van Carmens vader en liep naar haar toe om een zoen op haar wang te planten. 'Curtis,' zei hij.

'Scott,' antwoordde Carmen, waarna ze hem zacht tegen zijn arm stompte.

'Er wordt niet geslagen voor het eten,' zei Drew lachend.

'Dat is waar,' zei Cassandra. 'Geweld bewaren we voor na het toetje.'

In de enorme, Frans-blauwe eetkamer nam Philip zijn gebruikelijke plek aan het hoofd van de tafel in en ging Cassandra op haar plek aan de andere kant zitten. Carmen en Drew zaten ook tegenover elkaar, met een gigantische bos knalroze lelies tussen hen in. Philip schraapte zijn keel en hief zijn wijnglas. 'Op mijn verbijsterende vrouw en dochter. Dat zij van een eeuwige schoonheid mogen genieten en mij nooit zat zullen worden.'

Carmen giechelde – dit zei hij elke vrijdagavond. Ze hief haar glas Perrier. 'En op Philip Alan Curtis, geliefde echtgenoot en vader. Dat hij er op een dag in zal slagen een nieuwe toost te verzinnen.'

Tijdens het eten keuvelden ze over muziek (Wat was nou eigenlijk het verschil tussen speed metal en grindcore?) en sport (Zouden de Lakers dit jaar kampioen worden?). Carmen zei echter, geheel tegen haar aard in, weinig. Ze wachtte op het juiste moment om met haar vader over *The Fame Game* te praten. De laatste keer dat ze erover begonnen was, was het gesprek niet echt goed gegaan, en toen was haar deelname nog niet eens zeker geweest. Nu was het een uitgemaakte zaak. Ze had van haar moeder moeten beloven aan hem te vertellen het tijdens het eten.

Wat haar vader om de een of andere reden niet helemaal leek te begrijpen, was dat Carmen haar hele leven in de spotlights had gestaan. Verdomd, ze had al op de cover van *Us Weekly* gestaan toen ze nog in de baarmoeder zat (*Crooner Cassandra's babybobbel!*), en haar dreumeskleren waren het onderwerp van liters roddelbladeninkt geweest (*Baby CC: het kleinste modepopje ter wereld?*). In Carmens optiek was de show van PopTV een kans om op haar eigen voorwaarden in het voetlicht te treden. De camera's zouden haar filmen omdat zij dat wílde, niet omdat die bemand werden door gasten van TMZ die popelden om haar te betrappen als ze dronken een nachtclub uit kwam wankelen of haar string liet zien (of het gebrek daaraan) als ze uit een auto stapte. Haar hele leven was beschreven door de media en zij had daar weinig over te zeggen gehad. Dit was haar kans om mensen te laten zien wie ze echt was.

Trevor Lords realityserie zou de wereld tonen dat Carmen dus géén Paris Hilton was. Ze was een mens van vlees en bloed met echte gevoelens, en ze was een actrice – en ze zou ook actrice zijn geweest als haar ouders niet beroemd waren.

Carmen schraapte haar keel. Het was waarschijnlijk niet het juiste moment, maar misschien bestond er ook niet zoiets als het juiste moment voor dit soort gesprekken. Ze nam behoedzaam een slokje water. 'Hé pap, weet je nog wat ik je pas heb verteld?' vroeg ze. 'De kans waarmee mijn agent benaderd is?'

Drew onderdrukte een lach en Carmen gaf hem onder de tafel een schop. Drew vond dat Carmen 'boven' reality-tv stond en dat 'kans' een eufemisme was voor 'slecht idee'. Ze had hem nooit zover kunnen krijgen om naar *L.A. Candy* te kijken, dus het was misschien wel begrijpelijk dat hij de aantrekkingskracht van *The Fame Game* niet zag. Toch zou hij uiteindelijk wel bijdraaien.

'Ga me niet vertellen dat het weer een verzoek van *Playboy* was,' zei Philip half blèrend. 'Ik vermoord Hef met mijn blote handen als ze jou nog één keer vragen om naakt in dat tijdschrift te gaan staan.'

Carmen kleurde. 'Iew!' zei ze. 'Nee, het aanbod van PopTV.'

'Je bedoelt PopTV Fílms,' zei Philip.

Carmen kreeg het benauwd. Was hij echt vergeten dat ze er vorige week nog over gesproken hadden? Of probeerde hij net te doen of dat niet was gebeurd? 'Nee, pap,' zei ze. 'PopTV. Je weet wel, Trevor Lords nieuwe programma?'

Philip fronste een beetje. 'Trevor Lord? Waarom komt die naam me bekend voor?' vroeg hij.

'Hij was de producent van *L.A. Candy*,' vertelde Carmen hem (voor de tweede keer).

'Die reality show?' Hij zei 'reality show' alsof het een vies woord was. Een beetje zoals Drew had gedaan toen ze het hem verteld had.

Carmen tuurde tussen de bos lelies door naar Drew. Zijn groene ogen stonden nu al vol medeleven. Hij wilde gewoon wat voor haar het beste was. (En soms kon Carmen het niet nalaten zich af te vragen of hij niet gewoon háár wilde. Er waren de afgelopen maand een paar dingen voorgevallen – extra lange omhelzingen, handjes vasthouden en een gênant lieve zoen… Maar het was nu niet het moment om daaraan te denken.) Ze glimlachte naar Drew en keek weer naar haar vader.

Maar voordat Carmen kon antwoorden, zoemde Philips mobiel en hij haalde hem uit zijn zak. Hij wierp een blik op het display en keek verontschuldigend naar Cassandra. 'Deze moet ik even nemen.'

'De muziekwereld staat nooit stil.' Cassandra sloeg haar ogen ten hemel en glimlachte.

'Tja,' zei Carmen toen haar vader de kamer uit was, 'tot nu toe ging het goed.'

'Vind je?' zei haar moeder.

'Het was sarcastisch bedoeld.'

'Geef hem een kans,' zei Cassandra goedig. 'Geloof het of niet, maar hij vertrouwt je wel degelijk.'

Drew pakte de vaas met bloemen en zette die op het antieke dressoir achter zich. 'Zo,' zei hij, 'nu kan ik de toekomstige ster van *The Fame Game* tenminste zien.'

'Serieus hoor, jongens,' zei Carmen. 'Jullie moeten me echt even helpen. Me een beetje steunen.' Me helpen om de wereld te laten zien dat ik niet meer die schattige CC ben, dacht ze.

Een minuutje later kwam Philip weer aan tafel. Toen hij zijn mobiel in zijn zak stopte, keek Cassandra hem even doordringend aan.

Philip glimlachte naar zijn dochter. 'Carm? Je wilde iets zeggen over PopTV?'

Carmen haalde diep adem en stak van wal. Wéér. 'Trevor Lord gaat een programma maken over jonge mensen die het proberen te maken in Hollywood. Hij zei dat hij een getalenteerde actrice zocht en dat ik zijn eerste en enige keus was. En dat de tv-maatschappij de show waarschijnlijk niet eens zou opnemen als ik niet meedoe.' Ze was overspoeld door een vlaag van trots toen haar nieuwe manager (nadat ze was gecast voor *The Long and Winding Road* had haar vader gezegd dat ze een manager moest nemen) haar dat verteld had. Ze wist dat het waarschijnlijk niet waar was; ze had haar vader ook wel eens de waarheid geweld aan horen doen, nietwaar? Zo ging het nu eenmaal in

Hollywood. Je vertelde mensen wat ze wilden horen om te zorgen dat ze deden wat je wilde. 'Ik heb gezegd dat ik de rol aanneem en ik wil heel graag dat je blij voor me bent.'

'Maar waarom zou je in hemelsnaam mee willen doen aan een realityprogramma?' Philip keek oprecht stomverbaasd. Hij wisselde nog zo'n blik met Cassandra, waaruit niets op te maken viel. 'Die meisjes hebben geen normen en waarden. Geen talent! Jij bent niet zo. Jij bent een actrice.'

'Ik heb je toch al verteld,' zei ze, terwijl ze voelde dat ze van streek raakte, 'dat het helemaal niet zo is als jij denkt.' Ze vond het verschrikkelijk als haar vader die teleurgestelde toon aansloeg. 'Het gaat over mensen die proberen succesvol te zijn in iets waar ze van houden. Het is een geweldige kans.' Carmen draaide haar horloge om haar pols.

'Een kans waarop? Om naar clubs te gaan en een potje te knokken?'

'Dat is *Jersey Shore*,' verduidelijkte Drew hulpvaardig. 'Dit wordt meer bekvechten – haren trekken, gooien met drankjes... Totaal anders.'

Carmen gaf hem weer een schop. 'Nee, dáár heb ik wat aan!' Ze wendde zich weer tot haar vader. 'Er wordt niet geknokt of gebekvecht. Het gaat over de business en hoe zwaar het is om succesvol te worden – zelfs als je, zoals in mijn geval, ouders hebt die, je weet wel, zoals jullie zijn.'

'Beroemd,' voegde Drew eraan toe, alsof dat nodig was. Carmen overwoog hem nog een schop te geven, maar besloot het niet te doen. Het leek toch niets uit te maken.

'Moeten wij ook opdraven in dat programma?' vroeg haar vader. 'Een speciale aflevering met de Curtisjes?'

Hij maakte een grapje, maar Carmen zag dat hij daar niets van moest hebben.

'Als ze dat willen, kunnen ze er gewoon stukjes tussen plakken uit de briljante, verbijsterende documentaire *Cassandra is terug*,' plaagde haar moeder bereidwillig.

Philip nam een slok wijn en zuchtte. 'Carm, ik ga je niet verbieden om te doen wat je wilt. Ik wil gewoon dat je zeker weet wat je jezelf op de hals haalt. Hou je ogen wijd open, oké?'

Carmen knikte. 'Wijd open.'

Haar vader keek haar aan – keek haar écht aan – en Carmen, die meestal wel kon zien wanneer haar vader op het punt stond zich te laten vermurwen, kon nu niets uit zijn uitdrukking opmaken. 'Oké,' zei hij ten slotte. 'Nou, dat is dan geregeld.'

Carmen liet haar adem ontsnappen waarvan ze niet eens wist dat ze die had ingehouden. Ze keek weer voor zich en merkte dat Drew haar zat aan te staren… met wijd open ogen.

'Kappen,' zei ze en ze gaf hem nog een schop.

'Au! Je zou het geweld voor na het toetje bewaren, weet je nog?'

Cassandra lachte. 'De volgende keer,' zei ze, 'in een zeer speciale aflevering met de Curtisjes: Agressieve etentjes. Haatzaaiende zalm. Beestachtige broccoli. En…'

'Terroriserende taart!' riep Philip. Hij grijnsde jongensachtig. 'Van chocola, misschien?'

'We hebben geen taart, Dikkie,' zei Cassandra liefdevol. Philip had een haat-liefdeverhouding met die bijnaam; hij was tenslotte helemaal niet dik, hij had gewoon een klein… zwembandje.

'Leuk geprobeerd, meneer Curtis,' zei Drew.

'Sadistische sorbet?' vroeg hij hoopvol.

En toen schoten ze allemaal in de lach. Carmen slaakte een zucht van opluchting – het ergste was nu voorbij. Maar ze hoopte echt vurig dat Trevor Lord niet zou gaan vissen naar een aflevering met de familie Curtis. Ze waren gewoon veel te bizar.

4

ZO GA JE NIET MET EEN STER OM

Tientallen felle flitslichten explodeerden snel na elkaar en Madison hoorde voortdurend haar naam roepen. 'Miss Parker!' 'Hier, Madison!' 'Mad, liefje, geef me een kushandje!'

Madison bleef halverwege de rode loper staan en zoog de aandacht waarmee ze overspoeld werd in zich op. Hier kreeg ze nooit genoeg van: het moment waarop alle ogen en – nog veel belangrijker – alle camera's op haar gericht waren. Ze schonk een kleine, veelbetekenende glimlach aan de batterij fotografen links van haar, maar ze zorgde er wel voor niet naar de camera van PopTV te kijken, die elke beweging van haar filmde. Dat was de enige camera die ze zogenaamd niet zag.

De afgelopen twee weken was ze in een maalstroom terechtgekomen. Trevor had meteen met de opnames willen beginnen – Madisons fans drongen blijkbaar aan op haar terugkeer! – dus nog voordat de inkt van haar contract droog was, stonden er vier gespierde verhuiskerels voor haar deur in Beverly Hills, die haar driehonderd jurken en tweehonderd paar schoenen inpakten en meesleepten naar een keurig verzorgd nieuw appartement in Park Towers. Dat had een balkon, een professionele keuken en drie grote slaapkamers: een voor Madison, een voor haar nieuwe huisgenootje, Gaby, en een voor alle apparatuur van PopTV.

'Wie heb je aan?' riep iemand, maar Madison gaf geen antwoord. Ze vond het leuk om in eerste instantie een beetje gereserveerd over te komen. Laat ze maar raden, dacht ze.

Even verderop verwelkomde een gigantisch goudkleurig spandoek iedereen op het tweede jaarlijkse benefietgala voor Togs for Tots. Dat was een liefdadigheidsorganisatie die pleeg-, wees- en dakloze kinderen in de streek rond L.A. van nieuwe (dus geen 'eenmalig gebruikte' – gátver!) kleren voorzag. Met de organisatie zelf had Madison uiteraard niet veel, maar de avond was deels gesponsord door Elie Saab, een van Madisons favoriete ontwerpers, en het gerucht ging dat Anna Wintour van *Vogue* aanwezig zou zijn.

Ze deed nog een paar passen en wierp toen haar meest zelfgenoegzame lachje over haar schouder. De camera's klikten aan één stuk door. De paparazzi die langs rode lopers stonden, waren altijd van een iets hoger niveau dan degenen die overal konden opduiken. Iets gepolijster en beschaafder, hoewel er altijd een paar agressievelingen waren die de anderen overschreeuwden. Madison wist echter dat ze hen allemaal nodig had, net zo veel als zij haar nodig hadden. Het was een symbiotische relatie met stijgende voordelen: hoe beroemder ze werd, hoe meer ze aasden op haar foto; hoe meer foto's ze van haar maakten en publiceerden, hoe beroemder ze zou worden… enzovoort enzovoort. Tot, zoals Trevor het noemde, 'het volgende niveau'.

Ze hield haar hoofd geheven, draaide met haar tenen in haar Louboutins en toonde haar mooiste glimlach.

'Madison!'

'Hier!'

'Deze kant!'

'Schitterend, Madison!'

Ze maakte oogcontact met elke lens. Iedere camera had de potentie voor een 'Wie had de mooiste jurk aan?' (zij natuurlijk, altijd), een berichtje op glamour.com (*Madison verbijsterend in rood!*) of een shot in het programma *Fashion Police* van morgen (waarin ze uiteraard geprezen werd, niet bekritiseerd). Madison was bijna helemaal uit de weekbladen verdwenen (hoewel – ere wie ere toekomt – *Life & Style* als geen ander gek op haar was), maar Sasha, haar publiciteitsagent, had haar met de hand op haar hart beloofd dat ze op de cover van een maandblad zou komen zodra *The Fame Game* werd uitgezonden. Madison was nu al bezig met haar look voor de cover van *Glamour*. Ze dacht aan een soort Marlene Dietrich-achtige pose, of misschien een eerbetoon aan Marilyn Monroe...

Ze moest het Trevor nageven: hij was nog maar net bezig met de opnames van *The Fame Game* en kreeg meteen al media-aandacht voor zijn 'mysterieuze nieuwe project'. Het begon al te gonzen, dat voelde ze. Ongetwijfeld had een of andere blogger net een foto van haar op zijn blog gezet (*Madison Parker gaat stappen voor kids!*) inclusief de mededeling dat de camera's van PopTV haar op de voet volgden. Morgen zou de hele stad weten dat Madison en de camera's van PopTV weer waren gespot. Spin-off!

Het was compleet anders dan de vorige keer. Madison was volkomen onbekend geweest toen ze waren begonnen met *L.A. Candy*. Als mensen toen merkten dat er opnames werden gemaakt, was de eerste vraag die bij hen opkwam: wie is dat in godsnaam? Nu vroeg iedereen zich af waar het nieuwe programma over ging, hoe het heette en wie er nog meer in meespeelde. (Madison tastte wat dat betreft nog steeds in het duister.) Toen *L.A. Candy* een kijkcijferkanon was geworden en zij (en Gaby en Scarlett en dat irritante heilige boontje, Jane) beroemd was geworden, had Trevor er flink wat moeite mee gehad om hen desondanks te laten overkomen als de gewone meisjes die ze in feite moesten zijn. Hoe vaak had hij de opnames niet over moeten laten doen, omdat er per ongeluk een paparazzo in beeld kwam? Maar dit keer zouden de paparazzi en de roddelbladen en de blogs (en de maandbladen!) een cruciale rol spelen in het programma.

Madison zwaaide even majesteitelijk naar een kluitje geïmponeerde fans.

'Luke!' hoorde ze een meisje gillen. Madison draaide zich om en zag Luke Kelly – die er adembenemend uitzag, maar met zijn verbleekte duffe overhemd en spijkerbroek te eenvoudig gekleed was – over de rode loper schrijden met het meisje uit dat stomme programma over een gezin dat in een camper woont.

'Dokter Rose,' riep iemand anders, en Luke lachte zijn tanden bloot. Hij speelde Sebastian Rose, een jonge arts in opleiding in *Boston General*, en hoewel hij daarin geen hoofdrol had, stond hij volgens de geruchten wél op de nominatie om die te spelen in *The End of Love*, een dystopisch Romeo-en-Julia-verhaal, gebaseerd op een bestseller voor jongeren.

Madison zag dat hij en het meisje, hoe ze ook heette, hand in hand liepen, maar dat hun vingers wel érg losjes verstrengeld waren. En daardoor wist Madison, die een soort deskundige in lichaamstaal was, dat deze twee ofwel a) alleen maar deden alsof ze een stel waren, ofwel b) het over vijf minuten uit gingen maken. Wat betekende dat Luke beschikbaar was of zou zijn. Ze nam hem nog een keer van top tot teen op. Hij mocht naast een nieuwe outfit scoren, zich ook wel eens scheren, dacht ze. Maar hij had die groene ogen en die gespierde, brede borstkas… En dan had ze het nog niet eens over dat Australische accent… Ja, dacht ze, ze zou Sasha best kunnen vragen een date te regelen met 'dokter Rose'. Misschien konden ze samen naar het volgende niveau doorstoten.

Maar het was hoog tijd om haar aandacht weer op het poseren te richten. Ze draaide met haar heup en liet iets meer van haar bovenbeen zien door het split in haar jurk. Ze bleef zo zeker tien tellen staan en nam vervolgens een andere pose aan. Toen zag ze Gaby Garcia glimlachend de rode loper op komen.

'Geef ons een kushandje, Gaby!' schreeuwde een van de fotografen.

Gaby gehoorzaamde, hoewel Madison haar al honderden keren had verteld dat niemand er goed uitzag in die pose. Op dat moment zag Gaby Madison.

'Mad!' Gaby rende naar haar toe, alsof ze elkaar in maanden niet gezien hadden, terwijl ze in feite samen hadden ontbeten.

'Hai, Gaby.' Madison sloeg haar arm om Gaby's schouders en was verbaasd door de knokigheid ervan. Ze deed een stap achteruit en bestudeerde haar huisgenote. Wat had ze aan? Ten eerste had ze zich gehuld in een jurk van Elie Saab, die ze zo te zien niet had laten innemen. En ten tweede had ze de enige jurk uit de collectie uitgekozen die waarschijnlijk aan het koopjesrek bij het Leger des Heils had gehangen. De jurk zou een eerbetoon moeten zijn aan een Halston uit de jaren zeventig van de vorige eeuw of zoiets, maar de roestbruine kleur maakte Gaby echt geel en de lage rug benadrukte elke uitstekende wervel. Madison moest zichzelf dwingen te glimlachen. 'Fijn je te zien, liefje,' zei ze. Gaby's grootste pluspunt was haar schattige kleine lijfje – wat zou er nog overblijven als ze maar bleef afvallen?

Madison dwong zichzelf haar arm weer om Gaby's schouders te slaan. 'Lachen,' zei ze.

Ze poseerden met mannequingezichten voor de camera's. Als ze moesten praten, zouden ze dat alleen via hun mondhoeken doen, om hun perfecte poppenlachjes niet te verpesten.

'Je ziet er oogverblindend uit,' zei Gaby tussen haar tanden door.

'Bedankt, liefje,' zei Madison. Natuurlijk zag ze er oogverblindend uit. Het was haar werk om er oogverblindend uit te zien en ze werkte er hard aan. Ze begon al dagen van tevoren aan haar rodeloper-regime – meer cardio, een mini-sapkuur, een zuurstofmasker, een bruiningsspray, minimale waterinname (uitdroging scheelde weer een paar pondjes) – en alleen vandaag had ze al acht uur aan haar haar, make-up en kleding besteed.

Achter het hek aan het eind van de rode loper had zich nog een groepje trouwe fans verzameld.

'We love you, Madison!' gilde een meisje met roze haar.

Madisons glimlach werd nog breder. Ze hoopte dat de fotografen de totale adoratie vastlegden die haar fans voor haar hadden – en uiteraard haar eigen wederkerige genegenheid (Ze zag de kop al voor zich: *Madison kust de pasgeboren baby van een fan!*). Met Gaby in haar kielzog zweefde ze naar het meisje met het roze haar toe. De camera van PopTV volgde. Tijd voor een snel foto-met-handtekeningmoment! Maar net toen Madison de pen aanpakte, zag ze dat de fotografen hun camera's naar het andere eind van de loper draaiden. Ze verstijfde. Er was geen grotere beroemdheid op de loper. Wat deden ze...

'Is dat...?' fluisterde Gaby met grote ogen.

Madison bleef glimlachen, terwijl ze probeerde te zien wie deze ongewenste onderbreking veroorzaakte.

Het meisje met het roze haar slaakte een doordringende kreet. 'O mijn god, het is Carmen Curtis!' schreeuwde ze op nog geen paar centimeter van Madisons oor. De poster van Madison die ze vastgehouden had, viel op de grond en werd onmiddellijk vervangen door een poster van Carmen op de cover van *Nylon*. Hoe had ze dat zo snel voor elkaar gekregen?

'Wauw,' zuchtte Gaby. Ze was echt met stomheid geslagen. 'Wat is ze knap.'

Madison balde van woede haar vuisten, hoewel haar gezicht fotografeerbaar onbewogen bleef. Carmen Curtis: wat had *zíj* nou ooit voor de wereld gedaan? Haar moeder was de beroemdste zangeres sinds Madonna, en haar vader was de Quincy Jones van de rap. Geld en roem waren haar vanaf haar geboorte met de paplepel ingegoten. Ze had haar hele leven nergens iets voor hoeven doen.

'Wat een prachtige jurk heeft ze aan,' fluisterde Gaby.

Madison negeerde haar terwijl ze Carmen onder de loep nam. Zij had zo te zien ook uren aan haar rodeloper-uiterlijk besteed. Ze droeg een crèmekleurige bandage dress die tot vlak boven haar knie kwam, en ze had een paar pumps aan van YSL waar Madison een nier voor zou doneren, maar die overal waren uitverkocht. Ze glimlachte en zwaaide alsof iedereen die ze zag een potentiële vriend was. En dát was, zo wist Madison uit ervaring, klinkklare nonsens. Ze waren ooit aan elkaar voorgesteld op een feestje ter gelegenheid van de opening van het nieuwste restaurant van SBE, en, oké, Madison had zelf nou niet bepaald vriendelijkheid uitgestraald, maar Carmen had haar gewoon de hand geschud, kort geglimlacht en was toen weer in de menigte verdwenen.

'Ze heeft een beetje zware botten, vind je niet?' merkte Madison koeltjes op. Toen draaide ze zich om en liep naar de ingang van het gebouw. Carmen had háár moment gestolen. Dat was volkomen onrechtvaardig. Het meisje had praktisch niets bereikt in haar achttienjarige leventje, afgezien van bijrolletjes in *Law & Order* en een rol in een of andere in eigen beheer uitgegeven film die haar pappie voor haar geregeld had.

Madison wierp nog één blik over haar schouder voordat ze het gebouw betrad. Ze moest Carmen één ding nageven: het meisje had een uitstekend decolleté. Maar goed, dit was Hollywood, en iedereen met een creditcard kon dat voor elkaar krijgen.

'Mijn voeten doen pijn,' zei Gaby klaaglijk, terwijl ze haar gewicht van het ene naar het andere been verplaatste. 'Ik begrijp niet waarom ballerina's niet rodeloperwaardig zijn.'

Madison sloeg haar ogen ten hemel. 'Omdat je hoogte wilt, Gab,' zei ze. 'Elke centimeter scheelt twee kilo.'

'Echt?' zei Gaby. 'Hoe dan?'

Maar Madison had geen fut meer om het haar uit te leggen. Ze liet haar blik over de menigte dwalen en wachtte op iemand van de organisatie die hen naar hun plaatsen zou brengen. Ze zag een stelletje jonge sterren uit de laatste HBO-serie en de leden van *The Royal We*, Philip Curtis' laatste musicalontdekking, maar tot nu toe was het nou niet bepaald het neusje van de zalm. Meer van het tweede garnituur, dacht Madison, of zelfs het derde. Dat was even slikken.

Toen er na een paar minuten nog steeds niemand was verschenen, greep Madison Gaby's hand. 'Kom,' zei ze. 'We gaan zelf wel naar onze plaatsen.' Ze was geïrriteerd: zo ging je niet met een ster om.

Ze baanden zich een weg door de menigte naar de eerste rij klapstoelen. Ze hadden tenminste een plaats op de eerste rij, dacht Madison. Misschien zaten ze wel naast Anna Wintour.

Maar toen ze aankwamen bij hun stoelen zag Madison tot haar verbazing – nee, maak daar maar ontzétting van – dat ze bezet waren.

Door Carmen Curtis en een of ander blondje met een mislukte neusoperatie.

'Gaby,' siste ze, 'ga iemand van de organisatie halen!'

Gaby keek naar haar kaartje en toen weer met een verbaasde uitdrukking op haar gezicht naar hun plaatsen. 'Ik dacht dat we op de eerste rij zaten. Hé, is dat Carm…?'

'Gaby!' fluisterde Madison vinnig, terwijl ze probeerde haar gezicht in een glimlachende plooi te houden. 'Ga gewoon iemand van de organisatie halen!'

Gaby, lief sloofje als ze was, deed wat haar was opgedragen en even later verscheen de uitgeputte evenementencoördinator, met een headset in haar opgestoken haar en een klembord in haar hand.

'Is er een probleem?' Haar toon was scherp.

Madison werd nijdig, maar hield haar stem gedempt. Ze moest er niet aan denken dat de camera's van PopTV, laat staan iedereen in deze ruimte, zou merken dat Carmen het lef had om haar plaats in te pikken. 'Dat kun je wel zeggen, ja,' zei ze. 'Die méísjes' – ze knikte naar Carmen en haar eenpersoonsgezelschap – 'zitten op onze plek.' Madison liet haar kaartje zien aan de vrouw.

De evenementencoördinator keek er niet eens naar. 'Ik heb nog twee plaatsen op de vijfde rij. Dan verplaatsen we u daarheen.'

Madison moest haar best doen om haar mond niet open te laten vallen. De vijfde rij? 'Pardon?'

'Ik kan u twee plaatsen aanbieden op de vijfde…'

'U bedoelt de áchterste rij,' zei Madison ijzig. 'Volgens mij begrijpt u het niet. Ik wil dat u die meisjes ergens anders neerzet. Dat zijn onze plaatsen. Ze zijn voor ons gereserveerd. PopTV heeft ons een plek op de eerste rij gegarandeerd, en dat is de enige reden waarom we hier zijn.'

'Neem me niet kwalijk, wat was uw naam ook alweer?' vroeg de vrouw, terwijl ze door de papieren op haar klembord bladerde.

Dat méén je toch niet? Deze veredelde secretaresse wist niet wie zij was? 'Madison Parker,' zei ze met opeengeklemde kaken. Van binnen ontplofte ze bijna.

De vrouw omcirkelde een naam op haar lijst en keek op. 'Oké, miss Parker, sorry voor de verwarring, maar dit is geen evenement van PopTV en die plaatsen zijn van miss Curtis en haar vriendin. Het programma begint over drie minuten. Wilt u de stoelen op rij vijf of niet?'

Madison gaf geen antwoord. Wilde zij de stoelen op rij vijf? Wat ze wílde was haar Louboutin uittrekken en de vrouw daarmee in haar oog steken. Iedereen wist dat je plek op een modeshow gerelateerd was aan je status als beroemdheid. Eerste rij: ster. Achterste rij: een nobody.

'We nemen ze.' Gaby pakte de twee nieuwe kaartjes uit de hand van de coördinator en probeerde Madison mee te trekken naar de achterste rij. 'Kom nou, Madison. Laten we gewoon op onze plaatsen gaan zitten.'

Madisons ogen spoten vuur naar Carmen en haar lelijke vriendinnetje. 'Het zijn niet ónze plaatsen,' zei ze, terwijl ze haar arm losrukte.

Het licht werd al langzaamaan gedimd, maar Madison bleef stokstijf staan. Ze zag Luke Kelly naar de plek lopen waar zij had moeten zitten. Er verscheen een gigantische grijns op Carmens gezicht toen ze opsprong om hem te omhelzen.

En dat was het moment waarop Madison de veelzeggende bobbel aan de achterkant van Carmens jurk zag. Een microfóón. Ze draaide zich snel naar het einde van de rij. En ja hoor, daar zat de nieuwe Dana (die blijkbaar promotie had gemaakt) en stond een camera van PopTV, die niet op Madison maar op Carmen gericht was.

Madison haalde diep adem terwijl ze dit nieuws liet bezinken. Dus het werd niet een of andere treurige nobody die gedoemd was onbekend te blijven: Carmen Curtis werd de actrice met aspiraties in *The Fame Game*. Trevor had een stukje Hollywood-royalty in de wacht gesleept – en zij had zelfs al een film achter de kiezen. Petje af, hoor!

Hij was nu waarschijnlijk erg in zijn nopjes met zichzelf, dacht Madison. Tja, dan zou zij moeten doen wat ze kon om daar verandering in te brengen.

5

JOUW ROCK-'N-ROLLKANT

Kate gooide een stapel truien in een kartonnen doos en liet zich vallen op de zitzak met luipaardmotief die ze al sinds de middelbare school had. Ze was nu al vijf uur aan het inpakken en haar enthousiasme nam zienderogen af.

'Nog een kop koffie?' vroeg Natalie vanuit de deuropening.

Kate glimlachte naar haar huisgenootje. 'Zie ik zo bleek dan?'

'Je ziet eruit alsof je met een schoenlepel uit die zak gepulkt moet worden,' zei Natalie, die de kamer in liep en op Kates kale bed ging zitten.

'Tja, nou ja. Ik heb er een in de keukenla liggen, mocht het zover komen.' Ze liet haar hoofd op de verbleekte stof zakken en sloot haar ogen.

'Een beetje enthousiaster mag best,' zei Natalie vermanend. 'Je verhuist naar een of andere chique plek in West Hollywood! Je komt op tv! Zoals mijn hippie-oma vroeger zei: vandaag is de eerste dag van de rest van je leven.'

'Ik bén ook enthousiast,' zei Kate. 'Ik rust alleen even uit.'

Maar de waarheid was dat ze zich eerder ongerust dan enthousiast voelde. Ze verliet haar enige vriendin in L.A. en het sjofele, maar o zo gezellige appartement dat ze met haar deelde (beide gevonden dankzij internet) en ging ervandoor naar onbekend terrein om vierentwintig uur per dag gevolgd te worden door televisiecamera's. Had ze hier echt voor getekend? Was ze er ook maar een béétje klaar voor?

Ze zocht in haar broekzak naar de BlackBerry die Dana haar had gegeven. 'Die moet je altijd bij je hebben,' had Dana streng gezegd. 'Zorg dat hij opgeladen is en aanstaat.' Ze had het doen voorkomen of de wereld zou vergaan als Kate haar niet op haar wenken bediende. 'Misschien kun je me beter een gps-halsband geven,' had Kate gegrapt. 'Je weet wel, wat ze ook met ijsberen en zo doen?' Maar Dana had daar de lol niet van ingezien.

'Wat ik niet snap, is waarom je moet verhuizen,' zei Natalie. 'Ik bedoel, als het reality-tv is, moeten ze je dan niet filmen waar je echt woont? In plaats van je een nieuw huis te geven en net te doen of je daar zou willen wonen?'

'Ja, en net doen of ik me dat kan veroorloven.' Kate glimlachte. 'Maar hé, zou jij het leuk vinden om gefilmd te worden als je 's morgens het brood laat verbranden in de broodrooster?'

Natalie trok haar neus op en keek ontzet. 'Nee!'

'Nou, dat is een van de redenen dat ik niet hier kan wonen.'

Natalie knikte, waardoor haar zwartgeverfde pony in haar ogen kwam. 'Ja ja. En wat zouden ze verder nog van mij filmen? Dat ik zit te leren voor mijn tentamen textiel?' Natalie zat in het tweede jaar van een opleiding interieurontwerpen. Elk meubelstuk in hun huis was bekleed met een waanzinnige stof die ze zelf had ontworpen.

'Nou nee. Slecht voor de kijkcijfers.' Kate lachte.

'Maar gaan ze jou dan filmen bij The Coffee Bean?'

'Nee, ik heb nog maar één baantje nodig, aangezien dit in feite mijn nieuwe tweede baan is. En zij hebben 'voorgesteld' dat ik The Coffee Bean zou opzeggen,' vertelde Kate haar. 'Ze willen wel dat ik werk, maar blijkbaar zijn ze niet van plan mijn verbijsterende koffietalenten te benadrukken.'

Natalie keek sceptisch. 'Koffietalenten?'

'Ja, je weet wel, iemand zonder te morsen een kop koffie overhandigen, en zijn melk opschuimen terwijl je met de vaste klanten over ditjes en datjes praat.'

'Ik ben onder de indruk,' zei Natalie. 'Praten... tijdens het opschuimen! Ik weet niet waarom jij een beroemde muzikant wilt worden als het voor iedereen duidelijk is dat koffie jouw roeping is.' Ze giechelde. Kate gooide een T-shirt naar haar toe, dat Natalie in de verhuisdoos stopte. 'Kijk: ingepakt! Zie je nou hoe hulpvaardig ik ben?'

'Waar zou ik zijn zonder jou?' zei Kate droogjes.

'Maar serieus: hoe zou het zijn? Ben je niet zenuwachtig? Ik bedoel: je moet de hele tijd een microfoon dragen, toch? En overal waar je kijkt staan camera's...'

'Hou op,' zei Kate, terwijl ze zich uit de zitzak omhoog hees om de kamer te inspecteren. De muren waren nu kaal en de kast was leeg, met uitzondering van een kluwen metalen kledinghangers op de bodem. Een warm briesje liet de vitrage wapperen, die ze van haar eerste salaris van The Coffee Bean had gekocht. Er stonden piepkleine blauwe gitaren en muzieknoten op.

'Mark zei dat ze je gingen filmen op open podia en dat soort dingen,' ging Natalie verder. Mark Sayers was een oude vriend van Natalie; Kate had ooit een soort date met hem gehad en had hem charmant, maar een beetje te getikt gevonden. 'Dat zal dan wel betekenen dat je eindelijk het podium op moet.'

'Ik denk het wel,' zei Kate. Dat was een uitgemaakte zaak: ze zou heel snel een stuk dapperder moeten worden. 'Zit jij soms op het plakband?'

Natalie tastte om zich heen op het bed. 'Voilà,' zei ze. 'Heb je je tegenspeelsters al ontmoet?'

Kate schudde haar hoofd. 'Nog niet. Maar ze hebben een appartement in hetzelfde gebouw, dus ik denk dat dat snel zal gebeuren.'

'Die Madison Parker lijkt me echt een type dat je gastvrij onthaalt,' zei Natalie spottend. 'Ik durf te wedden dat ze je verwelkomt met een schaal brownies of misschien zelfs wel een drilpudding.' Toen werd haar toon nieuwsgierig. 'Denk je dat jullie vriendinnen gaan worden?'

'Ging jij niet nog wat koffie maken?' vroeg Kate, terwijl ze haar huisgenote een por gaf met haar voet. Ze had even geen zin meer om vragen te beantwoorden.

Eerlijk gezegd was Ethan de enige met wie ze echt wilde praten. Ze hadden nog steeds contact, ook al was het al meer dan een jaar uit tussen hen. In tegenstelling tot Kate, die haar Samsung beschouwde als een verlengstuk van haar lichaam (tenslotte zat praktisch iedereen die haar dierbaar was duizenden kilometers bij haar vandaan), was Ethan niet echt een telefoonmens. Maar hij was wel goed in e-mailen. Hij stuurde graag bar slechte YouTube-video's aan haar door, zoals die ene van dat achtjarige jongetje dat probeerde de geest van Barry White op te roepen, of van die middelbareschoolmeisjes die een nummer van Kings of Leon volkomen om zeep hielpen. 'Zie je nou wel?' had hij geschreven nadat hij over haar meest recente aanval van plankenkoorts had gehoord. 'In vergelijking met deze idioten val je reuze mee.'

Ze had hem dagen geleden al een berichtje gestuurd over dat Dana haar had benaderd, maar vreemd genoeg had ze nog niets van hem gehoord. Ze zei tegen zichzelf dat hij waarschijnlijk extra diensten draaide in de ijzerwinkel voordat het schooljaar weer begon. Ze wierp een blik op haar mobiel en overwoog hem te bellen. Het was drie uur later in Ohio – bijna etenstijd. Ze vroeg zich af of ze hem te pakken zou kunnen krijgen als hij onderweg was naar zijn favoriete eettent tegenover de campus. Kate sprong op toen de telefoon op haar nachtkastje begon te trillen.

Alsof de duivel ermee speelde: het was Ethan Connor in hoogsteigen persoon. Misschien was dit ook een teken, dacht ze. Een goed teken.

'Hé,' zei ze. Ze voelde zich opeens een stuk beter. 'Wassup?'

'Niets bijzonders, Hollywoodmeisje,' antwoordde Ethan. Ze kon de glimlach in zijn stem horen.

'Ach, hou toch op,' zei Kate blozend.

'Nee, serieus, wat ging je nou misschien doen? Een reality-televisieprogramma? Dat is krankzinnig, Kate!'

'Niet misschíén,' verbeterde ze hem. 'Zeker weten. Het heet *The Fame Game*.'

'*Weeeellll, holy shit, child*,' zei hij met een zuidelijk country-accent. 'Kleine Kate Hayes is een grote meid en wordt een televisiester.'

Ze lachte. 'Misschien. Ik bedoel: wie weet wordt het wel wat. Er is nog niets opgenomen. Misschien vinden ze me wel te saai en ontslaan ze me alsnog om een andere zangeres in te huren.'

'Hé, ga jezelf nou niet omlaaghalen,' zei Ethan. 'Weet je nog? Zelfvertrouwen, dáár gaat het om.'

Kate lachte opnieuw. Ze klemde de telefoon tussen haar wang en schouder terwijl ze uit haar raam staarde, dat uitzicht bood op het parkeerterrein van een apotheek die dag en nacht open was (het uitzicht zou ze in ieder geval niet gaan missen). Ze somde voor Ethan de feiten van het programma op: van haar tegenspeelsters tot haar hoop een eigen album op te nemen. Toen slaakte ze een zucht. 'Het is echt geweldig. Maar het is allemaal nogal overweldigend, snap je? Het ene moment sta je koffiebonen te malen en het volgende onderteken je een televisiecontract.'

'O, jij komt er wel,' verzekerde Ethan haar. 'Je zult er alleen hard voor moeten knokken om op te vallen.'

'Hoe bedoel je?' vroeg Kate, terwijl ze zag hoe een dakloze een winkelwagentje probeerde te stelen van het parkeerterrein.

'Nou, je tegenspeelsters lijken me behoorlijk blitse dametjes,' zei Ethan. 'Zij zijn gewend aan de spotlights. Die willen ze vast niet delen.'

'Nou ja, ik weet zeker…'

'Misschien moet je je rock-'n-rollkant wat meer benadrukken,' ging Ethan door. 'Neem wat tatoeages. Denk na over een gezichtspiercing of twee. Misschien moet je je haar zwart verven met, weet ik veel, een roze streep erin of zoiets.'

Kate wreef over haar slapen. 'Eh… volgens mij…'

'En bereid je voor op het dragen van superstrakke broeken. En sletterige schoenen…'

'Ethan!' riep Kate uit. 'Je jaagt me de stuipen op het lijf.'

Toen hoorde ze Ethans donkere, vertrouwde lach. Die herinnerde haar aan de middelbare school: aan honkbalpartijtjes en studeerzalen en kantinevoedsel en al die andere dingen – goed en slecht – die ze achter zich had gelaten.

'O, Kat,' zei hij. Hij gebruikte haar oude koosnaampje. 'Ik probeer je alleen maar te helpen. Ik bedoel: van alle singer-songwriters in Los Angeles hebben ze jou gekozen. Je wilt ze vast niet teleurstellen.'

'Eh, nee, nee, je hebt gelijk,' stamelde ze, terwijl ze het vertrouwde gevoel dat Ethans hulp soms meer op een belediging leek, onderdrukte. 'Natuurlijk.'

Natalie tikte op haar schouder en stak haar een mok dampende koffie toe. Ze nam hem dankbaar aan. 'Oké, ik moet hangen. Ik ben nog niet klaar met inpakken.'

'Vergeet me niet als je superrijk en beroemd bent, hè?' grapte Ethan.

'Heus niet,' verzekerde ze hem.

En dat zou ze ook niet doen. Maar toen ze de verbinding verbrak, kon ze niet anders dan bekennen dat het gesprek met Ethan niet zo geruststellend was geweest als ze gehoopt had. Integendeel zelfs.

'Alles in orde?' vroeg Natalie. 'Heb ik er genoeg melk in gedaan?'

Kate lachte naar haar toekomstige ex-huisgenote. 'Hij is volmaakt,' zei ze, terwijl ze dankbaar een slok nam. 'Misschien moet jij mijn oude baantje bij The Coffee Bean overnemen.'

'O nee, ik ben veel te kribbig om met klanten te werken,' zei Natalie, terwijl ze zich weer op het bed liet vallen. 'Ik bedien alleen mensen die ik leuk vind.' Ze zette haar blote voeten tegen de gele muur. 'Hoe zal jouw nieuwe leven eruit gaan zien?' zei ze peinzend. 'Denk je dat ik jóú op televisie ga zien? Of wordt het gewoon een of andere truc – een soort PopTV-versie van de werkelijkheid?'

Kate haalde haar schouders op. 'Ik heb echt geen idee,' zei ze. 'Het enige wat ik weet is dat ik over twee uur in Park Towers moet zijn en nog lang niet klaar ben. Moet je die troep zien.'

Natalie schoot overeind en keek naar de stapels kleren en beddengoed die nog steeds verspreid door de kamer lagen. 'Ik help je wel,' zei ze. 'Maar nu echt.'

'Bedankt,' zei Kate. Ze had graag iets van Natalies praktische en nuchtere aard gehad, om het maar niet te hebben over haar abnormale vermogen om vijftig songbooks in een doos te krijgen die eruitzag alsof er maar vijf in pasten.

Aangedreven door cafeïne en Natalies hulp, pakte Kate alle dozen in zonder een zenuwinzinking te krijgen. Met nog een half uur te gaan legde ze Lucinda, haar gitaar (genoemd naar een van haar idolen, Lucinda Williams), op de achterbank van haar goeie ouwe Saab en sloeg het portier dicht. Ze wierp een laatste blik op de vergeelde gepleisterde muren van haar oude appartementencomplex en zwaaide naar Natalie, die al kushandjes werpend uit het raam hing. Toen stapte ze in de auto en reed langzaam weg, terwijl ze de Selva Vista Apartments, die ze een jaar lang 'thuis' had genoemd, in haar achteruitkijkspiegel zag verdwijnen.

6

AARDIG DOEN

'Dit is het dus?' vroeg Drew, terwijl hij bleef staan voor Grants Guitar Shop in Santa Monica. Hij keek sceptisch naar het flapperende zonnescherm en het bizarre imitatiemetselwerk op de gevel van het gebouw. 'Ziet er niet echt indrukwekkend uit.'

Carmen sloeg haar ogen ten hemel. 'Niet te geloven dat jij je hele leven in L.A. hebt gewoond, net doet of je gitaar speelt en toch nooit in Grants bent geweest.' Ze schoot langs hem heen en liep de kleine ruimte aan de voorzijde binnen, die van de vloer tot het plafond volgestouwd was met snaarinstrumenten: gitaren, natuurlijk, maar ook mandolines, violen, banjo's en ukeleles. 'Je loopt nota bene stage bij Rock It! Records. Heeft mijn vader je hier nooit naartoe gestuurd om, weet ik veel, research te doen of zo?'

'Nee dus,' zei Drew, die de geringschattende opmerking over zijn gitaarspel negeerde – hij was de eerste om toe te geven dat hij het zichzelf had aangeleerd omdat meisjes gek waren op jongens met een gitaar – en zich ogenschijnlijk niet schaamde voor zijn onwetendheid. Hij haalde zijn schouders op. 'Maar hij heeft me vorige week wel naar

Largo gestuurd.'

'Nou, Grants is best beroemd. Er hebben hier allerlei geweldige mensen opgetreden,' zei ze, terwijl ze zich een weg baande naar de zaal aan de achterkant, waar de optredens plaatsvonden.

Drew streek met zijn vinger langs een knalroze Gibson die aan de muur hing, terwijl hij achter haar aan liep. 'Op dit tijdstip?' vroeg hij.

Carmen glimlachte. Ze moest toegeven: zes uur 's avonds was nou niet bepaald het moment om uit je dak te gaan. Maar Laurel Matthews, die talentproducent was bij *The Fame Game* (in feite een productieassistent, maar dan iets beter betaald), had haar verteld dat dit de plek was waar Trevor op dit tijdstip wilde filmen. En dus was ze hier: voorzien van microfoon en make-up, helemaal klaar voor verschijning op tv.

Hoewel, nu ze erbij stilstond: Trevor had haar in eerste instantie éígenlijk willen filmen bij het verlaten van haar huis in de Palisades. Daar had Philip Curtis echter snel een stokje voor gestoken. 'Als ik een camera in mijn gezicht wilde hebben, was ik wel in Malibu gaan wonen,' had hij gezegd. 'Pertinent geen televisieploeg van PopTV op mijn grondgebied.'

Carmen was verbaasd geweest door zijn heftige reactie, maar ze had echt geen zin gehad in ruzie. En uiteindelijk bleek dat ook niet nodig, want Drews vader had gezegd dat ze zijn herenhuis in Brentwood wel mochten filmen. Het was echter wel vreemd om naar zijn huis te rijden – waar ze praktisch nooit naartoe ging – om net te doen of ze daar elke dag doorbracht met Drew en zijn vader, dokter Botox.

Carmen was blij (en ietwat verbaasd) dat Drew ermee had ingestemd om mee te doen aan het programma. Toen ze officieel haar rol in *The Fame Game* had geaccepteerd, had Dana een waslijst aan vragen met haar doorgenomen over haar leven, haar familie en haar vrienden. Een van de belangrijkste vragen was geweest: wie van Carmens meest nabije en dierbare mensen was bereid om voor de camera te verschijnen? Dana hoopte natuurlijk dat Carmens ouders daar wel oren naar zouden hebben: de Curtisjes zouden een behoorlijke dosis glamour (en draagvlak) aan het programma geven, ook al waren ze dan van middelbare leeftijd. 'Eh, laat hen maar aan mij over,' had Carmen gezegd. En terwijl Dana haar teleurstelling had geprobeerd te verbergen, had Carmen dat ook gedaan. Ze had zo graag willen geloven dat Trevor haar had uitgekozen omdat ze op eigen kracht een rijzende ster was – hij had haar ervan verzekerd dat dat het geval was – maar na het gesprek met Dana was dat iets minder aannemelijk geweest.

Toen Dana klaar was met vragen stellen, had ze haar armen over elkaar geslagen en aan Carmen gevraagd of ze wilde weten wie haar tegenspeelsters waren. Ja, dúh, had Carmen gedacht, maar omdat ze een net meisje was had ze in plaats daarvan geantwoord: 'Ja, graag.' En toen Dana het haar vertelde, had ze geknikt en vriendelijk geglimlacht, ook al waren haar gedachten verre van menslievend geweest. Madison Parker: achterbaks, verslaafd aan roem. Gaby Garcia: arrogant, sidekick. Kate Hayes:… Wie? Ach, wat maakte het uit, hield Carmen zichzelf voor; ze zou tegen iedereen aardig doen. Ze was uiterst bedreven in het soort vriendelijkheid dat met gemak doorging voor oprechte genegenheid. Dat was gewoon een van de dingen die ze had geleerd door in de spotlights te verkeren.

Carmen was al op weg naar de deur geweest toen Dana haar terugriep. 'Wacht even… Jouw vriend Drew… werkt hij bij Rock It!?' En nadat Carmen knikte, waren Dana's donkere ogen opgelicht en had ze er vrolijker uitgezien dan Carmen haar ooit had meegemaakt. 'Perfect,' had ze gefluisterd, terwijl ze de telefoon pakte.

En zo waren Drew en Carmen hier vanavond bij het open podium beland, omdat – volgens de verhaallijn – Drew had 'gehoord dat er een of ander waanzinnig getalenteerd meisje op zou treden'. Ze hadden zelfs een scène opgenomen waarin Drew en Carmen keken naar een video van het meisje op YouTube. (Drie keer, feitelijk, omdat Drews vader steeds het beeld in liep met een groot glas whisky in zijn hand.) En Carmen had begrepen wat haar missie was: ze moest bevriend raken met het meisje met het rossige haar, de krachtige stem en het betreurenswaardige gevoel voor stijl.

Carmen keek om zich heen in het zaaltje van Grants, dat nog niet eens halfvol was, en vroeg zich af waar Laurel was. Laurel en zij hadden samen op de middelbare school gezeten, en hoewel ze toen niet echt vriendinnen waren geweest (Laurel zat drie klassen hoger), had ze het meisje altijd cool gevonden. Met uitzondering van de geluidsman die haar even tevoren de microfoon had gegeven en de cameraman naast hem, zag Carmen geen bekende gezichten. Ze kneep even in Drews arm; ze had last van zenuwen en dat was niets voor haar. Al na tien minuten filmen had ze zich gerealiseerd dat het uitspreken van een uit het hoofd geleerde tekst voor de camera iets heel anders was dan proberen jezelf te zijn. Ze vroeg zich heel even af of reality-tv voor haar, als redelijk ervaren actrice, niet juist móéilijker zou zijn.

Haar BlackBerry zoemde in haar tasje en ze viste hem eruit. Een bericht van Laurel: *Jullie zitten vooraan. Kom gauw.*

Ze wendde zich tot Drew en glimlachte. 'We moeten,' zei ze. Ze haalde diep adem en zei toen, iets harder voor de camera: 'Laten we vooraan gaan zitten.'

Toen ze in de richting van het podium liepen, zag Carmen dat de andere bezoekers ook naar de voorste rijen werden gedirigeerd. Slimme

Laurel, dacht ze. Op die manier leek het voor de camera's van PopTV of Kate een volle zaal had getrokken.

'Denk je dat ze in het echt ook goed is?' vroeg Drew.

Carmen haalde haar schouders op. 'Geen idee,' zei ze. 'Ik hoop het.'

De presentator kwam onder een hartelijk applaus het podium op en liet een vrij goede cover van een nummer van Foo Fighters horen, waarna hij plaatsmaakte voor een magere gast met een ringbaard en een gehavende twaalfsnarige gitaar.

Carmen keek om zich heen op zoek naar Kate en spotte haar in de hoek, waar ze bijna schuilging achter een contrabas. Carmen zou Kate ook herkend hebben zonder de camera's van PopTV, die haar met hun knipperende rode lichtjes flankeerden, omdat ze nagenoeg dezelfde te grote blouse en verbleekte spijkerbroek droeg als in het filmpje op YouTube. Kate kneep haar handen fijn en ze zag bijna groen van angst.

Carmen gaf Drew een por. 'Daar staat ze,' fluisterde ze.

Drew rekte zijn nek. 'Ze is best schattig,' fluisterde hij gretig grijnzend terug.

'Varken,' zei Carmen.

Toen Ringbaard onder beleefd applaus het podium verliet en Kate zijn plek innam, kon Carmen haar toekomstige vriendin (of eigenlijk: haar toekomstige 'vriendin') wat beter bekijken. Haar rossige haar viel in zachte, ongestylede golven over haar schouders. Ze droeg nauwelijks zichtbare make-up, maar ze had lange wimpers en van nature rode, volle lippen. Ze had bovendien een geweldig figuur, dat ze om de een of andere reden per se onder lagen slobberige kleding wilde verbergen.

Kate ging op de kruk zitten en boog zich naar de microfoon. 'Bedankt voor jullie komst,' fluisterde ze.

Carmen zag haar lange vingers trillen toen ze hun plek op de hals van de gitaar innamen. Ze zag Kate diep ademhalen en zich schrap zetten. Het meisje tokkelde een paar akkoorden, vloekte zacht en stopte. Ze keek door een lok haar op naar het publiek en fluisterde: 'Sorry, ik begin opnieuw.'

Dit keer leken Kates vingers wel naar de juiste plekken te bewegen. Ze begon te spelen en even later herkende Carmen het intro van *Girls just want to have fun*. Natuurlijk had PopTV Kate gevraagd haar 'hit' te zingen.

'*I come home in the morning light*,' zong Kate. Haar stem was zacht hijgerig en klonk gekweld. Het was alsof ze iets ondraaglijk vertrouwelijks bekende.

Carmen voelde hoe Drew naast haar verstrakte. 'Wat is er?' fluisterde ze.

'Ze is verbijsterend,' fluisterde hij terug.

Carmen voelde een piepklein steekje van jaloezie, alsof ze opeens door een naald geprikt werd. Wanneer had Drew haar ooit verbijsterend gevonden? Maar ze zette die gedachte snel van zich af en concentreerde zich op de muziek. Het was doodstil in de zaal, alsof iedereen zijn adem inhield. Kates stem sleepte hen allemaal mee.

Toen Kate de laatste akkoorden aansloeg, klapte Carmen zo hard als ze kon. Het meisje was echt, écht heel goed, maar ze had duidelijk veel aanmoediging nodig. Ze zag er nog steeds belabberd uit.

Kate boog zich naar voren en zei dit keer iets harder: 'En nu iets wat ik zelf heb geschreven.' De camera van PopTV zoomde in voor een close-up.

Het nummer stond in mineur, dus het klonk griezelig en triest, ook al ging de tekst over zonneschijn en de zomer.

Carmen merkte dat ze met haar hoofd mee knikte op de maat. Ja, dacht ze, dit is echt goed. Ze had verstand van muziek doordat ze ermee was opgegroeid. (Soms letterlijk: toen ze als zevenjarige de waterpokken had, waren de bandleden van No Doubt om haar bed komen staan om een beterschapsliedje te zingen.) Mensen noemden haar vader 'de hitmaker' vanwege zijn legendarische vermogen platina platen te produceren, maar zoals Philip Curtis altijd zei: hij herkende de hits eerder dan dat hij ze maakte. Carmen kon zelf absoluut niet zingen, maar ze had wel zijn oor voor talent geërfd. Carmen was degene geweest die er al die jaren geleden op had gestaan dat haar vader naar Aja moest luisteren. En vervolgens had hij haar gecontracteerd en een ster van haar gemaakt. Heel jammer dat Carmen niet bij Rock It! Records wilde werken; ze zou een briljant hoofd van de afdeling Artist & Repertoire zijn.

'More,' schreeuwde Drew toen Kates liedje afgelopen was. 'We want more!'

Maar de regel bij open podia was: twee liedjes in zeven minuten. Dan was het echt afgelopen. Dus ze moesten de rest van het programma uitzitten (nog vijf andere artiesten, en geen van hen bezat ook maar half zo veel talent als Kate) tot ze naar de hoek van de zaal konden lopen, waar Kate nagelbijtend op een klapstoel zat.

Carmen voelde dat de camera's op Drew en haar gericht waren toen ze Kate naderden. Nu was het zover: ze zou haar tegenspeelster ontmoeten. Ze kon maar beter een leuke openingszin verzinnen.

'Hai,' zei ze glimlachend. Wauw, superorigineel, dacht ze.

Kate keek op; ze had het puntje van haar wijsvinger nog in haar mond. 'Hai.'

Carmen overwoog haar hand uit te steken naar Kate, maar deed het bij nader inzien toch maar niet. 'Ik ben Carmen,' zei ze, 'en dit is Drew.' Ze wees naar haar beste vriend, die grijnsde en zei: 'Je was geweldig, mop.'

Kate kreeg meteen een kleur en staarde naar haar voeten. 'Dank je. Ik baal er alleen van dat ik het in het begin zo verknald heb.'

Ze had iets onschuldigs, waardoor Carmen haar meteen in bescherming wilde nemen. Haar eigen zenuwen verdwenen. 'Ja, maar daardoor gaat het publiek alleen maar meer achter je staan,' zei ze. 'Ik ken een gast die tijdens elk optreden minstens één nummer met opzet verknalt. Hij zegt dat zijn fans dat fijn vinden, omdat hij daardoor menselijker lijkt.'

Dit leek Kate een beetje op te vrolijken. 'Echt?' zei ze. 'Dus er is nog hoop voor me?'

'Natuurlijk,' zei Carmen.

Kate glimlachte en gaf haar gitaarkoffer een tikje met haar voet. 'Hoor je dat, Lucinda? Carmen Curtis – dé Carmen Curtis! – zegt dat ik niet totaal hopeloos ben.'

Carmen was een beetje verbaasd. Ze had niet verwacht dat Kate zou weten wie ze was. Het was toch de bedoeling dat ze elkaar onder het oog van de camera leerden kennen? Dat ze 'vriendinnen' werden? Het was nu al verwarrend om de echte waarheid en de tv-waarheid uit elkaar te houden.

'Ik heb je gezien in *The Long and Winding Road*,' vervolgde Kate. 'Je was geweldig. Toen jij en je zus niet genoeg geld hadden bij dat tankstation en jij bijna moest smeken om wat benzine? Toen moest ik gewoon huilen!' Ze giechelde. 'Ik weet het, ik ben een beetje sneu.'

Nu was het Carmens beurt om te blozen. 'Dank je,' zei ze. 'Maar nu moet jij genieten van je succes. Je was echt geweldig.'

'Nou,' zei Drew. 'Die brug in het tweede nummer was briljant.'

Maar Kate wuifde lachend hun complimenten weg. 'Hou op, jullie maken me verlegen. Laten we het hebben over waar je hier in de buurt iets kunt eten. Ik was zo zenuwachtig dat ik de hele dag geen hap door mijn keel heb kunnen krijgen en nu verga ik van de honger.'

Carmen slingerde haar tas over haar schouder en knikte naar de deur. 'Ik weet wel wat,' zei ze. 'Kom maar mee.'

Verderop in de straat was al een tweede locatie voor hen gereserveerd, dus Kates suggestie kwam niet als een verrassing.

Carmen was onder de indruk van haar natuurlijke uitstraling. Misschien had ze dit meisje op het eerste oog onderschat. Ze keek toe hoe Kate haar gitaar en haar spullen pakte en was optimistisch over haar tegenspeelster. Toen ze de warme avondlucht van Santa Monica in liepen, drong het tot haar door dat die aanhalingstekens om 'vriendin' misschien wel overbodig waren.

7

PRAKTISCH EEN AUTOCHTOON

Madison strekte een lang, gestroomlijnd been uit en toen het andere; ze genoot van de warme zon op haar huid. Naast haar stond een gigantische fles Voss-water bij een stapel roddelbladen. (Ze vouwde altijd de hoekjes om van de pagina's waarop ze genoemd werd en bewaarde ze op een keurige stapel in haar kast om er op eenzame avonden doorheen te bladeren.) Maar Gaby, die in een pruimkleurige bikini van het formaat papieren zakdoekje naast haar lag, wilde gewoon haar mond niet houden.

'En de set is zeg maar, supergaaf met allemaal lampen en camera's en draaiende podia en zo,' zei ze. 'En ik heb Chase Davis al ontmoet. Hij is suuuuuperknap en ook echt aardig. En o mijn god! Wist je dat alle mannen make-up dragen?'

Gaby was in de zevende hemel omdat ze als verslaggever bij *Buzz! News* in dienst was genomen en reportages moest maken van de minder belangrijke gebeurtenissen rond Hollywood. Het was wel duidelijk dat Trevor haar die schnabbel had bezorgd, dacht Madison, want iemand met een beetje hersens zou Gaby echt niet inhuren om iets te doen wat veeleisender was dan het onthouden van haar eigen naam.

Ze deed haar ogen dicht en haalde diep adem op de manier die de leraar haar had geleerd tijdens de enige yogales die Madison ooit had gevolgd. (Met yoga verbrandde je net zo veel calorieën als met winkelen, dus tja…) Gaby en zij doodden de tijd bij het zwembad totdat hun nieuwe buurmeisje, Kate hoe-ze-ook-heette, ten tonele zou verschijnen. (Hoewel Kate in werkelijkheid twee verdiepingen lager dan Madison en Gaby woonde. Trevor had gehoopt dat de meisjes naast elkaar konden wonen – net als in *Melrose Place* – maar het bleek dat zijn overredingskracht zich niet uitstrekte tot mensen die niet aan zijn programma meededen: het stel in het appartement naast dat van Madison had geweigerd te zwichten.) Madison zette de fles water aan haar lippen. Waarom, o waarom konden ze niet in stilte op haar wachten?

'…dus ik kom op die lintjesdoorknipplechtigheid waar het de bedoeling is dat ik wat vertel over de geschiedenis van die plek en dat er dus voordat ze daar die nieuwe club gingen bouwen een soort van leeg terrein was met een gigantische hoeveelheid willige katten…'

'Ik mag hopen dat je straks de autocue kunt lezen,' zei Madison binnensmonds.

Maar Gaby hoorde haar niet. 'Wat is dat trouwens, een willige kat? Is dat een bepaald ras of zoiets?'

'Volgens mij bedoel je wilde katten. Maar inderdaad,' loog Madison. 'Dat is een heel nieuw ras.'

Gaby kletste maar door, terwijl Madison zich afvroeg wat voor meisje die Kate zou zijn. Een paar dingen wist ze al, omdat ze Trevor had gebeld en net zo lang had gezeurd tot hij iets over Kates achtergrond had verteld. Madison zat dus echt niet te wachten op weer zo'n verrassing als laatst tijdens dat benefietgala voor Togs for Tots, waar ze had ontdekt dat Carmen Curtis in *The Fame Game* zou meespelen. Maar tot haar geruststelling bleek Kate totaal niet op Carmen te lijken. Haar moeder was lerares en ze kwam uit Ohio of Indiana of zo'n andere nietszeggende staat. Ze was negentien en relatief nieuw in L.A. Met andere woorden: ze zou qua wedijveren om zendtijd geen enkele bedreiging voor Madison vormen.

'Wil je een duik nemen?' Gaby's stem drong door tot Madisons gemijmer. 'Het is hier nogal warm.'

Madison deed haar ogen open en keek haar vriendin aan alsof ze gek was geworden. 'Chloor is de pest voor je huid, Gab. Dat weet iedereen.'

'O,' zei Gaby ontmoedigd. 'Oké.'

Toen zag Madison aan de andere kant van het zwembad een smalle gestalte met een breedgerande strohoed, die zo te zien zo'n ouderwets jongenshemd boven een (gaap) cargobroek droeg. O ja, en een aftands paar teenslippers.

Wauw, dacht Madison. Dat is ook een manier om op te vallen in L.A.

Ze zag dat Kate Hayes, met in haar kielzog twee televisiecamera's, op hen af kwam lopen. Hoewel er een stuk of tien lege stoelen aan de andere kant van het zwembad stonden, liep het provinciaaltje – ongetwijfeld op instructie van de regisseur – naar een van de stoelen vlak bij hen.

Kate liet een canvas tas vol boeken en papieren op het cement vallen en zakte toen neer op de chaise longue naast Gaby. En Gaby, die smachtte naar nieuw publiek voor haar onthutsend verbijsterende verhalen over haar nieuwe schnabbel bij *Buzz!*, stortte zich onmiddellijk op haar.

'Hai,' kwetterde ze. 'Warm vandaag, hè?'

Kate, wier gezicht niet zichtbaar was onder de hoed (en dat moesten we maar vooral zo houden, dacht Madison), knikte.

'Ik ben Gaby,' zei Gaby.

'Kate,' zei Kate. 'Ik ben hier net komen wonen.'

'O ja? Gaaf. Welkom!'

Madison ging zitten, waarbij ze eraan dacht om haar buik te bedekken met een slanke, gebruinde arm. Als ze zich te ver opzij boog, was er soms een plooitje boven haar navel te zien, waardoor ze er niet honderd procent volmaakt uitzag. En minder dan honderd procent was, uiteraard, honderd procent onacceptabel. Vandaar de arm – voor het geval dat. 'Ik ben Madison,' zei ze. 'Gaby en ik wonen samen.'

'O ja? Cool,' zei Kate. 'Ik woon alleen. En dat is… leuk.' Daar leek ze niet zo zeker van.

Madison zag hoe Kate zat te friemelen in een zakje, er een BlackBerry uit haalde, fronste, en vervolgens haar hoed afdeed en die naast haar tas op de grond legde. Laurel had haar duidelijk iets bericht als *laat je gezicht zien.*

Kate had geen zonnebril, dus ze keek Madison met samengeknepen ogen aan. (Meestal moest je er met de producenten voor knokken om een zonnebril te dragen, omdat die 'expressie afschermde'. Zij had dus duidelijk niet geknokt.) 'Leuk je te zien,' zei ze. 'Ik vond je programma geweldig.'

'Welk?' vroeg Madison. 'Ik heb er twee gehad, snap je.'

'Allebei,' zei Kate vlug.

Madison schonk haar een fonkelende glimlach. 'Dank je. Mijn fans hebben heel veel voor me betekend. Maar vertel eens, wat brengt jou naar L.A.?'

Kate glimlachte terug. 'Muziek,' zei ze.

'Ben je achter Mop Top aan gekomen?' vroeg Gaby. 'Ik heb gehoord dat toen ze uit Georgia hiernaartoe verhuisd zijn, er een heel stelletje fans achter ze aan gekomen is.'

Kate lachte. 'Ik ben geen groupie, ik ben muzikant. Singer-songwriter.'

'Ooo,' zei Gaby. 'Wauw. Speel je een instrument?'

'Gitaar,' antwoordde Kate. 'En een beetje keyboard en drums, als ik mezelf moet begeleiden. En ukelele.'

'Wauw. Ik heb klarinetles gehad op de lagere school, maar…'

Madison schraapte luidkeels haar keel. De wereld zat echt niet te wachten op dit totaal saaie gesprek tussen die twee.

'Heb je al optredens geregeld?' onderbrak ze hen. 'Een vriend van mij heeft een club…' De rest van de zin liet ze aan Kates verbeelding over. In feite kende Madison helemaal geen clubeigenaars die op zoek waren naar provinciale, onafhankelijke rockmeisjes, maar ze kon net zo goed doen alsof ze erg hulpvaardig was. Voorlopig.

'Nog niet,' bekende Kate. 'Ik heb het nogal druk gehad met mijn werk. Maar ik heb pas eh… wat geld geërfd, dus ik ga binnenkort wel iets opnemen.'

'Is dat jouw droom? Een plaat maken?' vroeg Madison, terwijl ze haar prachtig geëpileerde wenkbrauwen optrok.

Kate knikte. 'Elke keer dat ik alle kaarsjes op de taart uitblies, was dat mijn wens.'

'Agossie,' zei Gaby. 'Wat schattig.'

Madison had zin om haar een trap te geven.

'En wat doen jullie hier in L.A.?' vroeg Kate. 'Komen jullie hiervandaan?'

'Ja, inderdaad,' zei Madison. 'Gaby is geboren en getogen in Long Beach, en ik woon hier nu vijf jaar, dus ik ben praktisch een autochtoon.' Ze schonk Kate (en, in het verlengde daarvan, de camera's) nog een fonkelende glimlach.

'Ik ben verslaggever bij *Buzz! News*,' flapte Gaby, die zich niet langer kon inhouden, er uit. 'Ik ben net begonnen. Ik heb nog geen reportage gemaakt, maar ik weet zeker dat het supercool wordt. Het is echt helemaal de baan van mijn dromen.'

'Wauw,' zei Kate, terwijl ze de pijpen van haar broek oprolde en spierwitte kuiten onthulde. Ze wendde zich tot Madison.

'En jij? Doe je nog steeds *Madisons Makeovers*?'

Madison fronste een beetje. Waarom vroeg Kate naar haar opgeheven programma? 'Ik heb besloten daar even mee te stoppen,' zei ze zalvend. 'Ik heb zo veel meisjes geholpen, begrijp je, en het was ongelooflijk lonend. Maar ik had het gevoel dat het tijd was om me op andere dingen te richten.'

'Zoals bruin worden,' giechelde Gaby.

Madison wierp haar een dodelijke blik toe. 'Ik onderzoek mijn opties,' zei ze, terwijl ze een slokje water nam. 'Er is zo veel mogelijk.'

Kate keek passend geïmponeerd. 'Jij kunt vast alles doen wat je wilt,' zei ze. 'Zo kom je tenminste wel op me over.'

Madison verschoof elegant op de chaise longue. 'Dank je,' zei ze poeslief. Misschien was Kate wel een ideale tegenspeelster. Ten eerste was ze duidelijk veel aardiger dan goed voor haar was, en ten tweede bewees ze zichzelf geen gunst met die afschuwelijke kleren en dat peentjeshaar. De camera zou zeker niet te lang bij haar blijven hangen, dat was een ding dat zeker was. Wat uiteraard betekende dat die zich langer op Madison kon focussen.

'Dus omdat ik eh… min of meer nieuw in deze buurt ben,' begon Kate, 'vroeg ik me af of jullie zin hadden om vanavond, weet ik veel, iets te gaan drinken of zo. Misschien kunnen jullie me de leuke tenten laten zien. Of zoiets.'

Madison had geweten dat Kate dit ging voorstellen en ze had haar antwoord al klaar. 'Natuurlijk, dat lijkt me leuk. Ik wilde vanavond naar *The Spare Room* gaan, maar eigenlijk heb ik meer zin om het wat rustiger aan te doen. Dan gaan we wel een andere keer daarheen.'

'Leuk,' zei Kate. 'Misschien heeft mijn vriendin Carmen ook wel zin om te komen. Ik zal haar even een berichtje sturen.'

Kate boog zich over haar mobiel, waardoor ze Madisons gezicht niet zag betrekken. Dus Carmen Curtis, het sterrenkind van Hollywood, zou ook meegaan. Dat was niet fijn, want Carmen betekende competitie: qua eventuele fans die ze tegen zouden kunnen komen, qua opnametijd van de PopTV-camera en qua aandacht van de paparazzi die misschien net op dat moment – door een 'anonieme' tip – rond zouden hangen bij de bar waar Madison hen mee naartoe zou nemen.

Ze pakte een nummer van *Gossip* en legde het toen meteen weer neer. Ze was te opgefokt om erin te bladeren. Trevor Lord, de man die aan hun touwtjes trok, had er geen gras over laten groeien, en hij had een efficiënte manier bedacht om de vier meisjes samen te brengen. Goed gedaan, Trev. Maar de echte vraag was: wat had hij gepland om hen later uit elkaar te rukken?

8

STRIJD. DRAMA. ONDERGANG.

Zonlicht stroomde door de glazen gevel van Trevors kantoor. Met z'n bluetooth-oortje in ijsbeerde hij door de warme vlekken ervan. 'We vinden het geweldig dat we hiermee verder mogen met jou, Noah,' zei hij, terwijl hij knikte en zijn duim opstak naar Dana, die op de bank zat en via de speaker meeluisterde.

Noah was het hoofd productie van PopTV Films, de tegenhanger van PopTV, en Trevor had hem weken lopen kneden in de hoop hem ervan te overtuigen Carmen en Madison auditie te laten doen voor *The End of Love*, het dystopische liefdesverhaal dat de studio binnenkort zou gaan filmen. Noah was in eerste instantie afkerig geweest, maar had er uiteindelijk mee ingestemd. 'Het is volmaakte synergie,' vervolgde Trevor. 'We sturen de meisjes deze week nog voor een *cold reading*. En ik ga jou of de regisseur niet vertellen wie jullie moeten kiezen of dat jullie een van tweeën de hoofdrol moeten geven. Wie jullie ook kiezen, en voor welke rol dan ook, wij zorgen wel dat het in de show past. We zijn jullie gewoon erg erkentelijk voor deze kans.'

Dana knikte instemmend en oogde zeer vergenoegd met haar baas.

Dit was een uitstekende verhaallijn, en als *The Fame Game* in verband gebracht werd met wat wel eens een blockbuster zou kunnen worden, dan zou dat de populariteit van de serie vertienvoudigen. PopTV Films had het getroffen met deze film. Ze hadden al een optie op de filmrechten genomen voordat het boek een bestseller werd, en nu hadden ze eindelijk een potentiële hit in handen.

'Ik weet niet zeker of ik je kan garanderen dat het lezen gefilmd wordt,' zei Noah. 'Ik kan je alleen beloven dat ik McEntire in één ruimte met jouw meisjes breng, en zelfs dat heeft enige overredingskracht gekost. Hij is niet zo'n fan van reality-tv.'

'Wat is er nou niet leuk aan?' zei Trevor met een geforceerde lach, terwijl hij op zijn tong beet om te voorkomen dat hij zei wat hij echt dacht, namelijk dat PopTV absoluut het hoofd niet boven water kon houden met alleen de inkomsten van de filmdivisie. Reality-tv had de maatschappij én de bijbehorende studio gered, en Trevor vond het afschuwelijk als mensen weigerden hem de eer daarvoor te geven.

'We gaan volgende week lunchen,' zei Trevor tegen Noah. 'Bij Shutters. Om het te vieren.' Noah stemde daarmee in en ze namen afscheid.

Trevor liet zich in zijn stoel zakken en legde zijn voeten op de hoek van zijn glazen bureau. 'Zo, dat is geregeld,' zei hij, terwijl hij zijn frustratie van zich af schudde. 'En de rest zal gewoon op zijn plek vallen.'

'Denk je dat ze echt een van hen zullen casten?' vroeg Dana.

Trevor haalde zijn schouders op. 'Wie weet? Ik zal Noah uiteraard onder druk zetten. Stévig. Maar als het niet lukt, tja, dan zal het gejank ook voor fatsoenlijke kijkcijfers zorgen. Wij zijn er hoe dan ook bij gebaat.'

Hij kon zich bijvoorbeeld voorstellen dat Carmen niet voor de hoofdrol werd gecast en als gevolg daarvan kapot van verdriet in de armen van die knappe Drew zou belanden. En dan zou hij Madison misschien zover kunnen krijgen om ook een oogje op Drew te krijgen. En dat zou vast heel wat drama opleveren, nietwaar? (Madisons type was meestal ouder en rijker, maar hij wist dat haar enige ware liefde – zendtijd – ervoor zou zorgen dat ze zich in Drews armen wierp als Trevor haar dat vroeg.) Dat was iets om te onthouden als het niets werd met die filmrollen. Maar Trevor hoopte eigenlijk dat dat wel gebeurde, want de dagelijkse opnames van de meisjes bleken tot nog toe eerlijk gezegd een beetje saai. Hij beschikte nu over een paar weken van niet erg opwindende en verre van sprankelende gesprekken en daarmee kreeg hij niet de hoge kijkcijfers waar hij naar smachtte. Zeker, Kate was het bijna-volmaakte doorsneemeisje (hoewel hij nog steeds van plan was haar aan te spreken op haar uiterlijk – ze was best knap, maar leek de betekenis van het woord 'stijl' niet eens te kennen), en de camera was dol op Carmen. Gaby was haar vertrouwde, komische, traag-van-begrippe zelf en Madison – tja, Madison was een lastpost, en dat was precies de reden dat hij zo op haar gesteld was. Maar toch. Saaie *rushes*. Het publiek van PopTV zou genieten van de problemen die de meisjes hadden om het in L.A. te maken, maar ze vonden het vast niet leuk als ze voortdurend aardig tegen elkaar waren. Als ze uit waren op vriendelijkheid en samenwerking, dan konden ze ook naar *Sesamstraat* kijken. Ze hadden behoefte aan een karakter waar ze zich in konden verplaatsen en eentje die ze konden haten. En dan maakte het niet uit wie er in welke rol schitterde.

Madison was de afgelopen week echter in redelijk goede vorm geweest, dacht Trevor, toen hij een schijnbaar natuurlijke kunstgreep had bedacht om hen met z'n vieren uit te laten gaan. Ze was poeslief tegen

Carmen geweest – die nog niet goed wist hoe ze zich voor de camera's moest gedragen – maar ze had het toch niet kunnen nalaten om een paar uitgelezen beledigingen te uiten, waarvan Trevor uiteraard had genoten.

Ondertussen was hij met een paar dingetjes bezig geweest om de spanning op te voeren en meer onderhuidse irritatie en frustratie te creëren. Hij was ervan overtuigd dat het binnenkort allemaal op zijn plek zou vallen. En vervolgens volmaakt uit elkaar zou klappen. En dan was er nog dat interessante bericht dat hij had ontvangen van Madisons zus Sophia... Zij had een mogelijke verhaallijn laten doorschemeren die – als het waar was – verbijsterend zou zijn. Het was wel duidelijk dat de ontwenningskliniek die Madison betaald had Sophia niet had genezen van haar verslaving aan beroemd zijn.

Ja, Sophia Parker – ze had de naam Sophilyn Wardell officieel laten veranderen, wist hij nu – was het geschenk dat maar bleef geven. Ze stond voor morgen op zijn agenda.

Dat was nog iets waar Trevor om moest glimlachen. Strijd. Drama. Ondergang. Dat had hij zijn kijkers bij *L.A. Candy* gegeven, en nu zou hij daar nog een schepje bovenop doen.

9

OSM START NIET IN DE RIJ

K ate nipte van haar wodka met Sprite en nam stiekem haar omgeving in zich op: de lage, leren banken, de rode glazen wandtegels, de donkere spiegels van rookglas, het hokje van de dj dat bemand werd door een of andere gast met gouden kettingen en een honkbalpetje... Nee, ze was absoluut niet meer in Ohio.

Ze keek omlaag naar haar outfit. Het was heel jammer dat ze nog steeds hetzelfde gekleed was. Had ze dan niets opgestoken van haar eerdere uitstapjes met dit stelletje? Hoe kwam ze erbij om een oude Levi's te dragen met een geplooid T-shirt dat ze drieënhalf jaar geleden bij Banana Republic had gekocht? En dan had ze het nog niets eens over haar schoenen van DWS! Kate zuchtte. Ze was nog wel in Whisper, een van de hipste nachtclubs in L.A., waar praktisch iedereen geld en glamour leek uit te stralen. De jongens droegen allemaal een spijkerbroek die waarschijnlijk meer kostte dan een maand huur van haar oude appartement, en de meiden droegen minuscule, glimmende jurkjes, die elke gebruinde en gestroomlijnde welving omarmden. Ze bewogen soepeltjes op de dansvloer of hingen rond bij de muurbanken; ze maakten deel uit van een totaal ander en veel knapper ras.

Het was een wonder dat de portier Kate had binnengelaten, ook al werd ze geflankeerd door de beroemde Carmen Curtis en de beruchte Madison Parker. (Zou Laurel niet pisnijdig zijn geworden als de portier iedereen behalve die arme Kate Hayes had doorgelaten?)

Toen ze in hun sedan kwamen aanrijden (Madison weigerde in een taxi te stappen), was de rij voor de ingang zo lang, dat ze het eind bijna niet konden zien. 'Jèk,' had Kate gezegd. 'We kunnen misschien beter ergens anders heen gaan. Ik heb geen zin om in die rij te gaan staan.'

Madison en Carmen hadden allebei gelachen. 'In de rij staan?' had Madison bijna honend gezegd. 'Liefje, ons soort mensen stáát niet in de rij.'

Ons soort mensen? had Kate gedacht. Maar ik lijk in de verste verte niet op jou.

Carmen had geruststellend op haar arm geklopt. 'Wacht maar,' had ze gezegd. 'Ik kom overal binnen. De portiers herkennen me altijd.'

'Als iemand die net een seizoen van haar eigen tv-programma heeft afgesloten, weet ik nagenoeg zeker dat ík degene ben die ons naar binnen krijgt,' had Madison daarop verontwaardigd gezegd.

Kate had zich verschrikkelijk opgelaten gevoeld op de achterbank. Ze vond het afschuwelijk om mensen te zien bekvechten: ze werd er kriegelig en claustrofobisch van. 'Ik weet zeker dat de uitsmijters of hoe ze dan ook heten jullie allebei zullen herkennen,' had ze nogal slap opgemerkt. Ze had vast en zeker de rol van vredestichter tussen deze twee opgedrongen gekregen. Hoewel haar ouders niet gescheiden waren, vermoedde ze dat het zo moest voelen: mama en mama hebben ruzie! Kate had het portier geopend en was de stoep op gestapt. De rij werd met de seconde langer. Ze had medelijden met de meisjes die zo lang op die hoge hakken moesten staan.

De camera's van PopTV waren al opgesteld om hun aankomst te filmen en Laurel was er ook. Ze dronk iets uit een reismok. 'Koffie,' had ze gezegd, toen Carmen haar fronsend had aangekeken.

'Dan hoop ik dat je er wat whiskey in hebt gedaan,' had Carmen gezegd, 'want je ziet er een beetje gespannen uit.'

Dat was waar: Laurel oogde net zo gespannen en opgefokt als Kate zich voelde. Het was ongetwijfeld zwaar om de leiding te hebben over tv-opnames, maar zij hoefde tenminste niet voor de camera te verschijnen.

'Oké, meiden. De camera's zijn gereed en de portier weet dat hij jullie binnen moet laten. Wacht als jullie binnen zijn even tot alle camera's op hun plek staan en ga dan aan jullie tafel zitten,' zei Laurel, terwijl ze in rap tempo gebaarde naar een lange portier in een zwart pak, die gewapend was met een scanner.

Ze waren met z'n allen naar het begin van de rij gelopen, waar de touwen uiteraard voor hen uiteengingen en de portier hen met een hoofdknik begroette. (Het had helemaal niets te maken met het herkennen van Carmen of Madison. Dat zouden ze op een andere avond, als PopTV niet alles geregeld had, uit moeten vechten.) Vervolgens waren de camera's hen de schemerige, drukke ruimte in gevolgd.

'Wat vind je van deze tent?' vroeg Carmen, waarmee ze Kate met een ruk naar het heden terugbracht.

'Het is...' Kate moest hier even over nadenken. Het was chic en duidelijk superexclusief en alles, maar vond ze het leuk? Dat wist ze niet zeker. 'Het is... nou ja, in ieder geval totaal anders dan de clubs waar ik ben geweest.' Ze lachte haar tanden bloot in de hoop dat ze daarmee het enthousiasme overbracht dat ze niet echt voelde.

'Tja, je bent niet meer in Kansas,' zei Madison, terwijl ze aanstalten maakte om naar de tafel te lopen.

'Ohio,' zei Kate snel, maar Madison was al afgeleid door een of andere gast die te veel knoopjes van zijn overhemd open had gelaten.

Carmen glimlachte naar Kate. 'Ja, ik begrijp wat je bedoelt. Soms vind ik het heerlijk in een club, maar af en toe zit ik net zo lief met een bak popcorn op de bank naar *Clueless* te kijken.'

'Ik ben dol op die film,' zei Kate.

'Ja, geweldig is die, hè?' antwoordde Carmen.

'Super. Hoewel ik er een totaal verkeerd beeld van L.A. door heb gekregen.'

'Waar heb je het over?' vroeg Carmen lachend.

'Alles in L.A. is in twintig minuten te bereiken,' citeerde Kate.

Nu lachte Carmen nog harder. 'Ach lieverd, je kunt toch geen reisadvies aannemen van Chers vader.'

'Ja, dúh,' zei Kate. 'Nú weet ik dat...'

Zij lachte ook. Het verbaasde haar dat ze zo snel een band met Carmen had gekregen. Ze was in eerste instantie nogal geïmponeerd geweest door Carmens sterrenstatus – tenslotte was de gast die van die irritante reclamespotjes voor matrassen maakte tot dan toe de beroemdste persoon geweest die ze ooit ontmoet had – maar tegen de tijd dat ze allemaal een hamburger hadden gegeten na haar optreden in Grants een paar weken geleden, was Carmen voor Kate gewoon een meisje dat in L.A. haar weg probeerde te vinden. En in een bepaald opzicht was ze dat natuurlijk ook.

Drew vond ze ook leuk. Hij zag er nogal intimiderend uit vanwege zijn lengte en zijn tatoeages, maar hij was nuchter en grappig. Hij had niet moeilijk gedaan toen Kate haar cola per ongeluk over zijn mouw had gegooid (oeps!) tijdens een avondje uit met z'n drieën, en hij had om al haar slappe moppen gelachen. Maar Carmen was degene aan wie hij de meeste aandacht besteedde. Hij leek aan haar lippen te hangen en Kate kon niet anders dan zich afvragen of die twee iets hadden. Maar ze kende Carmen nog niet goed genoeg om dat te vragen.

'Heb je het daar niet warm in?' vroeg Madison, die zich vooroverboog om haar aandacht te trekken. Ze plukte aan Kates lange mouw.

Kate lachte gegeneerd. 'Eh, ja. Maar niemand heeft me ook verteld dat het hier, hoe zal ik het zeggen, een misdaad is om meer dan dertig procent van je huid bedekt te houden.'

Madison lachte alsof dit een van de grappigste dingen was die ze ooit had gehoord. 'O, je bedekt maar wat je wilt bedekken. Zolang je het maar stijlvol doet.' Ze nam een slokje van haar drankje – iets rozeachtigs in een martiniglas – en tuurde over de rand naar Kates outfit. 'Ja, volgens mij wordt het tijd dat jij jezelf een nieuwe look aanmeet. Heb je favoriete ontwerpers?'

Kate pakte haar glas wat steviger vast en schudde haar hoofd. Ontwerpers? Hoe kon Madison in hemelsnaam denken dat zij iets wist van ontwerpers? Ze kon haar beter iets over gitaren vragen. Gibson, Maton, Les Paul: dát waren namen die haar iets zeiden.

'Tijd om de beentjes te laten wapperen, dames,' zei Carmen.

Madison knikte zonder Carmen aan te kijken. Zo te zien had ze liever dat dit een tweegesprek was, zodat de camera's haar een keer van haar aardige kant konden laten zien. 'Je bent echt een snoepje, Kate. En we moeten jouw pluspunten benutten. Wat betekent' – ze maakte een proostend gebaar met haar glas naar Kate – 'dat we een afspraak moeten maken voor mijn allerliefste bezigheid: winkelen.'

'Dat lijkt me geweldig,' zei Kate opgewekt. Nu begreep ze waarom

Madison zo aardig tegen haar was: Trevor had geregeld dat ze gingen winkelen. Ze had het gezien in haar opnameschema.

Kate en Madison: winkelen
Tijd: 11.00 uur
Eerste locatie: American Rag

Ze had aangenomen dat als ze haar uit winkelen zouden sturen, ze dat met Carmen ging doen. Maar natuurlijk had Carmen niet net een seizoen met televisiemetamorfoses achter de rug. Trevor wilde ongetwijfeld een van de dingen waar Madison nu beroemd om was onder de aandacht brengen.

En ze zou haar rol in deze verhaallijn zo goed mogelijk spelen. Barneys! Kate Somerville! Lunchen bij Joan's on Third! Roddelen met Madison! Ach, het ging vast goed. Ze kon nu al veel beter omgaan met de camera's. De eerste avond dat ze gefilmd werd, toen ze – compleet met een neptelefoontje naar haar moeder – haar nieuwe appartement had betrokken, had ze steeds recht in de lens gekeken, terwijl ze zichzelf er nu soms op betrapte dat ze de camera's vergeten was (oké, heel even maar).

Opeens viel haar iets vreemds op: Carm, Gaby en zij zaten allemaal aan één kant van de kleine ronde tafel, maar de camera's waren alleen op Madison gericht. Hè? Zouden de mensen van PopTV Madison net zo fascinerend vinden als zij zichzelf vond?

En toen zag Kate een bekende platinatint uit de duisternis van de club opdoemen en hun kant op komen. Ze zag er in haar bloemige, wijde jurk en paraderend op goudkleurige, opengewerkte schoentjes oogverblindend uit. Het was de enige echte Sophia Parker.

O, dacht Kate. Wauw. Dáár hadden de camera's op staan wachten. En misschien had Laurel daarom zo vreemd gedaan daarnet.

Op dat moment hoorde Kate niet meer bij de cast: ze zat thuis in haar pyjama te kijken naar de ontknoping van dit alles. Alleen was dit vele malen beter. Dit was de ongecensureerde versie.

Er was nu één camera gericht op Sophia en één op haar zus. Sophia slaakte een doordringende kreet. 'O mijn god, zusje!' gilde ze, terwijl ze haar handen uitstak. 'Wat doe jij hier?'

Madison verbleekte. De hand waarmee ze het roze drankje vasthield, trilde een beetje en ze zette het glas snel op tafel. Kate zag dat ze zichzelf dwong om te glimlachen. 'Sophie... ach! Ik kan jou net zo goed hetzelfde vragen!' Madison stond op en gaf haar zus op elke volmaakte wang een luchtzoen. Toen deed ze een stap achteruit. 'Je ziet er goed uit,' zei ze. 'Maar wat zit er in je glas?'

Sophia straalde. 'Alleen Pellegrino, zus. Erewoord.' Ze stak twee vingers in de lucht.

'Kom gezellig bij ons zitten,' zei Madison, terwijl ze zich op de bank liet zakken.

Kate zag dat Madison totaal van slag was. Maar ze was een pro: ze deed net of de toevallige ontmoeting met haar mediageile zus, die haar voor het oog van de hele natie had vernederd, niets voorstelde.

'Nou, graag.' Sophia ging naast Madison zitten en sloeg een prachtig been over het andere. 'Ik ben Sophia,' zei ze tegen Carmen.

Carmen stelde zichzelf en alle anderen voor, maar Kate zag dat het Sophia niets kon schelen hoe ze heetten. Ze keek verveeld en glazig uit haar blauwe ogen. Sophia was alleen geïnteresseerd in de camera's en of die al dan niet op haar gericht waren. Toen dat gebeurde, kwamen haar ogen weer tot leven.

'En... hoe is het met je?' vroeg Sophia aan haar zus.

'Geweldig,' zei Madison. 'Helemaal geweldig. Maar laten we het over jou hebben. Hoe was de ontwenningskliniek? Je bent zeker heel goed in tafeltennissen geworden?'

Sophia leunde lachend achterover, zodat de camera's haar gevulde decolleté goed in beeld konden brengen. 'Alleen de psychiatrische patiënten spelen tafeltennis. De verslaafden... Wij lezen tijdschriften. Over de bladen gesproken: ik heb je nergens kunnen vinden, Mad.' Sophia's glimlach was nu sluw.

'O, ik heb er echt wel in gestaan, hoor,' zei Madison. 'Een van mijn fans heeft vast alle artikelen over mij uitgeknipt om die in haar Madison Parker-plakboek te plakken. Dat schijnt heel vaak te gebeuren, heb ik gehoord.'

Lekker dan, dacht Kate. Madison kon iemand feilloos van repliek dienen, dat was wel duidelijk.

'O, vast,' zei Sophia verontwaardigd. 'Maarre... vertel eens: waar ben je zoal mee bezig tegenwoordig?'

'Van het leven genieten,' zei Madison simpelweg. Ze dronk haar glas leeg en stond op. 'Nou dames, het was erg gezellig. Soph, echt tof om je weer te zien! Maar ik ga op huis aan. Grote dag morgen. Wil je een lift, Gaby?'

'Oké,' zei Gaby, wat zo'n beetje het eerste was wat ze de hele avond gezegd had. Ze had het te druk gehad met rondkijken in de menigte op zoek naar gasten om mee te flirten.

Madison gaf Kate een luchtkus, zwaaide naar Carmen en ging toen, gevolgd door een van de camera's, met Gaby naar buiten. En toen ook de andere camera's het na een laatste shot van haar beteuterd kijkende zus voor gezien hielden, vertrok Sophia natuurlijk ook. Ze nam niet eens de moeite om gedag te zeggen: ze ging gewoon weer op in de menigte.

'Wauw,' zei Kate. 'Dat was nogal gênant.'

'Zeg dat...' beaamde Carmen. 'Fijn, zo'n zus. Nou ja, laten we die microfoontjes afdoen en een beetje lol trappen.'

Nadat ze hun microfoontjes aan een productieassistent hadden gegeven, pakte Carmen Kates hand en trok haar in de richting van de bar. Ze waren nog geen drie meter ver, toen iemand Carmen opeens vastpakte en tegen zich aan drukte.

'Jake!' gilde Carmen, terwijl ze de lange, donkerharige gast net zo stevig vastpakte. 'Da's lang geleden! Hoe is het?'

'Een stuk beter nu,' zei Jake met een knipoog. Hij was Hollywoodknap: geprononceerde jukbeenderen, dito kaaklijn en gespierde armen. Hij droeg een shirt waarop de tekst *Virginia is for lovers* stond.

Terwijl die twee elkaar schreeuwend om boven de herrie uit te komen probeerden bij te praten, stond Kate er rusteloos schuifelend bij. Carmen had haar aan Jake voorgesteld, maar hij had alleen maar oog voor Carmen. En Carmen zoog de aandacht in zich op, vond Kate. Misschien had ze het toch mis wat betreft haar en Drew.

Jake kocht voor hen allebei een drankje en ze liepen terug naar hun tafeltje, waar ze gezelschap kregen van nog een knappe, donkerharige jongen, die Drake heette (echt waar) en Jakes broer had kunnen zijn – maar niet was. Drake kuste Carmen en schudde Jakes hand. 'Bro,' zei hij, 'ik heb jou sinds de barbecue van hoeheetieookalweer niet meer gezien. Hoe gaat het?'

Drake kwam bij hen zitten en weer stelde Carmen Kate voor. Die glimlachte welwillend, hoewel ze niet veel van deze gast verwachtte.

'Kate is mijn nieuwe vriendin,' zei Carmen. 'Ze kan ongelooflijk goed zingen. Jullie moeten echt een keer naar haar gaan kijken.'

'Cool,' zei Drake. 'Trouwens, ik heb eindelijk *The Long and Winding Road* gezien. Je was fantastisch.'

En zo ging het nog een uur door: knappe, maar onderling inwisselbare gasten die om hun tafeltje cirkelden om Carmen te begroeten en met haar te flirten, en Carmen die vrolijk terugflirtte. Ze probeerde steeds om Kate bij het gesprek te betrekken, maar zij was blijkbaar de enige die geïnteresseerd was in wat Kate te zeggen had. Toen Kate het uiteindelijk zat was om het derde (of vijfde, of zesde, of het hoeveelste dan ook) wiel aan de wagen te zijn, stond ze op en ging op zoek naar frisse lucht.

Aan het eind van de bar kwam ze via een deur op een binnenplaats, waar bijna niemand was. In de jacaranda's fonkelden witte lampjes en ze meende ergens het geklater van een fontein te horen. Ze haalde diep adem en genoot van het alleen zijn. Achter zich hoorde ze het gedempte gedreun van de bas uit de club. Ze dronk haar glas leeg en zette het in een plantenbak vol vetplanten.

'Ze zouden het fijner vinden als je ze een beetje van dat vocht gaf,' zei een stem met een charmant accent achter haar.

Ze draaide zich met aan ruk om, doodsbang dat ze betrapt was op het verstoppen van haar lege glas in een plantenbak. 'Eh... Nou ja...' Ze schraapte haar keel. Daar stond de zoveelste knappe, donkerharige gast. Echt hoor, waren die vanavond in de aanbieding? 'Ik heb hem gewoon even daar neergezet.'

Hij lachte en zijn witte tanden flitsten in het donker. 'Maak je geen zorgen, ik zal het niet tegen de manager zeggen. Maar zo te zien kun je nog wel een drankje gebruiken,' zei hij.

Ze haalde haar schouders op. 'Ach ja, waarom niet.'

'Je lijkt het hier niet echt naar je zin te hebben,' zei hij, terwijl hij haar een vriendelijke por tegen haar schouder gaf.

Ze deed een stap achteruit; ze was enigszins van haar stuk gebracht door de por van iemand die ze nog nooit ontmoet had. 'Ken ik jou?' vroeg ze.

Hij gooide zijn hoofd achterover en bleef voor haar gevoel een volle minuut lachen. Toen hij daarmee klaar was, zei hij: 'Misschien kun je beter niets meer drinken.'

'Hoezo?' vroeg ze verbaasd.

'Ik heb je tien minuten geleden nog gezien. We hebben samen aan een tafeltje gezeten. Met Carmen, weet je nog?'

Kate werd dieprood en was blij dat het zo donker was dat deze jongen, wie hij ook was, dat niet kon zien. 'O mijn god, sorry,' zei ze. 'Ik had niet in de gaten…'

'Ik ben Luke,' onderbrak hij haar, terwijl hij zijn hand uitstak.

'O, oké, natuurlijk,' zei Kate. 'Ik ben…'

'Jij bent Kate,' zei hij. 'Kate uit Columbus.'

'Inderdaad,' zei ze zacht. Ze schaamde zich nog steeds dood.

'Nou, Kate uit Columbus, wacht héél even. Ik ben zo terug.' Hij draaide zich om en liep de club weer binnen, waardoor Kate de gelegenheid had om zichzelf een paar keer voor de kop te slaan. Luke was een ongelooflijk lekker ding – waarom herinnerde ze zich hem niet? Leek hij echt zo veel op Jake en Drake en Cayden en Jaden?

Even later kwam Luke terug met een wodkasoda voor haar en een biertje voor zichzelf. 'Geef deze maar niet aan de plant,' zei hij, terwijl hij haar het drankje overhandigde.

'Dank je,' zei ze. 'Sorry dat ik je niet herkende. Ik heb niet zo veel met dit soort clubs.'

'Ik ook niet,' zei Luke. 'Maar een vriend van me sponsort deze avond en ik heb hem moeten beloven te komen.' Hij nam een slok van zijn bier. 'En wat doe jij zoal de laatste tijd, mijn oude vriendin Kate? Nog steeds in de *bizz*?'

'Pardon?'

'Showbusiness. Acteren. Schrijven. Regisseren. Make-up...'

'Stuntvrouw,' hoorde Kate zichzelf zeggen.

Hij trok zijn wenkbrauwen op. 'Echt?'

'Ik was Megan Fox' stuntvrouw in *Transformers*.' Ze probeerde het met een uitgestreken gezicht te zeggen, maar ze voelde iets kriebelen bij haar mondhoeken. 'Denk je nou echt dat zij zélf uit dat brandende gebouw is gesprongen?'

'Je had me heel even tuk,' zei hij lachend, terwijl hij een proostend gebaar maakte. 'Je bent actrice.'

'O nee, absoluut niet,' antwoordde Kate. 'Ik ben muzikant. Nou ja, dat probeer ik te worden.' Ze bloosde weer. 'In feite ben ik een, eh... voedselfacilitator.' Daar moest hij om glimlachen. 'Dat is het meest eerlijke antwoord, want daarmee betaal ik de rekeningen.' Om de een of andere reden – misschien omdat de camera's weg waren – kwam het niet eens bij haar op *The Fame Game* ter sprake te brengen. Ze was nog niet helemaal gewend aan haar nieuwe leven en voelde zich nog steeds de Kate van vorige maand. 'Zit jij in de bizz?'

Luke knikte. 'Jep. Net als negentig procent van de mensen in die belachelijke club hier. Ik ben acteur.' Hij grinnikte. 'Misschien heb je me gezien in mijn befaamde rol van dokter Rose in *Boston General*?' Uit de komische, plagerige manier waarop hij dit zei, maakte Kate, die *Boston General* nooit had gezien, op dat hij in feite geen hoofdrol had gehad.

'Ik ben niet zo'n televisiekijker,' bekende ze.

'Dat geeft niets,' zei hij, 'ik neem het je niet kwalijk. Maar laat me er nog een proberen: heb je me gezien in de barscène van *Inception*? Nee? Oké, en als die jonge advocaat van een concurrerende firma in *The Good Wife*? Nee. Oké. Eh… deze noem ik meestal liever niet, maar aangezien ik met al die andere de plank mis heb geslagen: heb je me gezien in die reclamespot van die autoverzekering, waarin die gekko naar Disneyland gaat?'

'Ja!' gilde Kate. 'Jij was de knappe prins!'

'Ik beken,' zei Luke, terwijl hij bescheiden zijn hoofd boog.

'Nou, je was een zeer overtuigende prins,' zei ze. 'Ik weet zeker dat alle prinsessen verliefd op je waren.'

'Kate Hayes! Daar ben je!'

Kate keek opzij en zag Carmen in de deuropening van de binnenplaats aangeschoten naar haar glimlachen. 'Ik loop je al overal en eeuwig te zoeken,' zei Carmen. 'Ik dacht dat je, weet ik veel, opgesloten zat in een wc-hokje of zo.' Carmens ogen schoten naar Luke, die ontspannen en tevreden ogend tegen een reling leunde. 'Eh… ik wilde naar huis gaan. Maar zo te zien heb jij het wel naar je zin, dus blijf maar gewoon!'

Kate deed haar mond open. Ze vond het leuk om met Luke te praten, dat was waar, maar ze was bang dat ze al snel zonder grappige opmerkingen zou zitten. Stel dat ze niet meer wisten wat ze tegen elkaar moesten zeggen? Zou Luke dan afscheid nemen en haar alleen op de binnenplaats achterlaten? 'Nee, ik kan beter…'

'O, blijf gewoon!' riep Carmen enthousiast. 'Luke brengt je wel naar huis, toch?' Ze wierp een blik op haar vriend.

'Natuurlijk,' zei Luke. 'Met alle liefde.'

'Super! Welterusten, jongens!' zei Carmen met een zelfingenomen blik. Ze wierp hun allebei een kushandje toe en verdween.

En nu? vroeg Kate zich af.

Luke grijnsde naar haar. 'Ik ben bang dat je met mij opgescheept zit,' zei hij.

Opgescheept met dokter Rose, dacht ze. Was elk meisje maar zo gelukkig.

10

MEER DAN GEWOON EEN VERHAALLIJN

Madison keek toe hoe haar huisgenote een stroom walgelijk, blubberig sap in een hoog glas schonk. Gaby was onlangs begonnen aan een of andere nieuwe sapkuur, die oorspronkelijk bedoeld was voor kankerpatiënten. Ze had echter gehoord dat het hielp tegen vocht vasthouden en blijkbaar ging ze voor alles wat haar een paar pondjes minder beloofde.

Er zat nog een klein beetje in de blender. 'Wil je ook wat?' vroeg Gaby, terwijl ze hem omhooghield.

'Nee, dank je,' zei Madison. 'Het lijkt wel ongefilterd slootwater.'

Gaby fronste toen ze bij Madison in de woonkamer kwam zitten. 'Er zit kelp in.' Ze legde haar voeten – in grote, pluizige konijnenpantoffels – op de salontafel. 'En spirulina.'

'Toch maar niet,' zei Madison. Ze leunde achterover tegen de handgemaakte zijden kussens. Eerlijk gezegd was ze nogal kriegelig. Sophies plotselinge verschijning in de club had haar nogal overrompeld en ze zat er behoorlijk mee in haar maag. Ze wist dat ze zich flink moest houden, aangezien het duidelijk allemaal hoorde bij Trevors plan. En zelfs zij wist dat haar verhaallijn tot dusver niet echt spetterend was. Trevor had haar gefilmd op een aantal evenementen, tijdens een dagtochtje naar Vegas om te verschijnen op het zwembadfeestje van Wet Republic en tijdens een afspraak met de vrouw die de Madelyn Wardell Foundation runde (haar eigen liefdadigheidsorganisatie, die nog steeds goed was voor een incidentele fotoshoot én belastingaftrek). Nou niet bepaald kijkcijferverhogend. Maar Sophie was net zo belust op zendtijd als Madison, zo niet meer, wat betekende dat ze elkaar in de nabije toekomst, figuurlijk dan wel letterlijk, van het beeldscherm zouden verdringen. Misschien kon Madison uit de terugkeer van die arme kleine Sophia Parker een coverstory slepen – *Ik wil gewoon het beste voor mijn kleine zusje!* Madison was tenslotte zeer goed in staat om aardig te doen. En als Sophie een vuil spelletje wilde spelen, dan had Madison genoeg verhalen over wat ze als meisje allemaal geflikt had, en dat Madison haar altijd te hulp was geschoten.

Trevor had geprobeerd de rivaliteit tussen Madison en Carmen aan te wakkeren, maar als hij dacht dat zij zo dom was om voor het oog van de natie Carmen Curtis tot vijand te maken, dan onderschatte hij haar toch behoorlijk. Carmen zou de eerste stap moeten zetten en dat kreng gaf geen krimp.

'Hoe laat is het?' vroeg Gaby, terwijl ze peinzend haar rioolsap dronk.

Madison keek op haar mobiel. 'Bijna tien uur.'

'O, dan moet ik naar bed,' zei Gaby. 'Morgen heb ik mijn eerste gefilmde interview voor *Buzz!*'

'Wie moet je interviewen?'

'Lacey Hopkins,' zei Gaby opgetogen. 'Ze is net uit de gevangenis.'

'Wat had ze nu weer gedaan?' vroeg Madison. De gevangenis in L.A. leek wel een draaideurbeleid te hanteren voor Lacey Hopkins, ooit een veelbelovende jonge actrice, die op het verkeerde pad terecht was gekomen en er maar niet vanaf wilde.

'Dat ben ik vergeten. Maar ze heeft er maar twee dagen gezeten, ook al hadden het er eigenlijk, weet ik veel, twintig moeten zijn. Het is de bedoeling dat ik haar vragen stel over het eten, hoe ze geslapen heeft en of ze daar ook vrienden heeft gemaakt en zo.'

'O, ze zal inmiddels wel dikke maatjes zijn met iedereen daar,' merkte Madison op. 'Nou, succes morgen.'

'Dank je,' zei Gaby. 'Tot morgen.' Ze slofte door de gang naar haar slaapkamer.

Madison stond op en liep naar het raam. Ver onder zich zag ze de verkeerslichten op straat verspringen van groen naar oranje naar rood. Ze mijmerde even over Lacey Hopkins, die haar leven blijkbaar totaal niet meer in de hand had. Lacey was zwak, dacht Madison. Maar zíj niet. Nee, Madison Parker was niet het type om ook maar iets uit handen te geven, toch? En met die gedachte berichtte ze naar Laurel: *Plannen zijn gewijzigd...*

Madison schoof op haar stoel bij Barney Greengrass en gebaarde de ober haar een glas bronwater te brengen. Ze hield haar stoel zorgvuldig in de juiste positie – die met een stuk felgekleurd tape op de vloer was aangegeven – om te garanderen dat de camera's haar vanuit een perfecte hoek konden filmen. Madison had uiteraard geen slechte kant, maar ze had wel degelijk een beste, en ze zorgde er ijverig voor dat de cameramannen dat wisten.

Ze was vroeg en ze nam de tijd om haar make-up bij te werken, ook al draaiden de camera's al. Ze wist dat de beelden op de grond van de montagekamer zouden eindigen, aangezien solo-opdirken nou niet echt het drama was waar Trevor naar smachtte. Ook twitterde ze snel wat voor kleur lippenstift ze droeg. Daar was ze een paar maanden geleden mee begonnen, toen ze het op een ochtend in een opwelling had gedaan en vervolgens reacties had gekregen van een stelletje beautyblogs. Ze had die dag heel veel nieuwe volgers gekregen. Dus nu gaf ze haar fans allerlei info over haar *look du jour*.

Terwijl Madison haar lippen met een nieuw laagje gloss bedekte, vroeg ze zich af hoe laat Sophie zou komen. (Ze noemde haar nog steeds geen Sophia, hoewel ze er tijdens het filmen meestal wel op tijd aan dacht.) Als kind was ze altijd chronisch te laat geweest: op school, voor het eten, noem maar op. Maar misschien waren ze er in de kliniek op wonderbaarlijke wijze in geslaagd haar op haar horloge te laten kijken, dacht Madison. Misschien bestond er wel een twaalfstappenmethode om af te leren een vuil kreng te zijn.

Ze glimlachte. Als Sophie zich als een kreng zou gedragen, ging Madison dat misschien wel tegen haar zeggen. Kijken of zij het net zo grappig vond als Madison. Vroeger had ze wel gevoel voor humor gehad, dat kind, voordat ze zo verbitterd was geraakt omdat ze was achtergelaten in de afvoerput van Amerika. Nee, je gedraagt je, zei ze tegen zichzelf. In ieder geval als er anderen meekijken.

En wie wist in wat voor stemming Sophie vandaag zou zijn, of wat ze nu weer in haar schild voerde; afgezien van Sophies verschijning in Whisper hadden ze elkaar een half jaar geleden voor het laatst gezien. Madison had een paar nietszeggende e-mails van Sophie gekregen, waarin ze het had over het omarmen van haar innerlijke zusterziel of iets dergelijks, maar daar had ze niet op gereageerd. Madison ging proberen de welwillende grote zus te spelen. Ze zou bezorgdheid tonen, de familieband verstevigen, bla, bla, bla.

Ze keek op in de hoop de aandacht van de ober te trekken. Maar het restaurant zat stampvol superagenten met lunchafspraken en in salades prikkende Beverly Hills-huisvrouwen in te doorzichtige truitjes, en de ober zag Madison helemaal niet. Ze stond op het punt om verontwaardigd te gaan wuiven toen ze Sophie op zich af zag komen. Ze lachte triomfantelijk en sleepte iemand achter zich aan.

Madison kneep haar ogen tot spleetjes. W!T!F! Haar hart sloeg op hol.

De man die Sophie als een soort hutkoffer achter zich aan door het restaurant sleepte? Die een veel te grote kaki broek en een haveloos blauw overhemd droeg dat in 1975 best hip was geweest? Dat was hun vader.

'Madison!' riep Sophie met uitgestrekte armen toen ze halverwege was. Tientallen gouden armbanden rinkelden muzikaal mee.

Hoofden draaiden zich in Madisons richting – iets waarvan ze meestal intens genoot. Maar nu niet, o nee, niet vandaag. Voor het eerst wilde ze het liefst onzichtbaar zijn.

Sophie húppelde bijna naar haar toe in een felgekleurde lange jurk die op Woodstock heel modieus was geweest. 'Hé, grote zus!' schreeuwde ze.

'Kleine zus!' Madison pakte Sophie vast en trok haar dicht tegen zich aan. Na drie seizoenen reality-tv wist ze precies hoe zacht ze moest praten om haar microfoon te omzeilen. 'Ik maak je kapot, pseudo-hippiekreng dat je er bent,' fluisterde ze.

Sophie liet Madison los en glimlachte alsof ze niets had gehoord. Maar haar blauwe ogen leken wel ijspegels. 'Ik heb een verrassing voor je meegebracht,' zei ze ongelooflijk zelfingenomen, terwijl ze een stukje naar links draaide.

'Hallo, Charlie.' Madison stak haar hand niet uit en deed ook geen stap in de richting van haar vader. In plaats daarvan bestudeerde ze hem alsof hij een cocktailjurk in de uitverkoop was: zonder zichtbare emotie. Charlie Wardell had zout-en-peperhaar, een opvallende neus en net zulke knalblauwe ogen als die van Madison en Sophie. Dat was het enige wat hij hun had nagelaten.

Madison had hem niet meer gezien sinds ze negen was, tenzij je de vergeelde foto's meetelde die ze in een schoenendoos onder haar bed bewaarde. Zij en Sophie hadden geobsedeerd naar die foto's gekeken op de middagen dat hun moeder naar de kroeg ging en vergat om naar huis te komen voor het avondeten, of voor het slapengaan, of soms zelfs voor het ontbijt de volgende ochtend. Het was alsof ze dachten dat als ze maar lang genoeg naar zijn foto's keken, hij hen daadwerkelijk zou komen redden.

'Ongelooflijk hè, dat papa hier is?' zei Sophie, waarbij ze het woord 'papa' extra benadrukte.

Madison verstijfde. Zij zou deze man nooit haar vader noemen. Ze had al tien jaar geen vader meer gehad en ze was niet van plan er nu een te verwelkomen. 'Tja, dit is inderdaad een verrassing,' zei ze, terwijl ze ervoor zorgde haar stem zacht en vlak te laten klinken. 'Ik verwachtte een lunch en een nieuw paar Manolo's. Een gezinshereniging stond voor vandaag niet op mijn agenda.'

Ze wierp een blik op Sophie, die stond te stralen van valse goedgezindheid. Haar kleine zusje zou hiervoor boeten. Ze zou het haar verdomme betaald zetten dat ze deze man hierheen had gebracht, naar het centrum van de zakenlunch, en onder het oog van de camera's.

Charlie ging naast haar zitten en opeens ging Madison bijna door de knieën vanwege die oude, vertrouwde geur van hem. O mijn god, dacht ze, hij gebruikt nog steeds Old Spice. Na zijn vertrek ging ze altijd in zijn kast zitten, tussen de flanellen hemden die naar zijn aftershave roken. Ze voelde hoe haar keel zich samenkneep.

Maar ze was Madison fucking Parker. Ze ging verdomme niet huilen.

'En wat brengt jou naar L.A.?' vroeg Madison, die haar trillende stem op miraculeuze wijze onder controle wist te houden. 'Ik bedoel, afgezien van het feit dat je een berooide ex-gevangene bent met twee dochters op tv? Ik neem aan dat je daarom hier bent, toch? Voor de loonstrook?'

'Madison,' zei Sophie hoofdschuddend. 'Dat is een beetje cru.'

'Weet je wat cru is? Een negen- en een zesjarige achterlaten bij een labiele alcoholiste.' Madison draaide zich om en keek haar vader aan. 'Echt hoor, wie dóét zoiets nou?'

Charlie wendde zijn blik af en frummelde met zijn servet. Mooi. Ze hoopte dat hij zich doodschaamde. Ze hoopte dat hij zo van zichzelf walgde dat hij weer terug zou kruipen in de hooiberg waar Sophie en Trevor hem blijkbaar opgedoken hadden.

'Je hebt je naam veranderd,' zei Charlie eindelijk. Zijn stem was zacht.

Madison voelde een vlaag van opwinding. Ze herinnerde zich die stem. Van het voorlezen van verhaaltjes voor het slapengaan. Van het haar in slaap zingen. Van de sussende woordjes als haar moeder weer eens in alle staten was.

'De naam die ik je gegeven heb,' ging hij verder.

Ze lachte kil. 'O ja. Dat is wel zo'n beetje alles wat je me gegeven hebt, niet?' Plus nog wat ernstige verwaarlozingskwesties, dacht ze melodramatisch.

Hij keek omlaag naar zijn handen, die het servet zo stevig vastknepen dat zijn knokkels wit waren geworden. 'Ik weet dat je me waarschijnlijk haat,' zei hij. 'En popje, ik zou mezelf ook haten als ik jou was.'

Popje, dacht Madison. Waarom pakt hij niet gewoon een vork en steekt me daarmee in mijn hart? O, wat had ze het altijd heerlijk gevonden als hij dat koosnaampje gebruikte! Maar dit was de man die voor haar had moeten zorgen, haar had moeten beschermen, erop had moeten toezien dat alles goed kwam. En hij had geen van die dingen gedaan. Hij was gewoon plotseling vertrokken.

'Je bent zo volwassen geworden,' zei hij.

Madison kon wel gillen. Hij oogde dan misschien berouwvol, maar hij was net als Sophie alleen maar op geld uit.

'Ik ben hier niet voor geld,' zei Charlie. 'Als je dat soms denkt.'

'O, en waarom zou ik dat denken?' vroeg Madison. 'Je hebt jaren gehad om me te vinden en nu ik mijn derde programma heb en wat geld op de bank, probeer je voor het eerst weer contact met me op te nemen? Wil je nou echt dat ik denk dat dat toeval is?'

'De eerste keer?' Charlie keek verbaasd van Madison naar Sophie. 'Dit is niet de eerste keer dat ik probeer contact met jullie te zoeken.'

Madison stak haar hand op. 'Laat maar. Geen telefoontjes, geen bezoekjes, zelfs geen fucking verjaardagskaart...'

Charlie trok wit weg. 'Heb je mijn brieven dan niet gekregen?'

'Nee.'

'Nou popje, ik heb er minstens elke maand een geschreven. Alleen niet toen ik met longontsteking in het ziekenhuis lag. Toen heb ik slechts een ansichtkaart kunnen sturen.'

Madison staarde hem aan. Vervolgens draaide ze zich naar Sophie, die eveneens oprecht met stomheid geslagen leek. Hun vader was een leugenaar en nietsnut, en ze wist dat hij nu alles zou zeggen om haar voor zich te winnen – wat hem bij Sophie zo te zien al gelukt was. Maar dit was wreed. 'Nou, ik heb nooit een brief gekregen.'

'Is hij binnen?' wilde Madison weten. Het meisje dat achter het bureau voor Trevors kantoor zat, opende haar mond, maar Madison wachtte haar antwoord niet af. Ze beende langs haar heen naar de gesloten deuren. Zij liet niet met zich sollen. Niet op deze manier en niet voor het oog van de natie. Nee meneer, daarvoor kreeg ze niet genoeg betaald. Niet voor shitterig Wardelldrama.

'Het spijt me.' De assistente sprong op uit haar stoel en rende om haar bureau heen naar Madison. 'Maar u kunt niet zomaar naar binnen gaan, u…'

'O nee? Ik dácht het wel.' Madison knalde de deur open.

Trevor zat met zijn rug naar haar toe uit zijn gigantische ramen te staren. Zijn bluetooth glom in zijn oor.

'Waar háál je het lef vandaan!' begon ze. 'Wil je me voor gek zetten? Arme kleine Madelyn Wardell met haar ex-criminele vader, dronken moeder en geflipte zus. Dat is láág, Trevor, zelfs voor jou.'

'Kan ik je terugbellen, Joe?' vroeg Trevor vriendelijk. Hij keek naar Madison, die stond te koken van woede. 'Fijn, tot later.' Hij verbrak de verbinding.

'Je gebruikt me,' raasde ze verder. 'Ik heb je beloofd dat ik mee zou doen aan die stomme auditie, maar mijn verleden is niet iets waar je mee kunt rotzooien, en ik wil niet dat je dat in geuren en kleuren aan het hele Amerikaanse publiek voorschotelt. We hebben het hier toch al uitgebreid over gehad tijdens *L.A. Candy*? Ik ben niet Madelyn Wardell. Ik ben Madison Parker. Je kunt mijn familie niet te pas en te onpas gebruiken om de kijkcijfers op te krikken.'

Trevor glimlachte naar haar. 'Ga zitten,' zei hij, gebarend naar een leren leunstoel. 'Kom even tot rust, Madison.'

Ze schudde haar hoofd. Ze bleef lekker staan, dank je de koekoek. Ze zou Trevor aan zijn verstand brengen dat het verkeerd was wat hij had gedaan. Ten eerste was het een emotionele hinderlaag. Ten tweede herinnerde het mensen eraan dat zij niet het glamoureuze luxepaardje was dat ze leek, maar de ambitieuze dochter van een woonwagenbewoner.

'Sophie terugbrengen is één ding,' zei Madison. 'Maar mijn, mijn...' Ze kon het woord 'vader' absoluut niet uit haar strot krijgen.

Trevor haalde zijn schouders op. 'Jij wilde toch de ster zijn van *The Fame Game?*'

'Ja, maar...'

'Weet je wat het is, Madison? De ster moet verrast worden.' Die ongelooflijk irritante glimlach zat nog steeds op zijn gezicht toen hij naar zijn bureau kuierde. Alsof er geen vuiltje aan de lucht was, liet hij zich langzaam op zijn stoel zakken en keek Madison aan. 'Verrassing,' zei hij.

Madison draaide zich naar het raam dat uitkeek op Santa Monica. Ze voelde de woede afnemen. Waarom moest hij toch altijd gelijk hebben over dit soort dingen? 'Dat heb je bij Jane ook gedaan,' zei Madison hoofdschuddend. 'Natuurlijk.' En ironisch genoeg (en o zo toepasselijk) was een groot deel van de verrassingen waarmee Jane Roberts geconfronteerd was geweest, afkomstig uit Madisons eigen koker. Hoezo karma?

'Het levert geweldige kijkcijfers op,' zei Trevor. 'Dat hoef ik jóú toch niet te vertellen, Madison. Ik heb de opnames nog niet gezien, maar ik weet nu al dat dit – jij en je verloren gewaande vader – een van onze best bekeken afleveringen zal zijn. Deze verhaallijn... Tja, ik had het zelf niet beter kunnen verzinnen.' Hij duwde zijn vingers tegen elkaar onder zijn kin en zag er erg zelfgenoegzaam uit.

Maar dit is mijn leven, wilde Madison zeggen. Voor mij is het meer dan gewoon een verhaallijn!

'Zo werkt het nou eenmaal bij dit soort programma's,' vervolgde Trevor, op gladde, slijmerige toon. 'Het is een waterdicht format: zoek een op het oog verstandig meisje en omring haar met allerlei waanzin. Jij wilt toch de ster zijn? Dan moet je ook het slachtoffer zijn. Luister, je hebt een geweldig jaar achter de rug. Je bent helemaal teruggekomen na de laatste aflevering van *L.A. Candy*. En *Madisons Makeovers* was, afgezien van die rechtszaak, een succes. Je hebt duizenden fans, Madison. En die bewonderen je niet alleen maar vanwege je krengerigheid. Feitelijk zijn ze dol op je. Maak daar gebruik van.'

Madison sloot haar ogen. Er gebruik van maken? Trevor wilde dat ze haar nare verleden gebruikte om een stralende toekomst te scheppen. Was dat überhaupt mogelijk?

'Luister,' zei Trevor. Hij stond weer op en kwam naar haar toe om zijn arm om Madisons schouder te leggen. 'Maak jij je nou maar zorgen over je uiterlijk en laat de verhaallijnen gewoon aan mij over. Ik heb toch beloofd dat je er beter van zou worden?'

Madison knikte. De woede was totaal verdwenen; ze was alleen nog maar in de war. En verdrietig.

'En, vertrouw je me, of niet?' Hij kneep even in haar schouder.

Zonder het te willen kromp Madison ineen. Als je bedacht hoe goed zij Trevor kende, had ze die vraag met twee woorden moeten beantwoorden: absoluut niet.

11

EINDELIJK VOLWASSEN

'Wat denk je hiervan?' vroeg Madison, terwijl ze een spijkerbroek met smalle pijpen naar Kate toe gooide. 'Die is van J Brand.'

Ze bevonden zich in American Rag, de eerste halte tijdens hun geplande aanval van koopwoede, waarvan Kate nu wist dat het ook een eerste stap was van haar geplande make-over, hoewel de dag tot nu toe nog niet bepaald zo verlopen was. De camera's hadden Madison gefilmd in een glinsterend jurkje en muiltjes met luipaardvlekken van Rochas, en vervolgens een zijden jumpsuit van Chloé met goudkleurige sandaaltjes. Volgens Laurels berichtjes werd het tijd dat Kate iets voor zichzelf ging kopen. *Het hoort jóúw make-over te zijn* had Laurel geschreven. *Geniet ervan* ☺.

Kate deed een paar stappen dichterbij om de spijkerbroek te bekijken. De stof was bijna zwart. Ze streek over de naad en zag toen het prijskaartje. 'O mijn god,' zei ze. 'Die kost dus tweehonderd dollar.'

'Weet ik! Een koopje!' zei Madison, terwijl ze ongeduldig een goudkleurige haarlok uit haar gezicht streek.

'Maar het is maar een spíjkerbroek,' zei Kate.

Madison schoot in de lach. 'Wat ben je toch grappig, Kate.'

'Ik snap niet wat daar zo grappig aan is,' zei ze, terwijl ze zich omdraaide en een mooie blouse met print zag. Die kostte slechts honderdvijfendertig dollar, zag ze. Een koopje!

Madison kwam achter het rek vandaan en griste de blouse uit Kates handen. 'Geen prints,' zei ze vastberaden. 'Nog niet. We beginnen met de klassiekers, maar dan wel gemoderniseerd, met een twist.'

'Je lijkt wel van het blad *Lucky.*'

'Hmmm,' antwoordde Madison. Ze struinde afwezig door de rekken met truitjes en rokken. 'Maar een luipaardprint beschouw ik dus wel als neutraal,' mompelde ze, meer tegen zichzelf dan tegen Kate. 'En het is de bedoeling dat jij een soort van rocker wordt...'

Kate had zichzelf nooit als een rocker beschouwd, dat was een ding dat zeker was. Maar ze protesteerde niet. Ze pakte een lange, pluizige trui uit het rek en hield die omhoog. Hij was crèmekleurig en ongelooflijk zacht; Kate zag zichzelf er al mee op de bank genesteld zitten. Ze duwde de trui tegen haar wang: het leek wel een teddybeer.

'Iééék,' schreeuwde Madison, terwijl ze hem weggriste. 'Wat is dat? Een knuffeldier?' Ze slingerde de trui op de gestoffeerde bank in de hoek van de winkel.

'Maar hij is neutraal,' bracht Kate naar voren.

'Hij ziet eruit als een hobbezak,' zei Madison. 'Die ga je niet kopen.'

'Oké,' zei Kate gedwee. Ze besloot niets meer aan te raken. Ze zou de selectie overlaten aan Madison, die hier duidelijk de deskundige was.

Eigenlijk had ze het best naar haar zin. Ze had een verrukkelijke *chai latte* gedronken, het was een prachtige dag in juli en het bezoek dat ze aan de pedicure hadden gebracht voordat het winkelen in alle hevigheid was losgebarsten, had haar totaal ontspannen. Madison was bazig, maar op een hulpvaardige manier, en eerlijk gezegd was het hoog tijd dat iemand Kate meenam naar een andere winkel dan de Gap. Als Trevor dacht dat de wereld het leuk vond om te zien hoe een aardig meisje uit het Midwesten veranderde in een Hollywood-fashionista, tja, dan wilde ze hem best van dienst zijn.

'Pak wel alleen spullen die ik kan wassen,' riep ze naar Madison. 'Ik heb geen zin in de stomerij.'

Madison keek net lang genoeg boven het rek uit om haar ogen ten hemel te kunnen slaan.

Kate grinnikte. Niemand zou Madison er ooit van kunnen beschuldigen geen mening te hebben.

Kate zag haar tegenspeelster een armlading vol kleren voor haar verzamelen en vroeg zich af of Madison aardig was omdat ze daar zin in had of omdat ze het moest zijn, voor de verhaallijn. Zou haar vriendelijke gedrag gemeend zijn? Carmen zou zeggen van niet. Maar voor zover Kate kon zien, had Madison geen sms'jes van Laurel gekregen met de opdracht om te spelen dat ze iemand anders net zo leuk vond als zichzelf. (Ondertussen ontving Kate die met een gênante regelmaat: *Lachen! En kijk niet zo verveeld! En haal je haar uit je gezicht.*)

Toen ze een steelse blik op Laurel wierp, had ze gegrijnsd en haar duim opgestoken. Kate mocht Laurel wel. En nog fijner vond ze het om het gevoel te hebben dat ze een bondgenote had achter die grote zwarte camera's.

Madison kwam op haar af huppelen en wierp een zijdezachte donkerblauwe trui, skinny jeans, een gouden riempje en een paar lichtgrijze enkellaarsjes in Kates armen. 'Hier,' zei ze. 'Probeer die eerst maar.'

Gehoorzaam stond Kate op en glipte een pashokje in. Ze trok de kledingstukken aan en draaide haar haar tot een losse knot op haar hoofd om toekomstige aansporingen te vermijden. Toen ze het gordijn openschoof en het hokje uit kwam, klapte Madison verrukt in haar handen.

'Moet je jezelf nou zien! Ik zou je niet herkennen. Skinny jeans en laarsjes en, o mijn god, het is of je opeens volwassen bent.' Madison zag er erg zelfvoldaan uit.

Kate draaide zich naar de spiegel en zag dat Madison gelijk had: ze zag er verbluffend anders uit. Verfijnd. Geraffineerd. Knap. 'Wauw,' zei ze. 'Ik voel me net Carmen of zo.'

Madison snoof. 'Jij bent veel knapper dan Carmen. Zij weet gewoon hoe ze haar pluspunten moet uitbuiten, en jij niet. Nog niet. Maar dat ga ik je leren.' Ze stak nog een ander setje naar Kate uit. 'Probeer nu dit maar.'

Madison had er absoluut kijk op, dacht Kate. Naarmate de kleren zich opstapelden op de bankjes van het pashokje, voelde ze een mengeling van opgetogenheid en angst opkomen. Aan de ene kant zou ze er eindelijk uit gaan zien alsof ze modebewust was. Aan de andere kant zou er een zware aanslag op haar bankrekening worden gepleegd.

En zo ging het nog zeker twee uur door: Madison die kleren uitzocht en Kate die ze plichtsgetrouw aantrok. Na het eerste uur waren Laurel en de cameraploeg tevreden en hadden ze hun spullen gepakt om te gaan filmen hoe Gaby tien keer uit haar kleedkamer kwam lopen. Volgens Laurel was dat ongeveer het aantal takes dat Gaby nodig had om het goed te doen. Tot Kates verbazing was Madison gewoon doorgegaan nadat de camera's waren vertrokken.

'Daarin moet je de jongens van je af sláán,' zei Madison, knikkend naar het zeegroene mouwloze jurkje dat Kate had aangetrokken. 'Je benen komen er geweldig in uit.'

Kate bloosde – zowel vanwege 'de jongens' als de 'benen'.

'Waarom kijk je zo?' wilde Madison gniffelend weten. 'Heb je iemand ontmoet?'

Kate zuchtte. 'Misschien, die avond in Whisper. Toen jij en Sophia al vertrokken waren.'

Kate keek om te zien of het noemen van de zus van haar tegenspeelster een reactie opriep, maar Madison trok simpelweg een belangstellende wenkbrauw op en zei: 'Vertel.' God, wat kon zij toch goed veinzen dat niets haar van haar stuk kon brengen. Dat zouden een paar seizoenen reality-tv wel met een mens doen, vermoedde ze.

Kate haalde haar schouders op. 'Ik weet eigenlijk niet zo veel over hem,' zei ze. 'Maar hij is acteur en hij speelt bas, en hij is misschien wel de knapste gast die ik ooit gezien heb. Hij heet Luke en hij heeft van die groene ogen…' Ze ging helemaal op in de herinnering aan Lukes charmes. Zoals ze over hun jeugd hadden gepraat en gelachen. De manier waarop hij opgewekt had ingestemd met haar opmerking dat Justin Timberlakes beste optreden dat liedje over Liquor Mart was dat hij in *Saturday Night Live* had gezongen. Zoals hij zijn hand op haar onderrug had gelegd toen ze de club verlieten. De manier waarop…

Madison wapperde met een hand voor haar gezicht. 'Joehoe, ben je daar?' zei ze glimlachend. 'Volgens mij was ik je even kwijt.'

'Sorry,' zei Kate. 'Ik zat gewoon even te denken…'

'Is hij beroemd? Zou ik hem moeten kennen?'

'Waarschijnlijk niet,' zei Kate. 'Ik heb de indruk dat hij het nog steeds probeert te maken.'

'Dus je hebt hem maar één keer gezien?' zei Madison, en Kate knikte. 'Nou, dan moeten we daar maar meteen verandering in brengen.' Ze zweeg. 'Heb je hem verteld over *The Fame Game*?'

'Nee. Het kwam niet bij me op,' bekende Kate. De camera's waren toen al weg geweest en Kate had er geen moment meer bij stilgestaan. En het was ook zoiets bizars om te vertellen. Ach ja, ik werk in een restaurant, maar stiekem sta ik op het punt een reality-televisiester te worden. Ze kon zich niet voorstellen dat ze ooit zoiets zou zeggen.

Madison knikte goedkeurend. 'Dat is maar goed ook. Als hij het wist, zou hij er misschien niet zo blij mee zijn. Ik bedoel, acteurs denken soms dat het niet echt is wat wij doen. Ze denken dat zij beter zijn, omdat ze teksten kunnen onthouden.' Ze schudde haar hoofd, alsof ze het niet kon geloven. 'En als hij er wél blij mee is, moet je je afvragen of hij je leuk vindt om wie je bent, of omdat je op tv komt.'

Kate stond met haar oren te klapperen. Alsof het al niet moeilijk genoeg was om in L.A. jongens te leren kennen!

'Geloof me, Kate, dit moet op een natuurlijke manier gaan.'

Wát moest op een natuurlijke manier gaan? Ze wist niet eens zeker of ze Luke ooit nog zou zien. Misschien belde hij wel niet, en zij was absoluut niet het type dat de eerste stap zette. 'O, oké,' zei ze onzeker.

'Je stelt nog niets voor,' zei Madison vriendelijk. 'En dat bedoel ik absoluut niet onaardig. Maar zodra de eerste aflevering is uitgezonden, kun je de anonimiteit wel gedag zeggen, plus al het andere dat je dacht te weten over je vrienden en je familie en je leven.'

'Wauw,' zei Kate. 'Dat klinkt nogal... eng.'

'Dat is het niet,' verzekerde Madison haar. 'Het is fantastisch. Maar het is ook weird. Hoe dan ook: heb je het nummer van die gast?'

'Ja, hij heeft het in mijn mobiel gezet voordat hij me thuisbracht.'

'Mooi,' zei Madison. 'Kan ik je telefoon even lenen?'

'Eh, jawel, natuurlijk,' zei Kate. 'Waarom...?'

'Bedankt.' Snel pakte Madison de opgestoken telefoon aan, tikte iets in en gaf hem toen terug aan Kate. 'Je hebt een date,' zei ze. 'Vanavond.'

Kate voelde haar mond openvallen. Ze moest het Madison nageven: dit meisje liet er geen gras over groeien.

Toen er op de deur geklopt werd, was Kate nog steeds niet klaar, ook al wist ze dat ze geen tijd meer had omdat ze Luke via de intercom het gebouw al had binnengelaten. Ze was twee uur bezig geweest om te beslissen welke nieuwe outfit ze aan zou trekken, maar ze wist niet meer welke spijkerbroek Madison had gecombineerd met welke top en schoenen. Moesten de enkellaarsjes nou bij de skinny jeans, of was het de bedoeling dat ze de ballerina's droeg? Ze wilde gewoon dat alles perfect was. Ze had Madison een spiekbriefje moeten laten maken.

Er werd weer geklopt, iets harder dit keer.

'Kom binnen,' riep ze. 'Ik kom zo…' Misschien moest ze het gewoon opgeven en die oude Gap-sweater met die strepen aantrekken.

'Ik ben een beetje vroeg,' riep Luke. Ze hoorde hem de woonkamer binnenkomen. 'Sorry.'

'Geeft niets,' riep ze terug. Ze was dol op zijn manier van praten. Wat was er nou schattiger dan een Australisch accent? Een babykoala misschien. 'Echt, ik ben bijna klaar.'

Ze liep haastig naar de spiegel en zag tot haar verbazing dat het haar wel degelijk was gelukt om de juiste combinatie uit te zoeken. Snel haalde ze een kam door haar haren (Madison had haar verteld dat ze de volgende keer ook naar de kapper zouden gaan) en ging toen naar haar date. Of wat hij dan ook was. Dat wist ze eigenlijk niet zo goed.

'Hai,' zei Luke glimlachend. 'Je ziet er geweldig uit.'

'Dank je,' zei ze. 'Jij ook.' Hij droeg een verbleekte spijkerbroek en een leren motorjas. Zijn tamelijk lange bruine haar zag er verwaaid uit.

'Heb je een jas?' vroeg hij.

'Waarom? Het is, weet ik veel, vijfentwintig graden buiten.'

Zijn grijns werd breder. 'Dat merk je wel. Pak gewoon iets warms.'

Ze liep naar de kast en pakte een oud leren jasje. (Jammer dat een nieuwe jas er vandaag niet in had gezeten.) 'Oké,' zei ze, terwijl ze het aantrok en hoopte dat het haar nieuwe look niet al te zeer verpestte. 'Jas aan.'

Ze volgde hem de gang door naar de voorkant van het gebouw. De zon zou al snel ondergaan en een warm briesje ritselde door de bladeren van de bamboeplanten, die in potten langs het parkeerterrein stonden.

'Waar gaan we heen?' vroeg Kate.

'Dat merk je wel.' Hij bleef staan en draaide zich naar haar om. 'Uw rijtuig wacht,' zei hij.

Ze keek hem verbaasd aan. Waar was zijn auto? Had hij het over de taxi aan de overkant van de straat? Toen zag ze dat hij voor een glimmende zwarte BMW-motor stond. 'Die?' zei ze. 'Ben je dáármee gekomen?'

Hij lachte. 'Zeker weten.' Uit het compartiment onder de buddyseat haalde hij twee helmen. Hij gaf de kleinste aan haar. 'Alsjeblieft,' zei hij.

Ze schudde haar hoofd. 'Echt niet.'

Hij trok een pruillip. 'Je bent toch niet bang voor een motor?'

'Nee, maar wel voor mijn moeder, en als er iets was wat zij verbood, dan was het wel motorrijden,' zei ze.

'Ik zal je iets interessants vertellen over een motor,' zei Luke. 'Je vroeg waar we naartoe gingen. Ik zeg je dat het niet uitmaakt wáár we heen gaan, want de reis ernaartoe is nog veel leuker.'

Kate voelde haar hart in haar keel kloppen. Dat kon aan de motor liggen, of aan Luke, dat was moeilijk te zeggen. Ze haalde diep adem, stak haar hand uit en pakte weifelend de helm van hem aan.

'Klim er maar op en hou je goed vast,' zei hij, terwijl hij zijn been over de leren zitting slingerde.

Kate klauterde achter hem en boog naar voren. Ze sloeg haar armen om zijn middel. Het voelde vreemd en opwindend tegelijk om zo dicht bij hem te zijn. Ze verstevigde haar greep toen hij van het parkeerterrein de weg op reed.

De wind rukte aan haar haar toen Luke via haarspeldbochten de heuvels in reed, en de lucht kleurde schitterend roze en paars terwijl ze huizen in de stijl van Spaanse missieposten en klassieke Californische bungalows omringd door groepjes ruisende palmen en aardbeibomen, passeerden. Eerst probeerde ze nog om hem vragen te stellen, schreeuwend om boven het geluid van de motor en de wind uit te komen, maar hij draaide steeds zijn kin naar haar toe, schudde zijn hoofd en schreeuwde terug: 'Ik versta je niet!'

Voor haar gevoel was ze zo'n vijftien kilometer lang zenuwachtig, maar tegen de tijd dat hij rechtdoor bleef rijden, tussen een groep bomen afremde en de motor tot stilstand bracht, was Kate er helemaal klaar voor om zelf in een motor te investeren. Hoewel, peinsde ze, die zou helaas niet vergezeld gaan van een superknappe bestuurder.

Luke zette de motor op de standaard en draaide zich naar haar toe. 'Ben je wel eens hier boven geweest?'

'Ik weet niet eens waar we zijn.'

'Kijk maar achter je,' zei hij.

Kate draaide zich om en glimmend in het wegstervende licht, zag ze de letters die symbool stonden voor roem: HOLLYWOOD. 'O!' riep ze uit.

'Kom.' Luke pakte haar hand en ze liepen naar de rand van de parkeerplaats. De heuvel liep steil naar beneden, maar er waren treden uitgehouwen in de rotsen, waarover je naar de gigantische witte letters kon klimmen.

'Je kunt daar boven zitten,' zei Luke.

Even later waren ze zo dicht bij de H dat ze het wit geverfde metaal konden aanraken.

'Wat is dit cool,' zei Kate, terwijl ze haar blik heen en weer liet glijden tussen de gigantische letters en het fonkelende netwerk van Los Angeles onder hen. Ze zag het gebouw van Capitol Records en de lichten van The Grove. De zee kon ze niet zien, maar ze wist waar die lag, want daar hielden de lichten op en begon de duisternis. 'Kom je hier vaak?'

'Niet meer zo vaak,' zei Luke. 'Vier jaar geleden, toen ik net in L.A. woonde, wel. Als je hier boven bent lijkt alles veel... ik weet het niet' – Luke streek met zijn hand door zijn haar – 'hantéérbaarder, of zoiets.'

Kate knikte instemmend. L.A. kon nogal overweldigend overkomen. Iedereen hier wilde iets: geld, roem, succes; een hoofdrol, een platencontract, een kans om zijn of haar droom te verwezenlijken. En het leek alsof de meeste mensen zo'n beetje alles zouden doen om dat te bereiken. 'Vraag je je wel eens af hoe het geweest zou zijn als je in Australië was gebleven?' vroeg ze.

'Je bedoelt of ik het prima had gevonden om in Australië succes te hebben in plaats van te proberen dat in Hollywood te krijgen?'

'Zoiets,' zei ze.

'Ja, dat vraag ik me inderdaad wel eens af. Mijn moeder is er volledig van overtuigd dat ik een afschuwelijke fout heb gemaakt door hiernaartoe te komen. Zij vond dat ik meteen naar huis had moeten komen toen het mis was gegaan met *Fight or Flight*.'

Kate had nog nooit van die film gehoord, tot Luke er die avond in Whisper over verteld had. Hij zei dat het logisch was dat ze de film niet kende, omdat de hoofdrolspeler (van wie Kate dus wél had gehoord) voordat de film uitkwam, was gearresteerd voor rijden onder invloed en blijkbaar zeer vrouwonvriendelijke dingen had gezegd tegen de agente die hem had aangehouden. En iemand had dat gefilmd. Toen was zijn naam bezoedeld en hadden ze de film alleen op dvd uitgebracht.

'Soms vraag ik me zelfs af hoe het geweest zou zijn als ik was gaan studeren en een gewone baan had gehad.'

'O ja?' Ze ging op een tree zitten en Luke liet zich naast haar zakken.

'Soms denk ik dat dat makkelijker zou zijn geweest,' zei Luke. 'Denk je ook niet?'

'Misschien, maar in Ohio heb je dit uitzicht niet.'

Luke keek haar ingespannen aan, zijn groene ogen glimlachten. 'Ja, het uitzicht is hier absoluut beter,' zei hij.

Ze gaf hem een por. 'Hou op!' zei ze.

Hij lachte. 'Ik wilde je alleen maar even testen. Gewoon om zeker te weten dat je niet voor het eerst het beste clichépraatje valt.'

'Zo onschuldig ben ik nu ook weer niet,' zei Kate. Maar ze vroeg zich af in hoeverre dat waar was. Ethan was haar eerste en laatste vriendje geweest; ze kon zichzelf nou niet bepaald een ervaringsdeskundige op relatiegebied noemen. Maar telde dit, hier, als een romantische ervaring? Luke flirtte met haar, maar misschien was hij gewoon zo. Ze had onlangs zijn naam gegoogeld en hem met een paar verschillende jonge vrouwen op de rode loper gezien. Misschien was hij zo'n gast die kickte op het versieren van meisjes. Ze had echt geen flauw idee. Ze had

Carmen naar hem willen vragen, maar durfde haar er niet mee lastig te vallen – Carmen had haar verteld dat ze zich een paar dagen zou afzonderen om zich voor te bereiden op een of andere belangrijke auditie.

Kate staarde over het fonkelende landschap. 'Ik wil iets betekenen,' zei ze opeens, alsof het de lichtjes van L.A. waren waar ze tegen sprak. 'Ik wil liedjes schrijven die mensen raken.'

'Heb je dat gehoord, L.A.?' schreeuwde Luke. 'Kate Hayes gaat je keihard veroveren! En ik ook!' Hij zweeg en glimlachte, en voegde er toen aan toe: 'Als ik tenminste los kan komen van die reclamefilmpjes.'

Kate lachte. 'Daar hoef je je helemaal niet voor te schamen,' zei ze, terwijl ze dacht: en dat geldt ook voor reality-tv, toch? 'Ik bedoel: zolang je de huur maar kunt betalen. En je agent je blijft terugbellen.'

'Zoiets ja.' Luke pakte haar hand. Hij keek naar haar vingers en zei: 'Ik heb het nog niet gevraagd, maar is er iemand in Ohio?'

Kate kleurde toen ze aan Ethan dacht, met wie ze nog steeds bijna dagelijks mailde. Als ze zich eenzaam voelde, miste ze hem. Of zou ze gewoon thuis en alles wat vertrouwd was missen?

'Nou, dat duurt best lang,' onderbrak Luke haar gedachtegang. 'Wil dat zeggen dat...'

Kate schudde heftig haar hoofd. 'Nee,' zei ze. 'Er is niemand.'

Luke glimlachte. 'Fijn,' zei hij. En toen boog hij zich naar voren en zoende haar, terwijl heel L.A. aan hun voeten lag.

12

CARMEN CUPIDO CURTIS

Carmen had het gevoel alsof ze het gebouw uit zwééfde. Haar auditie voor *The End of Love* had niet beter kunnen gaan. Ze voelde het aan haar water – net zoals haar vader aanvoelde dat een nummer een hit ging worden, of haar oma dat het ging regenen. Op het moment dat ze het script in handen kreeg, was het alsof elk onsje Carmen Curtis verdampt was. Ze was Julia Capsen gewórden. Ze had zich de afgelopen dagen afgezonderd op haar kamer om het script en het boek waarop de film gebaseerd was te herlezen, en had alleen gepauzeerd om aantekeningen te maken over Julia, de noodlottige heldin van het verhaal (en, oké, om te eten en te slapen… en even snel te brunchen met Fawn, wat uitliep in een lunch en een rondje door het park en een mani-pedibehandeling – Fawn had echt zo'n slechte invloed!). Ze was zo opgegaan in Julia's futuristische, door oorlog verscheurde wereld dat ze bijna verbaasd was toen ze na de auditie in het relatief vredige 2012 bleek te zijn, in een simpele bungalow op het terrein van de studio.

Of haar uitstekende vertolking al dan niet tot een rol zou leiden, wist niemand nog – maar ze had in ieder geval aan Colum McEntire, de regisseur, en aan al die mensen van PopTV Films laten zien dat ze niet zomaar een of ander verwend kreng was dat meeliftte op het succes van haar beroemde ouders. Na vandaag moesten ze wel toegeven dat ze écht talent had.

Nog maar een paar weken geleden was Colum totaal niet geïnteresseerd geweest in een auditie van haar; volgens de geruchten had hij zijn oog laten vallen op Bryn Malloy, een verre nicht van hem, die in een stelletje tienerfilms had gespeeld en klaar was voor het grotere werk. Maar toen Carmen hier vorige week met haar agent was geweest voor een afspraak, had Noah haar verteld dat de plannen waren gewijzigd en dat ze toch kon auditeren voor deze rol. Omdat de camera's van PopTV toen draaiden, had ze Noah niet gevraagd wat Colum McEntire had doen besluiten dat ze niet zomaar een L.A.-feestbeest was dat het leuk vond om designkleding uit boetieks te jatten. Trouwens, ze was er nagenoeg van overtuigd dat ze dat al wist: de ongelooflijke overredingskracht van Trevor Lord.

Niet dat ze daar ook maar enigszins mee zat. Sterker nog: ze was die manipulerende kijkcijferjager gewoon dankbaar. Ze hoefde alleen maar een voet tussen de deur te hebben, want ze wist dat ze hen, als ze eenmaal binnen was, van hun stoel zou blazen. Dat wás het nou juist: iedereen ging ervan uit dat ze in een opwelling had besloten actrice te worden, en dat ze het al snel zat zou zijn, om vervolgens modeontwerpster te willen worden of haar zinnen te zetten op haar eigen platenlabel of wat dan ook. Ze beseften niet dat ze al jaren acteerlessen volgde, altijd de hoofdrol had gespeeld in schoolvoorstellingen (behalve de musicals) en soms op zaterdagavond Shakespeare las om de tekst te analyseren en de emoties erachter te doorgronden.

Uiteraard hadden de camera's haar vergezeld naar de auditie, en ze had geprobeerd om niet te laten zien hoe zenuwachtig ze was. Ze had alleen de hele tijd op haar lip gebeten, totdat Laurel haar bericht had: *Eet boterham, niet eigen mond.*

Toen ze, geflankeerd door de camera's van PopTV, de bungalow binnen was gekomen, had ze tot haar verbazing Madison in de wachtruimte zien zitten. Ze had een script in haar handen en werd gefilmd door een camera in de hoek.

Madison had opgekeken en bijna onzichtbaar gefronst. Zonder de vele botoxinjecties was het vast een forse frons geweest, had Carmen gedacht. 'Goh, jij ook hier?' had ze gezegd, terwijl ze tegenover haar tegenspeelster ging zitten.

'Tja, kleine wereld, hè,' had Madison koeltjes geantwoord.

Carmen had nooit geweten dat Madison acteeraspiraties had. Maar misschien was het ook weer niet zo verbazingwekkend: dat meisje zou alles doen om beroemd te worden, en als dat niet lukte met een makeoverprogramma, dan zou haar verschijning op het witte doek dat wel voor elkaar krijgen. Nou, Carmen wenste haar daar geluk mee. Ze wist behoorlijk zeker dat ze dat nodig had.

Na een gespannen stilte had een kleine grijsharige vrouw haar naam geroepen en was Carmen naar binnen gegaan om ze versteld te doen staan. De camera's werden overgeplaatst naar de receptie.

Nog een verrassing was dat ze auditie bleek te doen met Luke Kelly, die er als Roman, de grote liefde van Julia, beeldschoon haveloos uitzag. Ze hadden elkaar niet meer gesproken sinds die avond in Whisper, maar blijkbaar had hij die rol al in zijn zak. Ze wist niet zeker wat er vorige week tussen Luke en Kate was voorgevallen, maar als Kate geen belangstelling had, kon zij misschien een beetje met hem rotzooien. Ze had een paar maanden geleden een avond met hem staan zoenen en ze zou het niet erg vinden om dat weer te doen. Hij glimlachte naar haar toen ze ging zitten; ze was zo nerveus dat haar handen ijskoud en vochtig waren. 'Bryn kan het wel schudden, *mate*,' had hij gefluisterd.

Ze had gehoopt dat hij gelijk had.

En dat bleek dus ook zo te zijn.

'Misschien heb ik het bij het verkeerde eind, hoor,' zei Carmen, terwijl ze met het rietje in haar ijskoffie speelde. 'Misschien heb ik het wel totaal verpest.'

Luke schudde zijn hoofd. 'Nee. Je was geweldig. Serieus, ik kreeg het er koud van.'

'O, hou op,' zei Carmen. 'De airco stond gewoon veel te hoog. Zag je dat ik kippenvel had?'

'Hé, effe dimmen, hè,' zei Luke, terwijl hij haar een speelse por tegen haar elleboog gaf. 'Jij maar vertellen hoe geweldig je was, maar als ik je dan probeer te steunen, ga je net doen of ik onzin uitkraam? Dat is laag, Curtis.'

Ze lachte. 'Sorry,' zei ze. 'Je weet hoe wij acteurs zijn. Allemaal gestoord.'

'Dat is jouw mening,' zei Luke, die deed of hij beledigd was. 'Jij bent degene met een realityshow, en dat is op zich al een gestoorde business, toch? Ikzelf ben zo verstandig als wat.'

'Wat jij wilt.' Vanuit haar ooghoeken zag Carmen een stelletje meiden met open mond naar Luke staren; blijkbaar twijfelden ze of hij echt dokter Rose uit *Boston General* was. Ze vond het helemaal niet erg dat ze haar niet leken te herkennen; sterker nog: ze had het liever zo. Carmen had het altijd irritant gevonden om aangestaard te worden door vreemden. Als het te lang duurde – of het nu in de supermarkt of op de rode loper was – kreeg ze altijd de neiging om naar huis te rennen en onder de douche te springen. En dat, wist ze, maakte haar recente carrièrekeuzes ietwat verdacht. 'Niet kijken,' zei ze, 'maar volgens mij heb je een paar fans.'

Luke trok zijn schouders een beetje op, alsof dit hem kon afschermen tegen hun bewonderende blikken. 'Komen ze hierheen?'

Carmen schudde haar hoofd. 'Volgens mij niet. Ze zien er nogal verlegen uit. Ik denk dat het toeristen zijn.'

'Mooi,' zei hij. 'Ik heb er vandaag helemaal geen zin in. Kun je een beetje naar hen fronsen? Een beetje, weet ik veel, bezitterig en intimiderend kijken?'

'Ik kan je ook weer zoenen,' bood Carmen aan. 'Een kleine reprise van Roman en Julia.'

'Eh…' zei Luke weifelend.

'Wat?' wilde ze weten. 'We hebben het toch al eerder gedaan. Was dat zo afschuwelijk dat je…?'

'Nee, nee. Helemaal niet. Maar…'

'Wacht even! O mijn god, je bloost. Je vált op iemand!' Ze pakte zijn hand en kneep er blij in. Haar eigen liefdesleven was niet-bestaand, dus ze kon net zo goed plaatsvervangend blij zijn. (Met hem zoenen moest dan wel strikt professioneel blijven.) 'Als je me het niet meteen vertelt, breek ik je vinger.'

Luke aarzelde en zei toen: 'Die vriendin van je. Kate.'

Carmen deinsde achteruit en sloeg haar armen over elkaar. 'Dat méén je niet!'

Luke haalde zijn schouders op. 'Heeft ze niets tegen je gezegd?'

Carmen schudde haar hoofd.

'Misschien heb ik haar deze week te veel beziggehouden. Tja, wat kan ik erover zeggen? We kunnen het goed met elkaar vinden. Ze is heel nuchter. Getalenteerd. Ze is totaal géén Hollywoodmeisje. En ze is ook beeldschoon, maar dat lijkt ze niet te beseffen. En dat mag ik wel.'

'Ik zal het feit dat ze het me niet verteld heeft door de vingers zien en gewoon enthousiast zijn. O, dit is super!' Carmen was echt ontzettend blij. 'Ik ben dol op haar en ik heb jullie dus mooi wel even gekoppeld! Noem me voortaan maar Carmen Cupido Curtis.'

Luke lachte. 'Oké, Carmen Cupido Curtis. Hoe ken je haar eigenlijk?'

Carmen keek hem verbaasd aan. 'Heeft ze je dat niet verteld?'

'Wat?'

Carmen kauwde op een ijsblokje en Luke trommelde ongeduldig met zijn vingers tot ze weer wat kon zeggen. 'Ze zit met mij in *The Fame Game*,' zei ze.

Lukes wenkbrauwen schoten omhoog en verdwenen onder zijn donkere pony. 'Je maakt een geintje,' zei hij. 'Wauw.' Hij krabde aan zijn kin en zag er verbaasd en ietwat verontrust uit. 'Waarom heeft ze me dat niet verteld?'

'Geen idee,' bekende Carmen. 'Uit verlegenheid? Schaamte? Provinciaalse geslotenheid?' Ze prikte hem met haar rietje. 'Maar je vindt het niet erg, toch?'

Luke dacht daar even over na. 'Nee,' zei hij ten slotte. 'Ik denk het niet. Maar ik vind het een beetje bizar dat ze niets gezegd heeft.'

'Oké,' zei Carmen. 'Het is bizar. Maar dat is een vogelbekdier ook.'

Luke keek haar verbaasd aan. 'Waar heb je het in godsnaam over?'

Carmen lachte en stak haar hand uit om in zijn wang te knijpen. Ze wist bijna zeker dat Luke – als het erop aankwam – qua gladjanusheid niet onderdeed voor Kate. 'Ik zeg alleen maar dat iets wat jij bizar vindt in de ogen van een ander volkomen normaal lijkt. Het vogelbekdier vindt een klein katje ongetwijfeld heel bizar.'

'Ik heb dus echt geen idéé waar je het over hebt,' zei Luke. 'Hebben ze iets illegaals in je koffie gedaan?'

Carmen grinnikte. Ze was opgefokt, maar dat kwam door de adrenaline van de auditie. 'Nee, hoor. Ik geniet gewoon van het leven. Maar hé, laten we gaan. Ik moet naar de sportschool en jij, dokter Rose, hebt een paar handtekeningen te zetten.' Ze zweeg even. 'En Kate te kussen. Vat je 'm? Je weet wel, *Kiss Me Kate*?'

Luke sloeg zijn ogen ten hemel. 'Je bent gestoord,' zei hij.

Carmen zuchtte dramatisch. 'Ja, en toch hou je van me.'

13

EEN BEETJE OUD VOOR KNUFFELS

Madison zou wel eens willen weten welke idioot van PopTV bedacht had om opnames te maken op de Santa Monica Pier, die smakeloze, verwaarloosde toeristenval die de Grote Oceaan in stak. Probeerde Trevor haar te kwellen door haar naar een plek te sturen met walgelijk eten en nog walgelijkere mensen? Of had hij deze shoot overgedragen aan Laurel, die ervan leek te genieten om Madison zich in allerlei bochten te zien wringen?

De locatie was niet eens het ergste. Als ze haar neus dichtkneep en haar grootste, donkerste zonnebril opzette, zou ze de ongewassen meute, hun stupide kermisattracties en hun vettige gebakskramen misschien wel kunnen verdragen. Maar zou ze het aankunnen met haar klungelige vader en haar psychopathische zus in haar kielzog? Haar kenmerkende zelfvertrouwen liet haar een beetje in de steek.

Madisons slechte humeur was deels te wijten aan haar auditie voor *The End of Love*. Ze wist dat sommige mensen haar ervan beschuldigden een iets te hoge pet van zichzelf op te hebben. Prima. Maar ze was niet het type dat zichzelf voor de gek hield. In veel opzichten was

Madison Parker in één woord geweldig. Maar tijdens haar auditie met Luke Kelly had ze het volkomen verknald. Het enige positieve was dat de camera's van PopTV niet verder hadden gemogen dan de wachtruimte.

Toen Trevor haar deze verhaallijn had aangesmeerd (in feite had hij haar gewoon te kennen gegeven dat ze naar die auditie moest als ze géén opnames met haar klaplopende familie wilde), wist ze dat het voor haar niet goed zou aflopen. Ze zou overkomen als de naïeve wannabe die ze dus juist niét wilde zijn. Zelfs al zou ze Meryl Streep evenaren, er was geen enkele regisseur die de gok met Madison zou wagen. Er was nog nooit iemand uit de reality-tv-wereld serieus genomen als acteur of actrice (dat meisje uit *The Real World* daargelaten – dat was in de jaren negentig; praktisch een ander tijdperk). Maar op de een of andere manier was ze dat allemaal vergeten toen ze haar tekst leerde, en oefende met Gaby. Ze had een sprankje hoop gekregen dat ze misschien wel een kans maakte, en dat zou ze zichzelf nooit vergeven, en Trevor ook niet.

Ze kromp ineen bij de herinnering aan haar gehakkel. Toen ze de naam van iemand die een bijrol speelde verkeerd uitsprak, had ze achter in de ruimte iemand horen gniffelen. Ze had zich totaal niet kunnen ontspannen; het was alsof ze in twee mensen was gesplitst: één die wanhopig had geprobeerd het script fatsoenlijk te lezen en een ander die van dichtbij toekeek en getuige was van haar falen. Had ze van tevoren maar een paar bètablokkers te pakken kunnen krijgen, of dan toch op zijn minst een Xanax.

Terwijl ze zich omdraaide, zodat de geluidsman een microfoontje aan haar behabandje kon vastmaken, probeerde Madison zichzelf ervan te overtuigen dat ze nog wel een tweede kans zou krijgen. Ze had nog nooit geacteerd – Colum McEntire kon toch zeker niet verwachten dat ze het de eerste keer al perfect zou doen!

Hoewel… Op een bepaalde manier had ze geacteerd vanaf het moment dat ze in L.A. was komen wonen. Zelfs al voor ze meedeed aan *L.A. Candy* of *Madisons Makeovers* of *The Fame Game* had ze zich voorgedaan als iemand die ze niet was. Ze had haar haar geverfd, haar huid met bruiningsspray laten behandelen, en alle noodzakelijke plekjes laten opstrakken en opvullen. Ze had o zo behoedzaam een nieuwe persoon geconstrueerd; en ze had die nieuwe persoon al even behoedzaam een passend verleden gegeven.

Madison had glamoureuze, uiterst succesvolle ouders verzonnen: cameraschuwe jetsetters met oud geld (wat verklaarde waarom niemand hen ooit kon vinden en foto's in de bladen kon zetten). Ze had verhalen verteld over kinderjaren waarin ze van het ene prachtige huis naar het andere verhuisde en tienerjaren die ze in het buitenland had doorgebracht.

Al vanaf de tijd in Oxham Falls had Madison gefantaseerd over betere ouders. En, nu ze erbij stilstond: eigenlijk was haar acteercarrière toen al begonnen. Ze had gedaan alsof ze zich er niet voor geneerde om elke dag in dezelfde oude spijkerbroek naar school te gaan. Ze had gedaan alsof ze haar broodtrommeltje vergeten was, terwijl er in feite geen brood in huis was. Ze had gedaan alsof haar moeder griep had, terwijl ze in werkelijkheid de hele boel onderkotste vanwege een enorme kater. Ze deed net alsof ze het niet erg vond om niet populair te zijn, terwijl de eenzaamheid elke dag weer als een mes door haar hart sneed.

Ja, Madison Parker was een geboren actrice. Jammer dat ze alleen zinnen kon uitspreken die ze zelf had bedacht.

Haar BlackBerry zoemde en ze las Laurels bericht: *Kijk naar links.*

Toen Madison deed wat haar was opgedragen, zag ze in de verte

Sophie langzaam door de menigte op haar af slingeren. Ze wist dat ze nog een paar minuten had voordat de camera's begonnen te draaien.

Wiens idee was dit eigenlijk? vroeg Madison.

Een gezamenlijke inspanning ☺, schreef Laurel.

Madison nam aan dat dit betekende dat zij het bedacht had en Trevor het had goedgekeurd. Ze nam ook aan dat de smiley sarcastisch bedoeld was. Trut.

Ze stopte haar BlackBerry terug in haar tas. 'Als je ons maar niet in zo'n draaimolen stopt,' gilde ze. 'Die dingen zijn smerig.'

'Alleen het reuzenrad,' riep Laurel terug. Toen dook ze snel weg achter de cameraman, alsof ze dacht dat Madison iets naar haar hoofd zou gooien.

Lekker dan. Madison had hoogtevrees. Maar dat hoefde Laurel of Trevor echt niet te weten, anders gingen ze nog regelen dat de meisjes uit *The Fame Game* samen een dagje gingen skydiven.

'En na het reuzenrad gaan jullie suikerspinnen eten en naar de schiettent,' voegde Laurel eraan toe.

Madison sloeg haar ogen ten hemel. Suiker en vuurwapens. Perfect. Sophie kwam dichterbij en ze rechtte haar schouders. Het was tijd voor een gezellig gezinsgebeuren en wellicht het ophalen van een paar herinneringen. Iets ergers kon ze niet bedenken. Behalve dan misschien een rondje in het reuzenrad.

'Maddy!' gilde Sophie, die nu pas de camera's zag en ernaartoe kwam huppelen. Ze droeg een gigantische slappe hoed, weer zo'n lange jurk en een paar Birkenstocks. Ze zag er *boho* uit – het bijbehorende 'chic' kon wel achterwege blijven.

'*Namasté,*' zei Sophie en ze wikkelde Madison in een patchoeli-omhelzing.

Madison pelde de armen van haar zus van zich af. Ze haatte patchoeli. En vanwaar die yogaterm? De camera's stonden nog niet eens aan.

'Waar is… je weet wel?' vroeg Madison. Ze wilde hem niet echt Charlie noemen, maar had nog steeds moeite met 'papa'.

'De auto aan het parkeren.'

Laurel kwam met de hand aan haar oortje naar hen toe lopen. 'Oké, begrepen,' zei ze. Ze richtte haar aandacht op hen. 'Ik ben zo terug. Blijf hier; we beginnen over een paar minuten.' Laurel liep op een drafje naar de andere kant van de pier met haar onafscheidelijke reismok met koffie in de hand.

Sophie greep Madisons arm vast. 'Papa wil verschrikkelijk graag dat je hem vergeeft. Die woede die je met je meedraagt, straalt echt foute energie uit. Het beïnvloedt alles om je heen.'

'Hou toch op met die onzin,' zei Madison, terwijl ze haar arm uit Sophies greep losrukte. 'Dat werkt misschien voor de camera, maar we zijn nu gewoon onszelf.'

Sophie knipperde met haar prachtige ogen met lange wimpers. 'Maar ik ben zo,' zei ze. 'Ik heb er lang over gedaan om…'

'Zes maanden?' onderbrak Madison haar spottend.

'…een vergevingsgezind en liefhebbend iemand te worden. Het is echt fijn. Je hoeft niet vervuld te zijn van woede en verdriet.'

Madison sloeg haar ogen ten hemel. 'Rot op.'

'Ik zie de woede in je aura. Die is feloranje.'

Madison kon nog net haar lach inhouden. 'O ja, joh? Mijn aura? Nou, ik zal zorgen dat ik die samen met mijn uitgroei laat bleken als ik weer bij de kapper ben. Echt hoor, Sophie, doe normaal.'

Sophie duwde haar handpalmen tegen elkaar voor haar borst en boog haar hoofd. 'Wat doe je?' vroeg Madison.

'Ik zoek de liefde van de Goddelijke Godin voor jou,' zei Sophie zonder op te kijken.

Madison wendde zich vol afgrijzen van haar af. Sophie had óf een paar acteerlessen genomen, óf ze was krankzinnig. Of allebei, dacht Madison.

Ze zag iemand enthousiast naar hen zwaaien: Charlie. Hij leek nog steeds kleren van het Leger des Heils te dragen, maar hij had zijn best gedaan. Zijn hemd was gestreken en zijn kaki broek oogde schoner.

'Goedemorgen, Madison.' Hij wreef in zijn handen en leek niet zeker te weten of hij zijn oudste dochter nu moest omhelzen of een hand geven. Hij hoefde echter niet te kiezen, want Laurel kwam naar hen toe rennen met nog twee microfoontjes in haar hand.

'Iedereen is er,' zei ze opgewekt, 'dus we kunnen beginnen.'

Madison klampte zich vast aan de stang van haar stoeltje in het reuzenrad, toen dat hortend tot stilstand kwam. Misschien ging ze wel kotsen. Of flauwvallen. En als ze in staat zou zijn om te praten, ging ze misschien wel Trevor bellen en hem de huid vol schelden. Het kon haar niets schelen of de camera's draaiden. Ze waren het afgelopen pijnlijke uur recht op haar gericht geweest, toen driekwart van het gezin Wardell uit de afvoerput van Amerika ronddraaide in een gigantisch rad boven de Grote Oceaan. Sophie ging helemaal uit haar dak, terwijl Madison met een mengeling van misselijkheid en angst had rondgedraaid. Ze hoopte vurig dat Laurel geen ritje in de achtbaan zou toevoegen aan het opnameschema, want als ze dat wel deed, zou Madison dat er misschien niet levend van afbrengen.

'Het was super!' gilde Sophie, terwijl ze van het stoeltje sprong, dat nog steeds heen en weer schommelde. 'Hebben we tijd om het nog een keer te doen?'

Laurel schudde 'nee' en Madison slaakte een zucht van opluchting. Ze zocht houvast bij het hekje, terwijl een smerige kermisklant haar wellustige blikken toewierp.

'Gaat het?' vroeg Charlie, terwijl hij Madisons elleboog aanraakte. 'Kom maar mee.'

Ze was te slap om te protesteren toen haar vader haar naar een bankje leidde en haar daar voorzichtig op liet zakken. 'Ik haal wat water voor je,' zei hij.

'Weet je wat ik wil?' vroeg Sophie met kinderlijk grote ogen. 'Een suikerspin!'

Madison sloeg haar handen voor haar gezicht. Wauw, Sophie was a) zich niet bewust van haar lijden en b) sloeg met de geraffineerdheid van een hamer continu de spijker op de kop qua script. Hoe ver ging haar samenwerking met Trevor en Dana qua verhaallijn van het gezin Wardell? Zo te zien erg ver... En daar was Madison niet blij mee.

Charlie kwam terug en gaf haar een flesje water. 'Kostte vier piek,' zei hij tegen niemand in het bijzonder.

Madison nam een paar slokjes en stond uiteindelijk weer op. Ze voelde zich ietsje beter; de grond bewoog niet meer onder haar voeten. 'Laten we de suikerspin overslaan en naar de schiettent gaan.' Ze gaf haar vader een arm. Het stelde niet veel voor, deze verandering van de opnamevolgorde, maar het maakte wel duidelijk dat zij de touwtjes in handen had. Zonder op Sophies antwoord te wachten, begon ze zich met Charlie Wardell aan haar zijde een weg door de menigte te banen. Het leek nu het juiste moment om de rol van vergevingsgezinde dochter van de berouwvolle vader te spelen.

Bij de schiettent hingen goedkope pluchen dieren – knalroze panda's, blauwe kangoeroes en gifgroene schildpadden – in triest ogende kluitjes aan de dakspant. De man in de tent droeg een gestreept schort en moest hoognodig geschoren worden.

'Herinner je je het oogstfeest in dat stadje aan de Hudson nog, waar ik jullie vroeger altijd mee naartoe nam?' vroeg Charlie, toen hij voor de schiettent bleef staan.

Een vage herinnering aan koele avonden, ritjes in de draaimolen en jonge dieren die je voor tien cent mocht aaien, flakkerde aan de grens van Madisons geheugen op. Maar ze hield hem daar en zei niets. Ze zag dat haar vader een briefje van vijf aan de kermisklant gaf en een luchtbuks pakte.

'Dit vond jij altijd het leukste,' zei hij.

'Vond ik schieten het leukste?' vroeg Madison sceptisch.

'Nee,' zei Charlie, 'dat ik schoot en voor jou een pluchen dier won, dát vond je het leukst.' Hij boog zich naar voren en vuurde drie keer. Mis. Mis. En... weer mis. Hij ging rechtop staan en haalde bedroefd zijn schouders op. 'Ik kan blijkbaar niet meer zo goed richten als vroeger.'

'Ach ja, ik ben toch een beetje te oud voor knuffels,' zei Madison, die hem om onverklaarbare redenen wilde troosten. 'Ik val nu meer op schoenen. Denk je dat er een tent is waar je een paar nieuwe sleehakken van Marc Jacobs voor me kunt winnen?'

Charlie lachte weemoedig. 'Je bent zo groot geworden,' zei hij. 'Zo mondain. Je herinnert je waarschijnlijk niet eens die oude paarse eenhoorn meer die ik voor je gewonnen heb.'

'Hè?' Madison keek hem doordringend aan.

'Die eenhoorn,' zei Charlie.

'Ja, ja, dat heb ik wel verstaan,' zei Madison. 'En ook dat hij paars was.'

'Je was nog maar een jaar of drie, vier, en je noemde hem Bitsy,' ging Charlie verder, glimlachend bij de herinnering. 'Je nam hem overal mee naartoe. Volgens mij heb je hem zelfs een keer in een plastic tas gestopt, zodat je hem mee in bad kon nemen.'

'Wat grappig,' zei Madison. Maar het was helemaal niet grappig. Want ze had Bitsy nog steeds; verstopt achter in haar sokkenla in haar appartement. Ze was vergeten van wie ze dat ding had gekregen; ze wist alleen dat de eenhoorn een van de weinige bezittingen was die ze mee had genomen toen ze uit Oxham Falls vertrok. De meeste herinneringen aan thuis waren naar, maar op de een of andere manier wekte die goedkope, made-in-China-eenhoorn fijne gevoelens op. En nu begreep ze waarom.

Ze werd heen en weer geslingerd tussen het verlangen Charlie te knuffelen en hem een klap in zijn gezicht te geven. (Wat zou Trevor liever hebben? Waarschijnlijk die klap.) Ze had instinctief van die eenhoorn gehouden, omdat dat beest alles was wat ze van haar vader had. Ze kreeg het benauwd.

'Bitsy is waarschijnlijk al jaren geleden bij het grofvuil terechtgekomen,' zei Charlie. 'Tja, hij is erg lang jouw beste vriend geweest.'

Mijn énige vriend, dacht Madison bitter. Wat was haar leven toch een lachertje geweest! Een dronkaard als moeder, een crimineel als vader, een mafkees als zus en een knuffeldier als beste vriend.

Maar nu was ze Madison Parker, de ster van drie (nou ja, bíjna drie) succesvolle televisieprogramma's. Hier op de Santa Monica Pier, te midden van de hordes toeristen en de stank van gefrituurd eten, rechtte ze haar rug en gooide haar haar naar achteren. Gelukkig was het nu allemaal anders.

'Nou, het was geweldig,' zei ze, 'maar ik moet nu echt...'

'Ik dacht dat het beter zou gaan als ik wegging,' zei Charlie, alsof ze midden in een gesprek zaten over een onderwerp dat geen van hen vandaag ook maar zijdelings had aangekaart. De zon scheen in zijn ogen en hij kneep ze samen. Daardoor zag hij er veel ouder uit dan zijn tweeenveertig jaar.

'Niet dus,' zei Madison kil.

Sophie, die even weg was geweest, verscheen met een gigantisch waterijsje. 'Ja, papa, het was afschuwelijk.' Ze schudde haar hoofd alsof ze opging in een nare jeugdherinnering. 'Heel afschuwelijk.' Ze leek eerder verdwaasd dan kwaad. Misschien hoorde dat bij haar nieuwe zweverige gedoe: ze verweet het hem niet dat hij hen had achtergelaten bij een moeder die Ierse whiskey dronk als ontbijt en wier beste prestatie op kookgebied neerkwam op een paar plakjes natte ham op oudbakken witbrood.

Tja, Madison was Sophie niet. Zij was wel wóést. Haar moeder had nog niet eens een kuipje boter in de ijskast gehad voor die afschuwelijke boterhammen! Nou en, dan had ze zich tot nu toe maar niet gerealiseerd hoe erg ze haar vader gemist had – het maakte niet uit. Ze was nog steeds razend.

'Het spijt me zo,' fluisterde Charlie. 'Ik heb het in mijn brieven geprobeerd uit te leggen.'

God, weer die stomme brieven, dacht Madison. Alsof die ertoe déden, alsof die zelfs maar bestónden. En als dat wel zo was? Ach wat, al was er een stapel van drie meter hoog: ze konden een vader niet vervangen.

Ze draaide zich met een ruk om en liep naar de rand van de pier. Ze boog zich over de reling en snoof de zeelucht op. Elke vader die tien jaar lang van de aardbodem verdween en pas weer kwam opdagen als zijn dochter het gemaakt had, deed dat duidelijk voor het geld. Nou, dat kon zíj ook. Zij, Madison Parker, deed het voor de kijkcijfers.

'Kijkcijfers,' fluisterde ze. 'Kijkcijfers, kijkcijfers, kijkcijfers.'

Het was een mantra die haar ervan weerhield haar microfoontje in de zee te slingeren. Het gaf haar de kracht om zich weer om te draaien en haar stralende glimlach te tonen.

'En,' zei ze tegen haar familie, 'wat dachten jullie van een suikerspin?'

Staand in haar kolossale inloopkast streek Madison met haar vingertoppen over de mouwen van haar op kleur gerangschikte zijden topjes: van diep donkerrood tot koraal, en van limoen tot lavendel. Zelfs in haar stoutste fantasieën had ze zich dit leven niet kunnen voorstellen. Dat ze deze prachtige dingen zou bezitten. Als achtjarige had ze haar spijkerbroek met de hand staan schrobben in de gootsteen, omdat haar moeder niet de moeite wilde nemen om die – of wat dan ook – naar de wasserette te brengen. En nu hoefde ze haar vuile kleren niet eens áán te raken: ze gooide ze in een mand, waaruit ze op magische wijze verdwenen om een paar dagen later gewikkeld in plastic weer op te duiken: fris, krakend en schoon.

Madison maakte de ladekast achter in de kamer niet open, maar dat hoefde ze ook niet te doen. Ze wist wat erin lag, genesteld in de bovenste la: een zacht voorwerp met een verbleekte synthetische vacht die een beetje dof was geworden. Ze vond het best kinderachtig dat ze hem al die jaren bewaard had.

Maar, zei een zeurend stemmetje in haar achterhoofd, stel nou dat hij meende wat hij zei? Dat er echt brieven waren? Betekende dat echt niets?

Bijna zonder na te denken haalde Madison haar BlackBerry uit haar zak en toetste het nummer van haar moeder in. De telefoon ging lang

131

over en Madison wilde net weer ophangen – Sue Beth had haar telefoon waarschijnlijk verloren in een kroeg – toen haar moeder opnam.

'Hallo?' Sue Beths stem klonk vermoeid en oud. Maar niet dronken; verrassend nuchter eigenlijk.

'Mam?'

'Met wie spreek ik?'

'Met Madison.'

'Madison...?' Haar moeder klonk verward.

'Mam, je spreekt met Madelyn.' Ze trok aan een van haar platinablonde extensions. Het was jaren geleden dat ze haar moeders stem had gehoord.

'Wat aardig dat je me eindelijk belt,' zei Sue Beth, niet onvriendelijk.

Er viel een lange stilte en Madison wist dat haar moeder een trekje nam van haar sigaret. 'Ik heb je op tv gezien. Je ziet er mooi uit.'

Madisons hart kromp ineen bij die opmerking. Een compliment had ze niet verwacht. 'Ik wilde je even vertellen dat we Charlie hebben gezien,' zei ze. Ze wachtte op een reactie, maar die kwam niet. 'Mam, ben je er nog?'

'Jawel,' zei haar moeder. 'Wat wil je dat ik zeg? Het is niet netjes om kwaad te spreken over je vader, zelfs niet als je hem een leugenachtige rotzak vindt.'

'Oké,' zei Madison. 'Ik wil alleen maar dat je niet schrikt als je het op tv ziet... Als je hem in het programma ziet, bedoel ik. Ik heb hem niet gevraagd om hier te komen. Hij kwam gewoon opeens opdagen. Nou ja, nadat Sophie zich tijdens haar ontwenningskuur met hem verzoend heeft. Je weet toch dat Sophie naar een ontwenningskliniek is geweest, hè?'

Haar moeder slaakte een zucht. Of misschien blies ze gewoon de rook van haar sigaret uit. 'Jawel, Madelyn. Ik mag dan niet de moeder van het jaar zijn geweest, maar ik wist wel degelijk dat Sophie in een ontwenningskliniek zat. Sterker nog: ik heb haar meermalen gesproken toen ze er zat.'

'Echt waar?'

'Ja,' zei Sue Beth.

'Wauw, als ik had geweten dat me te buiten gaan aan drank en drugs de snelste manier was om de aandacht van mijn ouders te trekken, had ik dat misschien ook wel geprobeerd,' zei Madison effen.

'Ik had niet de indruk dat je mij nog erg nodig had,' zei Sue Beth. 'Bel je daarom? Om me te vertellen dat je je vader hebt gezien?'

'Hij zei iets waar ik je naar wilde vragen. Over brieven.' Madison trok haar wenkbrauwen samen en hield haar hoofd scheef. Ze wist niet zeker welk antwoord ze wilde horen. 'Dat is niet waar, toch?'

Haar moeder wachtte lang voordat ze antwoord gaf. 'Jawel, er zijn brieven.'

'Echt? Hoeveel?'

'Dat weet ik niet. Een stuk of dertig, denk ik.'

'Voor mij? En voor Sophie?'

'Voor jullie allebei, volgens mij,' zei Sue Beth.

'En je had geen zin om die aan ons te geven?'

'Ik wilde geen valse hoop bij jullie wekken. Die man heeft zijn hele leven nog nooit iets goeds gedaan. Ik vermoedde dat die brieven vol beloften stonden, waar hij zich toch niet aan zou houden.'

Madisons kwaadheid op haar moeder werd geëvenaard door haar verbazing. Charlie loog niet. Ja, hij had haar in de steek gelaten. Maar hij had geprobeerd contact te houden. Echt. En nu was hij teruggekomen. Na al die jaren was hij eindelijk teruggekomen om voor haar te zorgen.

14

HET BESTE IDEE DAT JE OOIT HEBT GEHAD

Kate zat op de bank met haar gitaar op schoot; op de salontafel voor haar stond een beker groene thee te dampen.

Ze neuriede zachtjes terwijl ze tokkelde: E-mineur, D, A-mineur, C, E-mineur... maar dan? Ze bleef steken bij de brug. Ze probeerde een paar akkoorden en schudde toen gefrustreerd haar hoofd. Ze keek fronsend naar haar vingers, alsof het hun schuld was.

Ze overwoog het voor vanavond voor gezien te houden. Misschien kon ze beter koekjes gaan bakken of zo. Als de oven tenminste werkte. (Die had ze namelijk nog niet gebruikt. Er waren gewoon zo veel goede restaurants in L.A., zo veel handige afhaaltoko's. Het leek totaal niet op haar kleine buitenwijkje in Columbus, Ohio, waar niet veel meer was dan een snackbar, een pizzeria en een cafetaria.)

Ze was op weg naar de keuken toen ze opeens besefte dat je geen succesvolle muziekcarrière kreeg door chocoladekoekjes te bakken als het even tegenzat. Dan zette je dóór. Ze draaide zich zuchtend om en liep weer terug naar de bank. E-mineur, D, A-mineur, C... Wat stond er ook alweer op die stomme poster die haar eerste gitaarleraar aan zijn muur had hangen? *Succes is 1% inspiratie en 99% transpiratie?*

Ze pakte haar gitaar weer op, maar bleef steelse blikken werpen op haar mobiel. Ze had haar zus al een paar dagen niet gesproken. Misschien moest ze haar bellen. Of misschien belde Luke wel. Ze waren de afgelopen week veel samen geweest, voornamelijk in het huisje in Venice dat hij gehuurd had. Ze hadden lange wandelingen gemaakt langs het water, naar mensen gekeken op de promenade, en oude films met Gregory Peck bekeken. Ze hadden aan één stuk door over van alles en nog wat gepraat – maar Kate had met geen woord gerept over PopTV. Ze had precies gedaan wat Madison gezegd had.

E-mineur, D, A-mineur, C, E-mineur, D, A-mineur, C... Argh, ze werd gek.

Toen haar bel ging, gooide ze haar gitaar op de kussens en rende naar de intercom. Madison, Sophie, de man van de kabelmaatschappij – ze zou iedereen met open armen ontvangen, zolang het betekende dat ze even niet aan die verdomde akkoordenreeks hoefde te denken. 'Hallo?'

'Ik ben het,' zei Carmen. 'Laat me binnen, chica.'

Kate gehoorzaamde maar al te graag en even later stond een breed lachende Carmen in haar deuropening met een witte gebaksdoos in haar hand. 'Ik heb cupcakes meegenomen.'

Kate moest zich inhouden om de doos niet uit de handen van haar vriendin te grissen. 'Je hebt geen idee hoe erg ik naar suiker verlang. Dat gebeurt altijd als ik vastzit met een nummer.'

Carmen volgde haar de woonkamer in; ze zag er opgedoft en vagelijk Frans uit in haar smalle zwarte broek en een soort Marcel Marceau-achtig gestreept truitje. 'Zware dag gehad?'

Kate lachte. 'Ach, lang niet zo zwaar als voor de camera's staan, dat is een ding dat zeker is. Maar ik heb een componeerblock. Van de ergste soort.' Ze maakte de doos open en koos een cupcake met roze glazuur, die bestrooid was met eetbare zilveren snippers. 'Ooo, bijna te mooi om op te eten.' Ze glimlachte.

'Ik heb ze eigenlijk meegenomen als excuses,' bekende Carmen.

'Waarvoor?' vroeg Kate, met een mond vol verrukkelijke cake.

'Ik heb Luke per ongeluk verteld dat jij meedoet aan *The Fame Game*.' Carmen pakte een chocoladecupcake en haalde er langzaam het papiertje vanaf. 'Ik wist niet dat je dat voor hem geheimhield. Waarom dééd je dat eigenlijk? En bovendien, waarom hield je hém geheim voor mij?'

Kate kreunde. 'Dat deed ik niet... Allebei niet. Ik heb jou de afgelopen week gewoon niet zo veel gezien, omdat je repeteerde voor je auditie. En wat Luke betreft: ik was niet van plan het hem niet te vertellen, in eerste instantie niet tenminste. Ik heb er gewoon niet aan gedacht toen we elkaar ontmoetten.'

'Begrijp ik. Ik vergeef het je,' zei Carmen, terwijl ze wat glazuur van haar vingertop likte. 'Maar daarna dan?'

'Madison zei dat ik het niet tegen hem moest zeggen.'

Carmen keek haar vragend aan. 'En sinds wanneer nemen verstandige mensen advies aan van Madison Parker?'

Kate keek omlaag naar haar handen. Er zat glazuur onder haar nagels en haar nagellak begon af te brokkelen. 'Ze zei dat het misschien voor problemen zou zorgen als ik het hem vertelde. Misschien vindt hij het wel walgelijk en wil hij me niet meer zien. Of misschien vindt hij het juist zó leuk dat hij binnen de kortste keren liever tijd doorbrengt voor de camera's van PopTV dan met mij.'

Terwijl Kate praatte, zat Carmen peinzend te knikken. 'Niet eens zo'n heel slecht advies, voor haar doen.'

'O, Carm.' Kate lachte. 'Zo erg is Madison nu ook weer niet.'

'Iedereen heeft recht op een eigen mening,' zei Carmen. 'Maar serieus, als het om iemand anders dan Luke ging, zou ik denken dat ze iets in haar schild voerde. Maar waarschijnlijk heeft het gewoon te maken met een of ander duister plan dat ze met jouw verhaallijn heeft. Maar goed, het spijt me dat ik mijn mond voorbij heb gepraat.'

Kate fronste. 'Was hij kwaad?'

'Nee,' zei Carmen. 'Ik bedoel: volgens mij niet.'

'Ik had het hem gewoon moeten vertellen,' zuchtte Kate. 'Ik ben soms zo dom.'

Carmen klopte bemoedigend op haar hand. 'Hé, Hollywood is gestoord. Beroemd zijn is gestoord. Geloof me, ik ben geboren aan de zijlijn van dit spelletje en nu sta ik op het veld. En daar wordt het alleen maar gestoorder.'

'Waarom gebruikt iedereen die mij goede raad geeft altijd sportmetaforen?' vroeg Kate.

Carmen keek haar vragend aan. 'Hoe bedoel je?'

Kate schudde glimlachend haar hoofd. 'Niets, niets. Wat zei je ook alweer?'

'Ik probeerde je alleen maar te vertellen dat de showbusiness, of hoe je het ook wilt noemen, het je echt lastig kan maken. Je moet proberen te onthouden wie je bent. En op dit moment ben je gewoon Kate Hayes, de buitengewoon getalenteerde singer-songwriter. Geniet ervan zoals je van die cupcakes geniet. Serieus, is dat je tweede al?'

Kate keek halverwege een hap schuldig op. 'Urmm?'

'Je verpest je eetlust.' Carmen lachte. 'O, hé, volgens mij hoorde ik je telefoon piepen.'

Kate moest er onder verschillende kussens naar zoeken. Toen ze hem vond, bleek het een bericht van Luke te zijn. Als je het over de duivel had. *Ben in de buurt. zal ik komen?*

Ze voelde een scheut van opwinding. Ja, ze wilde dat hij kwam. Ze wilde achter op die motor klimmen en met hem de heuvels in rijden. Maar Carmen zat op haar bank en ze moesten zo meteen samen naar de opnames van een 'spontaan' etentje bij Madison en Gaby.

'Een berichtje van Luke,' zei ze tegen Carmen. 'Hij wil langskomen.'

'Ja, natuurlijk,' zei Carmen. 'Mij zie je niet meer tot het eten.'

Kate antwoordde hem dat hij moest opschieten, omdat ze niet veel tijd had. Het leek of ze Carmen amper gedag had gezegd toen Luke al in haar deuropening verscheen. Hij droeg dat motorjasje en rook naar wind en zand en leer.

'Ik heb de zoemer niet gehoord,' zei ze geschrokken. Ze was zowel opgewonden als zenuwachtig om hem te zien.

'Carm heeft me binnengelaten,' zei hij, terwijl hij zich vooroverboog om haar een zoen te geven. Hij had de stoppelbaard afgeschoren die hij voor de auditie van *The End of Love* had laten staan, en zijn huid was gebruind en glad.

'En, ben je boos op me?' flapte ze er uit. Ze kon het niet helpen. Ze moest het gewoon meteen zeker weten.

Luke lachte. 'Zou je me niet eerst gedag zeggen?'

Ze keek hem met een mengeling van schaamte en hoop aan. 'Hai. Ben je boos op me?'

'Hmmm,' zei hij, terwijl hij haar in zijn armen nam. 'Daar moet ik even over nadenken. Als ik zeg dat ik boos op je ben, ben je dan extra, extra lief voor me?'

Kate knikte tegen zijn brede borst. Dit was een goed teken, toch? Je omhelsde niet iemand op wie je boos was. 'Ja,' zei ze, terwijl ze overspoeld werd door opluchting. 'Extra, extra lief.'

Hij legde zijn vinger onder haar kin en tilde die op. Hun lippen vonden elkaar en Kate sloeg haar armen om zijn middel. Ze had het gevoel dat ze hem voor eeuwig kon blijven zoenen, maar na een tijdje trok Luke zich terug.

'Ik had het wel fijner gevonden als ik het niet van Carmen had hoeven horen,' zei hij. 'Maar ik dénk dat ik je wel kan vergeven.'

'Het spijt me echt,' zei ze, terwijl ze haar vingers met de zijne verstrengelde toen ze de woonkamer in liepen. 'Ik heb het je gewoon niet verteld toen we elkaar ontmoetten omdat het me niet belangrijk leek en daarna… Ik weet het niet, ik dacht dat je me dan minder zou mogen. Ik weet het, ik ben een trut.'

Luke lachte. 'Nee, dat ben je niet. Je bent gewoon nieuw in deze business.' Hij trok zijn jasje uit en legde die over de armleuning van de bank. Hij droeg er een geruit hemd onder, en op de een of andere manier zag hij er daardoor uit als de lekkerste houthakker die ze ooit gezien had.

'Vind je het een slecht idee?' vroeg Kate. 'Om mee te doen aan zo'n programma?' Ze wist niet waarom ze hem dat vroeg; ze kon zich nu niet bepaald terugtrekken. Maar goed, dat wilde ze ook niet.

Luke pakte haar gitaar en tokkelde een G-akkoord. 'Ik zou zeggen: alles wat je helpt jouw droom te verwezenlijken is goed. Als *The Fame Game* jou aandacht voor je muziek oplevert, dan was het het beste idee dat je ooit hebt gehad.'

Kate plofte op de bank. 'Ik hoop dat je gelijk hebt. Maar de muziek is… Nou ja, ik zit vast met een nummer,' zei ze. 'Ik heb een reeks van vier akkoorden en het begin van een melodie, maar dan val ik in een zwart gat. Ik kan de juiste akkoorden voor het refrein maar niet vinden. Ik blijf steken bij die stomme vier.'

Luke glimlachte. 'Tja, ik weet wat je probleem is,' zei hij.

'Echt?' zei ze, terwijl ze hem hoopvol aankeek. Uit wat hij haar had verteld, had ze opgemaakt dat hij best een goede bassist was – misschien schreef hij ook wel liedjes.

'Jep. Je hebt één akkoord te veel. Zoals Willie Nelson zei: het enige wat je nodig hebt zijn drie akkoorden en de waarheid.'

'Ach, hou toch op,' zei Kate, terwijl ze een kussen naar hem gooide, dat hij lachend ontweek.

'Vraag maar aan je vriendin Carmen,' zei hij. 'Haar pa is Mister Popmuziek. Hij weet dat ik gelijk heb, en zij ook.'

'Ja ja,' zei ze. 'Ik blijf gewoon net zo lang met mijn vier akkoorden worstelen tot ik ze eronder heb.'

'Nou, dat mag je met mij ook wel doen,' merkte Luke op.

Kate gooide nog een kussen en dat raakte zijn borst.

'Je weet wat ze zeggen over agressie, hè?' zei hij grinnikend. 'Dat het een sublimatie is van intens seksueel verlangen.' Zijn groene ogen fonkelden plagend naar haar.

Ze lachte en schoof over de kussens naar hem toe. Hoe kon hij tegelijkertijd zo sexy en zo geschift zijn? Ze zoende zijn hals en vervolgens zijn lippen. 'Mmm,' zei ze. 'Maar jij bent degene die zei dat je boos was op míj, weet je nog?'

'Jawel, maar voor zover ik weet, komt seksueel verlangen vaak van twee kanten.'

Ze kroop op zijn schoot en verstrengelde haar vingers zuchtend met de zijne. 'Maar ik moet zo weg,' zei ze. 'Mijn 'spontane' etentje begint zo.' Ze ging opeens rechtop zitten: er was haar iets te binnen geschoten.

'Hé, je wilt zeker niet mee, hè? Om het oestrogeengehalte een tikkeltje te compenseren?'

Luke schudde zijn hoofd. '*The Fame Game* wordt voor jou vast geweldig,' zei hij. 'Maar voor mij zou het niet zo goed zijn. Niet op dit punt in mijn carrière.'

Ze zuchtte. 'Ik weet het, je hebt gelijk. Ik dacht alleen…'

'Het was lief bedacht,' onderbrak hij haar, waarna hij haar weer zoende. 'Maar laten we ons… onder ons houden.'

'Ja, maar Carmen weet het al,' bracht Kate hem in herinnering.

'Nee, ik bedoel, laten we ons verre houden van de camera's en al die dingen. Goed?' Hij zoende haar weer.

Ze sloot haar ogen. Ze was blij dat hij niet op PopTV wilde. Dit was perfect en privé. En als ze hun relatie geheim zouden moeten houden? Tja, dan zouden er alleen maar meer perfecte privémomenten als deze zijn. En daar hoorde je haar niet over klagen.

15

DAT WAS GÊNANT

'Dit is verrukkelijk, Gaby,' zei Carmen, terwijl ze haar mondhoek voorzicht depte met een servet. 'Jammer dat ik niet kook, anders zou ik je het recept vragen.'

'Dank je,' zei Gaby opgewekt. 'Ik heb het gewoon een beetje in elkaar geflanst. Je weet wel, een beetje zeezout, een beetje olijfolie...'

Uiteraard kon Gaby net zomin tonijn roosteren als dat ze je kon vertellen wat de hoofdstad van Californië was. Maar Trevor wilde de indruk wekken dat Gaby in staat was om nog iets anders te maken dan rioolkleurige smoothies, dus ze hadden het eten besteld bij M Café en de dozen verstopt.

Het was warm in de kamer vanwege alle extra verlichting die nodig was voor het filmen, en Carmen baalde dat ze daar niet aan gedacht had toen ze haar twinset van A.P.C. Henley uitkoos. Ze keek de tafel rond en merkte ietwat ontstemd dat de last om een gesprek op gang te brengen tot nu toe schijnbaar op haar schouders had gerust. Kate zat te prikken in haar salade (die cupcakes hadden dus inderdaad haar eetlust bedorven), Gaby staarde met een nietszeggende blik in haar glas water en Madison mailde haar persagent met haar Blackberry.

'En,' zei Carmen, terwijl ze zich naar Madison draaide, 'hoe ging jouw auditie voor *The End of Love*?' Laurel had haar opgedragen dit te vragen; persoonlijk kon het Carmen niet echt iets schelen. Ze wist dat Madison niet aan haar kon tippen.

Madison streek haar haren naar achteren en glimlachte vaag. 'Goed, hoor,' zei ze. 'Maar ik vond Colum McEntire nogal arrogant.'

Arrogant? De pot verwijt de ketel, dacht Carmen. Maar uiteraard hield ze dat voor zich. 'Ik snap wat je bedoelt,' zei ze. 'Hij is lastig.'

'Ik weet niet of ik wel met hem wil werken,' zei Madison. 'Zelfs als hij me een goede rol aanbood, ik weet het niet…'

Kijk, dat was nog eens een manier om de grondslag te leggen voor als ze de rol niet kreeg, dacht Carmen. Een geweldige manier: doen alsof je niet wilde wat je niet kon krijgen.

'Ik weet zeker dat je een fantastische rol krijgt,' zei Gaby loyaal. Ze glimlachte, maar dat leek haar een beetje pijn te doen. Ze had meer botoxinjecties gekregen sinds Carmen haar voor het laatst had gezien en ze oogde glimmend en opgeblazen. *Pillow face*: zo noemden ze het in de bladen. En het was echt zonde, want het enige wat Gaby waarschijnlijk hoefde te doen om haar gezicht van nature iets voller te maken, was zo nu en dan iets anders eten naast het spaarzame slablaadje. Ze had haar tonijn niet aangeraakt; ze had hem alleen in stukjes gesneden, die ze heen en weer bewoog over haar bord.

'Zeker weten,' zei Kate. 'Zéker weten dat je iets krijgt.'

Maar Madison haalde alleen haar schouders op en nam een slokje van haar prosecco.

'En jij, Carmen?' vroeg Kate. 'Hoe ging jouw auditie?'

Carmen had Kate er uiteraard al alles over verteld, maar toen waren er geen camera's bij geweest. 'Volgens mij ging het best goed,' zei ze. 'Ik was nogal zenuwachtig, maar het was fijn dat ik Romeo al kende. Ik bedoel Román. Het is een stuk makkelijker om een script te lezen met iemand die je kent en graag mag.'

'Dat snap ik,' zei Kate. Ze bloosde een beetje, waarschijnlijk omdat zij 'Roman' ook kende. Carmen had overwogen om Kate te vertellen dat zij en Luke maanden geleden gezoend hadden – gewoon om in het kader van de vriendschap niets voor elkaar verborgen te houden – maar was tot de conclusie gekomen dat het niet de moeite van het melden waard was. Kate zou zich er alleen maar lullig door gaan voelen – en Luke had er tegen haar blijkbaar ook niets over gezegd.

'Als ik optrad met mijn ex, Ethan, had ik ook bijna nooit last van zenuwen,' voegde Kate eraan toe.

'Misschien moet je dan een duo vormen,' zei Madison, die blijkbaar erg graag van onderwerp wilde veranderen. 'Zoals Zooey Deschanel en hoe die gast ook mag heten.'

'She & Him,' zei Kate. 'Die zijn goed.'

Een nieuw bericht van Laurel herinnerde Carmen eraan dat het de bedoeling was dat Kate in deze scène gitaar zou spelen. Kates volgende openpodiumoptreden lag nog ver in het verschiet en Trevor vond dat het publiek eraan herinnerd moest worden wat ze ook alweer met haar tijd deed. Dus de altijd hulpvaardige Carmen zei: 'Kun je dat nummer van hen spelen, *Change Is Hard*?'

Kate keek geschrokken. 'Wat? O, ja.' Ze stond op van de tafel – ze at toch niets – en ging met haar gitaar op het tweezitsbankje in de hoek zitten. Langzaam tokkelde ze de akkoorden van het nummer waar Carmen om had gevraagd.

Carmen glimlachte toen ze Kate zag spelen. Ze was echt goed. Dana had een gelukstreffer gehad toen ze die dag juist die Coffee Bean & Tea Leaf binnen was gelopen. Carmen vond dat zij zelf er ook mee had geboft. Het was al een tijd geleden dat ze nieuwe vrienden had gemaakt. Als semi-beroemde dochter van twee zeer beroemde ouders was het tenslotte lastig om erachter te komen wie geïnteresseerd was in jou en wie in je connecties. Daarom was Carmen ook geneigd het te houden bij Drew en een handjevol andere mensen die ze haar hele leven al kende. Zij hadden geen door de roddelbladen gevoede vooroordelen over haar (verwend kreng; feestbeest; winkeldievegge) en ze voelde zich bij hen op haar gemak. Vrij. Vóór Kate was Fawn haar nieuwste vriendin geweest. Maar dat was inmiddels alweer twee jaar geleden. (Ze hadden elkaar ontmoet tijdens een acteerworkshop bij Carmens favoriete leraar... Nou ja, voordat Fawn belangstelling had gekregen voor het inpikken van dingen die niet van haar waren.)

'*I was never no / never no / never enough/ But I can try / I can try / to toughen up*,' zong Kate zacht.

Carmen zag de camera's inzoomen op Kate en hoopte dat ze dat niet zou merken. Kates plankenkoorts breidde zich zo nu en dan uit naar de cameralens. Maar Kate leek niets door te hebben: ze zong en speelde zachtjes, terwijl op de achtergrond Gaby de tafel begon af te ruimen.

Laurel maakte een snijdend gebaar langs haar keel: het geluid van kletterend bestek steeg boven Kates stem uit. Gaby bleef even weifelend met een bord in haar hand staan en ging toen weer zitten. Laurel keek opgelucht.

Toen het nummer afgelopen was, applaudisseerden Carmen en Gaby. '*We want more*,' riep Gaby.

Madison trok een wenkbrauw op. 'Ik wist niet dat we een zang-avondje hadden.'

'Alleen Kate zingt maar,' bracht Carmen naar voren. Ze verwachtte een of andere bitse reactie, maar Madison zei niets; ze leegde gewoon haar wijnglas en stak haar hand uit naar de fles. Wat was dit voor volgzaam gedrag? vroeg Carmen zich af. Ze overwoog om te kijken hoe ver het ging. Zou ze een mop over een dom blondje vertellen? Zou ze iets kunnen zeggen over de gevaren van de zonnebank? Zou ze Madison naar haar zus kunnen vragen, Sophia of Sophie of hoe ze ook heette? Ze stond haar opties af te wegen toen Gaby haar mond opendeed.

'Hé Madison,' zei Gaby, veel te hard, 'heb je nog iets van je vader gehoord sinds de laatste keer?'

Madison kromp ineen bij die vraag, die ongetwijfeld zojuist door Laurel aan Gaby was doorgegeven. Kate keek op van haar gitaar; de helft van haar gezicht ging schuil achter haar haar, maar het was niettemin duidelijk te zien dat ze nieuwsgierig was. Madison begon nooit uit eigen beweging over haar familie, dus nu ze daartoe gedwongen werd, wilde iedereen horen wat ze te zeggen had.

'Nee, niets,' zei ze stijfjes.

'O, ben je hem weer tegengekomen?' vroeg Kate. 'Na die lunch?'

'Ach, het is zo saai,' zei Madison, terwijl ze een nepgeeuw onderdrukte. 'Ik wil er liever niet over praten.'

'Ik vond het anders niet saai klinken,' zei Gaby. 'Juist leuk.' Ze wendde zich tot Kate en Carmen. 'Madison en Sophia en hun vader zijn naar de Santa Monica Pier geweest, als een stelletje toeristen,' zei ze tegen hen. 'Ze hebben in het reuzenrad gezeten, suikerspinnen gegeten…'

'Dus als een stelletje zesjarige toeristen,' viel Carmen haar in de rede. Ze kon er niets aan doen. Madison wierp haar een van haar kenmerkende vuile blikken toe en Carmen lachte lief terug.

Gaby knikte en begon toen enthousiast te vertellen over het uitje van de familie Wardell. 'Ik kreeg de indruk dat haar vader zijn best deed om aardig te zijn, maar Madison was ontzettend tegendraads, of hoe je dat ook noemt, maar toen ontdekte ze dat hij haar al die jaren brieven heeft gestuurd, en dat hij zijn kinderen dus niet helemáál in de handen van hun dronken moeder had achtergelaten en...'

'Hou je kop, Gaby,' siste Madison.

Gaby keek gekwetst. 'Wat?'

Madisons ogen schoten vuur. 'Ik hang jouw vuile was toch ook niet buiten? Schreeuw ik van de daken dat jij alleen maar stengels bleekselderij en spirulina eet? Vertel ik mensen dat jij eigenlijk een speldenkussen bent voor de botoxnaald van jouw schoonheidsexpert? Bazuin ik rond dat je, als je jouw niet-bestaande vet laat 'wegsmelten', of hoe jouw plastisch chirurg dat ook noemt, eruitziet alsof je onder de grill hebt gelegen?'

Gaby's mond viel open. 'Ik wilde alleen...'

'Ja ja!' riep Kate uit. Ze liep naar Madison en raakte haar schouder aan. 'Hé, het geeft niets. Ik snap best dat dat moeilijk geweest moet zijn, al dat intensieve familiegedoe.'

Slim van haar om die tirade te negeren, dacht Carmen. 'Nou, dat is echt klote, Mad,' voegde ze er zelf aan toe. En dat meende ze. En ze voelde een vlaag van dankbaarheid jegens haar eigen ouders, dat die er emotioneel, geografisch en financieel altijd voor haar waren.

Madison duwde Kates hand weg en stond op. 'Ik zei dat ik er niet over wilde praten,' zei ze. 'Dus hou erover op, oké? Ik hoef jullie medelijden niet. Sterker nog: ik hoef helemaal niets van dit alles.' Ze gebaarde woest om zich heen en stormde toen de gang op.

'Goh,' zei Carmen na een poosje. 'Dat was gênant.' Ze wierp een blik op Kate, die er bezorgd uitzag, en keek toen naar Laurel.

Zij zag er opgetogen uit.

16

LOOP MAAR MET ME MEE

Madison wilde antwoorden. Geen afleidingsacties of vluchtgedrag. Geen lullig: 'Ach, popje, ik wilde je alleen maar zien.' Of een: 'Tja, ik was toevallig in de buurt.' Nee: ze wilde echte, eerlijke antwoorden over waarom Charlie nu opeens was komen opdagen en wat hij precies van haar wilde.

De tijdelijke vlaag van genegenheid en dankbaarheid die ze had gevoeld toen ze hoorde van de brieven was vervlogen en had plaatsgemaakt voor wantrouwen. Het was tijd om de waarheid te onthullen.

De parkeerplaats van de E-Z Inn lag vol fastfood verpakkingen en lege bierflesjes waar de papieren zakken nog omheen zaten. ('Doe mij een Rosie met een rokje aan,' zei haar moeder vroeger altijd tegen de slijter; dat betekende een Wild Irish Rose in een papieren zak, die ze mee kon nemen naar het park, terwijl ze keek hoe Madison en Sophie over het klimrek klauterden.) Een man met tatoeages in zijn nek, op zijn handen en zelfs een op zijn wang zat op een klapstoel voor kamer 3 te roken. Toen Madison uit haar goudkleurige Lexus stapte, vroeg hij of ze ook iets wilde drinken. Madison huiverde en haastte zich naar de troosteloos ogende deur waar *Kantoor* op stond.

Ze was voor het laatst in deze buurt geweest toen ze uit de Greyhound was gestapt die haar uit de afvoerput van Amerika had weggevoerd. In die bus was ze aan de praat geraakt met een gast die Travis heette en die op bezoek ging bij zijn studerende zus. Toen de zus hem op kwam halen, had ze Madison een lift aangeboden. Madison was op het aanbod ingegaan en had nooit meer omgekeken. Een week later had ze werk gevonden in een kapsalon en daar was haar transformatie begonnen met een fatsoenlijke knipbeurt, gratis highlights en een behandeling met bruiningsspray.

Er rinkelde een bel aan de deur van de lobby toen Madison naar binnen liep. Op een avocadogroene bank naast een neppalm in een pot lag een laveloze man. De tl-lamp aan het plafond knipperde. Het rook er naar oude sigarettenrook en schimmel.

Madison liep naar het venster van plexiglas, dat de eigenaar van het motel scheidde van zijn gasten. 'Hallo?' Ze klopte met haar knokkels op het vettige glas en baalde dat ze geen flesje ontsmettingsmiddel mee had genomen. Je wist maar nooit wat voor infectie je op een plek als deze kon oplopen.

'Ik kom zo bij u.' De eigenaar stond met zijn rug naar haar toe en Madison zag dat hij op de computer aan het pokeren was. De man op de bank draaide zich om en snurkte. Madison huiverde nog een keer. Misschien was dit toch niet zo'n goed idee.

Na een poosje draaide de eigenaar zich om en zijn uitdrukking veranderde van verveling in wellust zodra hij Madison zag. 'Dag, dag,' zei hij tegen haar borsten. 'Bent u op zoek naar een kamer?'

Madison knikte nors. 'Ja, ik…'

De man glimlachte. 'Meisjes van uw kaliber zien we hier niet zo vaak. Wilt u de kamer voor een uur of voor de nacht? U moet natuurlijk wel vooraf betalen. En alleen contant.'

Madison trok wit weg. 'Pardon?' zei ze. 'U denkt toch niet dat ik' – ze keek om zich heen, en fluisterde toen kwaad – 'een prostituee ben?'

De man haalde zijn schouders op.

'Meneer, dit is een Stella McCartney,' siste Madison, wijzend naar haar jurk.

'Oké, niet uw pakkie-an. Geen punt. Dus u wilt de kamer voor de nacht.'

'Ik ben hier niet om een kamer te boeken,' zei Madison met zichtbaar afgrijzen.

Hij stak sussend zijn handen op. 'Hé, doe niet zo beledigd. We hoereren toch allemaal in dit leven? Iedereen moet geld verdienen; de een doet het alleen anders dan de ander.'

'Zei de filosoof van het gore motel,' merkte Madison zuur op. 'Ontzettend bedankt voor de wijze woorden. Maar ik ben op zoek naar ene Charles Wardell. Klopt het dat hij hier een kamer heeft?' Ze wierp een blik over haar schouder naar de gast op de bank, die nu was opgestaan en tegen de deur leunde.

'Ik ben er klaar voor, moppie,' zei hij verlekkerd. Het was elf uur 's ochtends en hij was nu al (of nog steeds) dronken.

'O mijn god.' Madison drukte haar YSL-tas steviger tegen zich aan. 'Iew. Zeg me nou in welke kamer Charlie Wardell zit,' zei ze tegen de eigenaar.

'Kamer negen,' zei hij. 'Ik ben Earl, mocht je iets nodig hebben… wát dan ook.'

Madison sloeg haar ogen ten hemel. Dat laatste had hij weer tegen haar borsten gezegd. 'Dank u,' zei ze kil. Ze draaide zich met een ruk om en liep bijna tegen de dronkaard aan.

'Hé,' zei hij. 'Ben jij niet dat meisje op het reclamebord op Sunset?'

Maar Madison was hem al voorbij; ze kon daar niet snel genoeg weg zijn. Buiten liep ze weer langs de getatoeëerde man en ze haastte zich naar het andere eind van het gebouw.

Haar vaders kamer lag tussen de brandtrap en de afvalcontainers. Madison klopte op de metalen deur en wachtte; ze voelde zich ongemakkelijk en misplaatst op haar hoge hakken en in haar korte zomerjurkje. Ze had wat meer haar best moeten doen om niet op te vallen. Jammer dat ze de kleren had weggegooid die ze lang geleden uit Oxham Falls had meegenomen: een goedkope spijkerbroek en nepleren schoenen zouden erg goed van pas zijn gekomen voor het uitstapje van vandaag.

Soms vroeg ze zich af hoe haar leven eruit had gezien als ze niet van huis was weggelopen toen ze vijftien was. Zou ze zich nog steeds eenzaam en ellendig hebben gevoeld, als een vis op het droge? Of zou ze zich eindelijk hebben neergelegd bij haar bikkelharde bestaan? Zo ja, dan zou ze nu vast al getrouwd zijn met een gast van de papierfabriek, minstens twee kleine opdonders hebben en de trotse eigenaar zijn van zes Ford-pick-ups, waarvan er maar één het deed.

Ze zette die gedachte van zich af en klopte nog een keer op de deur.

'Ik kom,' schreeuwde Charlie. 'Ik heb toch gezegd dat ik het geld pas heb als…' De deur vloog open en hij stopte abrupt met praten. 'O! Mads, Ik dacht dat je Earl was.'

'Nee, ik ben Earl niet. Leuke plek heb je uitgezocht.' Madison keek langs haar vader de schemerige, piepkleine motelkamer in. Ze rook sigaretten en bleekmiddel. De tv stond in de hoek maar het beeld was onscherp. Er waren twee bedden, die allebei keurig waren opgemaakt. Ze vermoedde dat hij dat in de gevangenis had geleerd.

'O, waar zijn mijn manieren?' zei Charlie en hij deed een stap opzij. 'Wil je binnenkomen?'

Wilde ze dat? Nee, absoluut niet. Maar was het nodig? Ja. Ze hield zichzelf voor dat ze het gewoon voor zichzelf probeerde 'af te sluiten', zoals een therapeut het zou noemen, maar ze had ergens het gevoel dat het dieper zat. Gevoeliger lag.

'Ja, hoor,' zei Madison en ze liep de kamer binnen.

Voor de ramen hingen smerige gele gordijnen; er kwam maar een streepje licht naar binnen. De spreien waren waarschijnlijk ooit mosterdkleurig geweest, maar hadden nu net zo'n smerige kleur als de geur die in de kamer hing. Er stonden twee stoelen bij een kleine formicatafel naast de ingebouwde houten klerenkast. De deur naar de badkamer hing scheef omdat een van de scharnieren stuk was.

'Het is tijdelijk,' zei Charlie verontschuldigend.

'Natuurlijk. Het Hilton zat zeker vol.' Ze deed erg haar best om haar walging te verbergen. Ze bekeek een van de stoelen en vond dat die er 'schoon' genoeg uitzag om erop te gaan zitten.

'Hoe is het met je?' vroeg Charlie.

'Goed,' zei Madison stijfjes. 'En met jou?'

'Ik heb een baan,' zei Charlie, terwijl hij op de stoel tegenover haar ging zitten. 'Althans, ik bedoel dat ik een sollicitatiegesprek gehad heb en dat die man zei dat hij me wel zag zitten. Hij zei dat hij me later deze week zou bellen.'

'Als wat?' vroeg Madison. Ze had geen idee hoe hij aan het beetje geld dat hij had was gekomen.

'Als monteur,' zei Charlie. 'Ik ben altijd goed geweest met mijn handen. Ik hoefde vroeger alleen maar de motorkap van een auto open te maken om te zien wat er mis was.'

'Echt?'

'Echt. Behalve dan die verdomde Mustang. Ik heb jaren onder dat ding gelegen en het is me nooit gelukt hem goed te laten rijden.' Hij lachte bij de herinnering. 'Ik zweer je, op een koude, heldere nacht hóórde je hem gewoon roesten.'

Een kleine glimlach vond zijn weg naar Madisons gezicht. 'Ik herinner me die auto. Hij was kersenrood.'

Charlie knikte. 'Ja, inderdaad. Prachtig, maar nutteloos. Hoewel het me één keer gelukt is hem aan de praat te krijgen.' Charlie stak zijn hand in een koelbox naast zijn stoel en haalde er een Dr Pepper uit. 'Ik heb nog een paar rondjes samen met jou gereden voordat hij het begaf.' Charlie schudde zijn hoofd bij die gedachte en trok zijn blikje open. 'Wil jij er ook een? Ik kan ook iets anders voor je halen, als je dat liever hebt. Ze hebben een automaat. En ook ijs.'

'Nee,' zei Madison. 'Bedankt.' Ze boog een stukje naar voren en kneep haar handen krampachtig samen op haar schoot. Het was allemaal leuk en aardig om een paar jeugdherinneringen op te halen, maar ze had nog steeds behoefte aan antwoorden. 'Waarom wil je eigenlijk een baan als monteur? Ik bedoel: Trevor betaalt je toch? Of niet? Om mee te doen aan het programma?'

Charlies blik dwaalde naar het raam en een strook licht viel op zijn stoppelige wang. 'Meneer Lord heeft me inderdaad een aanbod gedaan, ja.' Hij nam een slok uit zijn blikje. 'Maar dat heb ik afgewezen.'

Madison keek hem verbaasd aan. Charlie had geld afgewezen om mee te doen aan het programma? Maar hij had het zo overduidelijk nodig; hij woonde op deze afschuwelijke plek en hij leek niet eens meer dan één broek te bezitten.

'Kijk niet zo ontzet, popje.' Zijn stem was zacht.

'Ik ben niet ontzet,' zei Madison, hoewel ze dat natuurlijk wel was. 'Ik ben beduusd. Waarom heb je nee gezegd?'

Charlies blauwe ogen keken in de hare. 'Ik heb hem verteld dat ik hier niet ben om mee te liften op jouw succes, maar alleen om je te leren kennen. Sophie had tegen me gezegd dat jij me waarschijnlijk alleen voor de camera zou willen ontmoeten.'

Dat had Sophie goed gezien, dacht Madison. In eerste instantie wel, tenminste.

'Dat snapte ik wel, want dat is nu jouw leven,' vervolgde Charlie. 'Maar het leek me niet netjes om daarvan te profiteren. Ik red het wel. Ik zorg dat ik die baan als monteur krijg en dan huur ik een appartement. Meer heb ik niet nodig. Mán, het is al zo geweldig dat ik jou en je zus kan zien. Daar heb ik meer dan tien jaar op moeten wachten.'

Hoewel ze in de verleiding kwam, vroeg Madison hem niet wat hem er al die tijd van weerhouden had. (Hij had niet tien jaar in de gevangenis gezeten, dus wat had hij voor excuus? Was hij verbannen naar Siberië? Had hij last gehad van tijdelijk geheugenverlies? Of was hij altijd in de buurt geweest, maar niet zo dichtbij dat ze hem kon zien?) Ze hield haar mond, omdat ze zijn gevoelens niet wilde kwetsen. Ze wilde gewoon dat hij bleef praten.

'Van alle dingen in mijn leven waarvan ik spijt heb, en geloof me, dat zijn er veel,' zei Charlie, 'vind ik het nog het ergste dat ik jou niet heb zien opgroeien tot de jonge vrouw die je nu bent.'

Inwendig glimlachte Madison zuur. Van de borstvergrotingen tot de injectiespuiten van Restylane, van de nieuwe haarkleur tot het dagelijkse afbeulen in de sportschool… Er was héél veel voor nodig geweest om haar in deze jonge vrouw te veranderen. Ze dacht niet dat Charlie daar daadwerkelijk getuige van had willen zijn.

Hij stak zijn hand uit over de afgebladderde, ietwat plakkerige tafel en raakte haar arm aan. 'Ik ben zo trots op je,' zei hij. 'Je hebt je daaruit omhooggewerkt. Sterker nog: je hebt het híér gemaakt.'

Madison wendde zich af en keek door het smerige stukje raam naar de snelweg. Waarom voelde ze zich inwendig zo verscheurd?

Hij heeft je in de steek gelaten, hield ze zichzelf voor. Hij heeft je verlaten, vergeet dat niet.

Maar dat kon ze wel duizend keer tegen zichzelf zeggen en dan nog zou er ergens een klein, hol plekje in haar zijn dat smeekte het hem te vergeven. Dat niets liever wilde dan van hem houden en door zijn liefde omringd te worden. Hij was helemaal naar Los Angeles gekomen en hij had er geen geld voor aangenomen. Hij wilde een band met Madison en haar zus, en hij was bereid om in een stinkhok als dit te wonen om dat te bewijzen.

'Ik moet gaan,' fluisterde Madison. Ze ging staan en streek met haar hand over de achterkant van haar jurk de kreukels glad.

'Ik breng je naar je auto,' zei Charlie. 'Het is niet zo'n fijne buurt hier, zoals je misschien gezien hebt. Het is als jongedame niet verstandig om alleen buiten te lopen.'

Tegen beter weten in bleef Madison staan om op hem te wachten. Ja, ze wilde een vader. Ze wilde een vader die haar complimentjes gaf en haar beschermde en zich zorgen over haar maakte en trots op haar was. 'Oké,' zei ze. 'Loop maar met me mee. Ik sta hier vlakbij op de parkeerplaats.'

Toen ze bij haar Lexus aankwamen, maakte Madison het portier open en vouwde haar benen naar binnen. Charlie stond voor de auto en had nog steeds zijn blikje in zijn hand. 'Ik neem aan dat je met zo'n nieuwe auto niet echt behoefte hebt aan een monteur,' zei Charlie. Hij streek met zijn vingers over de glimmende motorkap. 'Rij voorzichtig, oké?'

Madison liet het raampje naar beneden zoeven. 'Ik wilde je vertellen...' Ze zweeg; ze wist wat ze wilde zeggen, maar twijfelde of ze zo groots was om dat ook te doen. 'Ik moet je vertellen dat het me spijt dat ik je niet geloofde.' Ze zuchtte en kreeg het minder benauwd. 'Ik heb Sue Beth gesproken en ze heeft me verteld over de brieven.'

Charlie knikte en gaf toen een klap op de motorkap.

'Ik wist niet dat je hebt geprobeerd om contact met ons op te nemen.'

'Ik stelde niet veel voor als vader,' zei Charlie. 'En dat moet ik de rest van mijn leven met me meedragen. Ik verwacht echt niet van je dat je me ooit vergeeft, maar ik wilde je gewoon laten weten dat ik het geprobeerd heb. Het was een zwakke poging, maar het was alles wat ik toen kon doen.' Charlie tilde zijn arm op en wreef met de mouw van zijn shirt in zijn ogen.

Madison knikte en startte de motor.

Charlie deed een stap achteruit. 'Zie ik je nog een keer?' riep hij. 'Misschien als je niet hoeft te filmen?'

Madison wierp hem door het raampje een lach toe. 'Ja,' zei ze. 'Zeker weten.'

17

DE NIEUWE STER AAN HET TELEVISIEFIRMAMENT

'Kan ik u iets te drinken brengen terwijl u wacht op uw vriendin?' vroeg Kate aan de vrouw in de knalroze joggingbroek.

De vrouw keek haar met knipperende ogen aan en lachte gespannen. Ze vond het zo te zien heel moeilijk om niet naar de camera's van PopTV te kijken. Laurel zou zich daar ongetwijfeld aan ergeren, maar Kate vond het wel grappig: je kon mensen opdragen net te doen of er geen cameraploeg was, je kon hun smeken 'zich naturel te gedragen', maar zodra de camera draaide, staarden ze verstijfd van schrik in de lens.

Kate vroeg zich af of dat voor alle mensen gold, of dat dit typisch iets was voor Los Angeles. 'Pellegrino?' opperde ze hulpvaardig.

De vrouw dacht hier zo lang over na dat Kate begon te denken dat ze haar niet gehoord had. Over tien minuten zat haar werktijd erop en zo te zien werden dit de langste tien minuten van haar leven.

'Eh... hebt u ook limonade? Is dat suikervrij?'

'Nee, maar wel verrukkelijk,' kwetterde Kate.

De vrouw gooide haar handen in de lucht. 'Ach, wat kan het me ook schelen. Het is vrijdag,' zei ze.

Terwijl Kate een glas limonade inschonk kwam Simone, een van haar collega's bij Stecco, naast haar staan. 'Als zij op vrijdag uit haar dak gaat van limonade, dan wil ik niet eens wéten hoe de rest van haar week eruitziet.' Ze glimlachte.

Kate merkte dat Simone steeds in beeld probeerde te komen en telkens naar haar toe kwam om dit soort, zogenaamd gevatte, opmerkingen te maken. Ze zag ook dat Simone haar make-up had bijgewerkt en haar glanzende zwarte haar mooi had opgestoken. Weer iemand die voor de camera niet zichzelf kon zijn. Simone was van nature namelijk helemaal niet zo aardig: haar ware persoonlijkheid lag ergens tussen achteloos verwaand en regelrecht kattig.

Kate lachte gekunsteld. 'Zeg dat wel.'

Ze vroeg zich net af hoe lang ze het nog vol zouden houden om net te doen of ze elkaar aardig vonden, toen ze een enthousiast zwaaiende Gaby het restaurant zag binnenkomen. Ze droeg een extreem kort rokje en een kuis truitje met lange mouwen; het effect was zedig boven de taille en sletterig eronder. Kate vroeg zich af wie dit staaltje kledingverwarring bedacht had. Gaby? Haar nieuwe publiciteitsagent? Of Madison, in een poging grappig te zijn? Arme Gaby. Als iemand haar opdroeg in aluminiumfolie en een krant op pad te gaan, zou ze nog vragen: de *Los Angeles Times* of de *Daily News*?

'En?' zei Gaby, terwijl ze op haar plateauzolen aanstellerig naar de bar liep. 'Ga je mee borrelen?'

'O, jee, dat lijkt me superleuk,' zei Kate. 'Maar ik moet vanavond naar huis om aan die liedjes te werken. Ik ga volgende week de studio in en ik wil me daar goed op voorbereiden.'

Het grappige was dat Gaby en zij vanavond dus wél iets gingen drinken. De producenten van PopTV konden als geen ander verschillende scènes op één locatie opnemen, wat hun een hoop tijd, geld en gedoe bespaarde.

'Hè, wat jammer,' zei Gaby, terwijl ze aan een plukje van haar donkere haar friemelde. 'Ik wilde naar die nieuwe club op Vine.'

'Dan gaan we toch volgende week,' zei Kate. 'Dan heb ik elke avond vrij.'

Dat was formeel gezien niet waar – ze had talloze halfvaste plannen gemaakt met Luke – maar aangezien de mensen van PopTV niets over hem wisten, bestond hij officieel niet. Hij was verrassend meegaand geweest wat betreft het omzeilen van haar opnameschema. Ze glimlachte bij de gedachte aan samen koken in haar appartement, een ritje de heuvels in op zijn motor, of gewoon een beetje in elkaars armen op de bank hangen…

'Volgende wéék?' Gaby leek oprecht teleurgesteld. Ze had óf acteerlessen genomen, óf ze was de shoot vergeten die hier meteen op volgde en waarin ze dezelfde vraag zou stellen, die Kate vervolgens wél bevestigend zou beantwoorden. 'Nou, oké dan,' zei Gaby. 'Later dan maar.' Ze waggelde naar buiten en bleef even in de zon op de stoep staan.

De camera volgde Kate naar de keuken, waar ze uitklokte. Daarna was er een pauze van tien minuten, waarin Gaby andere kleren aantrok en Kate haar haren naar achteren vlocht en andere oorbellen indeed.

Kate ging weer achter de bar staan, maar dit keer deed ze alleen alsof ze op de klok keek om te zien of haar werk er al op zat. Ik kan net zo goed alvast iets doen voor degene die mij straks komt aflossen, dacht ze, terwijl ze de servetten in volmaakte driehoeken vouwde.

Ze werkte nog een paar minuten, waarna Gaby opnieuw binnenkwam, dit keer in een lichtgele mouwloze jurk die aan haar magere lichaam leek te plakken.

'Hai,' zei Gaby, 'ben je zo klaar? Zullen we iets gaan drinken?'

Kate deed alsof dit een geweldig voorstel was in plaats van iets wat ze net nog had afgeslagen. 'Zéker weten,' zei ze, terwijl ze met een dramatisch gebaar over haar voorhoofd streek. 'Ik ben heel hard toe aan een cocktail.'

Volgens het opnameschema zouden Gaby en zij naar Wood & Vine gaan voor happy hour. Laurel had Gaby opgedragen om Kate naar haar laatste song te vragen, en Kate had instructies gekregen om Gaby te vragen naar haar werk voor *Buzz! News.* De producenten schreven nog net geen teksten voor hen; ze stelden alleen een onderwerp voor. En een locatie. En een bezigheid. De producenten, zo had Kate ontdekt, hadden heel veel voorstellen.

Wederom volgde de camera Kate terwijl ze uitklokte. En ook toen ze haar haren uitborstelde en een beetje make-up opdeed om haar nogal vermoeid uitziende ogen op te peppen. Als een gehoorzaam kuiken liep de camera achter Kate aan naar het terras, waar Gaby op haar wachtte.

Gaby stak een paar gouden oorhangers omhoog. 'Ik heb deze voor je meegenomen,' zei ze.

Kate was verbaasd. Het waren prachtige oorbellen met piepkleine gouden blaadjes. 'Echt? Waarom?'

Gaby grinnikte enigszins beschaamd. 'Ik heb per ongeluk twee paar gekocht,' zei ze.

Kate trok haar wenkbrauwen op. Was Gaby zo geestelijk gestoord dat ze twee keer dezelfde oorbellen kocht? 'Hoe dat zo?' vroeg ze.

'Nou, ik dacht dat ik ze kwijt was,' legde Gaby uit. 'En het waren mijn lievelingsoorbellen, dus ik heb een nieuw paar gekocht. En vervolgens vond ik de oude terug in mijn sieradenkistje.'

'Wat een rare plek voor oorbellen,' merkte Kate op.

'Ja, hè?' zei Gaby, schijnbaar zonder ironie.

Kate bekeek de oorbellen nog een keer. 'Ik vind ze prachtig,' zei ze gemeend. 'Dank je wel.'

'Geen dank,' zei Gaby. Ze stond op en stak haar arm door die van Kate. 'En nu gaan we wat drinken en een paar knappe gasten scoren.'

Kate en Gaby zaten aan de bar in Wood & Vine. Kate had een French 75 besteld en omdat ze die na een paar slokjes al naar haar hoofd voelde stijgen, bestelde ze ook een kaasplateau. Ze hoopte dat de kaas een deel van de alcohol zou absorberen.

'Een kaasplateau?' zei Gaby, toen de barman de bestelling had opgenomen. 'Je durft wel, hè?'

'Hoe bedoel je?' vroeg Kate. 'Wat is er zo gevaarlijk aan kaas?' Ze dacht aan Jack, een van haar collega's bij Stecco, die net twee weken strontziek was geweest na het eten van aardbeien die besmet waren met e-coli. Was er soms een of andere uitbraak van salmonella of botulisme of zo, die iets te maken had met kaas?

'Het verzadigde vét,' fluisterde Gaby. 'Dát is gevaarlijk.'

Kate kon het niet helpen: ze barstte in lachen uit. 'Tjee, Gaby, ik dacht dat je een of andere door voedsel verspreide ziekte bedoelde.'

Gaby keek nog steeds serieus. 'Obesitas ís een door voedsel verspreide ziekte, Kate.' Ze nam een slokje van haar cocktail en vervolgens een slok ijswater. Een halve liter ijswater per dag, had ze Kate verteld, verbrandde vijftien calorieën.

Wauw, dacht Kate. Echt wauw. Nu ze erbij stilstond: ze kon zich niet herinneren dat ze Gaby ooit had zien eten. Zeker niet tijdens hun 'spontane' etentjes ten behoeve van de camera's van PopTV, maar ook niet op andere momenten. Als de rest van de meiden popcorn of chips met dipsaus at, dronk Gaby ijswater en kauwde op kauwgum. Geen wonder dat ze zo dun was. En met die nepborsten zag ze eruit als een twijgje met twee meloenen eraan.

Nu ben je net Madison, berispte Kate zichzelf. Aardig zijn. 'Volgens mij word jij – of wie dan ook – door een stukje brie niet obees, hoor,' bracht Kate naar voren.

Gaby leek niet overtuigd. 'Ik hou het bij het drinken van mijn calorieën,' zei ze.

'Doe wat je niet laten kunt.' Kate sneed een stuk geitenkaas af, legde dat op een cracker en nam een verrukkelijke vetverzadigde hap. Ze wist dat Trevor het geweldig zou vinden als ze Gaby voor de camera met haar eetgewoonten zou confronteren, maar ze had er geen zin in. Het zou namelijk zomaar kunnen dat Gaby at als er niemand bij was, omdat ze niet met haar mond dicht kon kauwen of zoiets. En bovendien was het privé; iets waar Kate gevoelig voor was, aangezien ze zelf ook verwikkeld was in een privékwestie, namelijk met Luke Kelly.

'En,' zei Gaby, 'hoe gaat het met dat nieuwe nummer van je? Dat liedje dat je ons vorige week hebt laten horen?'

Kate had al over het antwoord nagedacht. Zou ze de rol van bezielde en hoopvolle singer-songwriter spelen, de nieuwe ster aan het televisiefirmament? Of zou ze bekennen dat ze zo ondersteboven was van haar nieuwe leven dat ze er ontzettend veel moeite mee had om over wat dan ook te schrijven? Ze had nog geen besluit genomen. Ze was van nature geneigd tot eerlijkheid, maar ze wist bijna zeker dat Trevor in dit geval de voorkeur zou geven aan fictie. (Weer zo'n klap in het gezicht van de realiteit in reality-tv.)

Ze nam een slokje om tijd te winnen. Stilte. 'Het gaat best goed,' hoorde ze zichzelf zeggen.

'Ik popel om het te horen,' zei Gaby. 'Hoe heet het ook alweer?'

'*Lonely Doll*,' zei Kate. 'Denk ik.'

'Het is gewoon zo cool wat jij doet,' zei Gaby. 'Al hing mijn leven er-van af: ik zou nooit een liedje kunnen schrijven.'

Nee, dacht Kate (niet zonder genegenheid), waarschijnlijk niet.

Haar telefoon kwam zoemend tot leven op de bar, en toen ze hem pakte zag ze dat ze een berichtje had gekregen van Carmen. *Waar ben je? Heb nieuws en wil je zien.* Carmen wist uiteraard waar ze was, maar hé, net doen of dat niet zo was hoorde gewoon bij het spelletje. Ze stuurde een berichtje terug en zei toen tegen Gaby dat Carmen zo ook zou komen.

'O, yes,' zei Gaby. 'Dan kan het feest pas echt beginnen.'

'Hoezo, ben ik niet opwindend genoeg voor je?' Kate deed of ze ge-kwetst was.

'Er komen meer jongens op ons af als Carmen erbij is,' zei Gaby. Toen ze de blik op Kates gezicht zag, voegde ze eraan toe: 'Niet omdat jij niet superaantrekkelijk bent. Maar zij is gewoon… Nou ja, je weet wel, beroemd.'

'Ja ja, ik weet het,' zei Kate. 'Ik ben gewoon maar een meisje uit Columbus, Ohio.'

'Niet lang meer,' zei Gaby, schijnbaar oprecht. Ze trok aan de smalle bandjes van haar jurk. 'Denk je dat deze jurk iets doet? Het is een Mario Nuñez, maar ik vind dat hij er een beetje H&M-merig uitziet.'

Kate lachte. Het leek inderdáád een jurkje van H&M, maar kon je dat zeggen over een jurk van negenhonderd dollar? Gelukkig kwam Carmen net op dat moment naar hen toe rennen en gaf hun allebei twee dikke klapzoenen op hun wangen. Haar eigen wangen waren rood en haar donkere ogen glommen.

'Wauw,' riep Kate uit. 'Wat zie jij er gelukzalig uit. Ben je net verliefd geworden of zo?'

Carmen ging op een kruk naast hen zitten. 'Beter,' zei ze. 'Jullie geloven het vast niet, maar...' Ze zweeg, beet op haar lip en trok tegelijkertijd een brede grijns.

'Maar je hebt eindelijk mijn raad opgevolgd en je eerste afspraak bij Restylane gemaakt,' zei Gaby. 'Echt hoor, het verandert je leven. Zeg maar dag met je handje tegen de nasolabiale plooien!'

Carmen keek Gaby aan alsof ze gek was geworden. 'Wat? Nee!' Ze zat bijna te stuiteren op haar kruk. 'Ik heb de rol gekregen in *The End of Love*.'

Kate sloeg haar armen om haar vriendin heen. 'O wat goed! Ik wist dat je het kon! Gefeliciteerd!'

'Ongelooflijk,' zei Gaby. 'Welke rol?'

'De hoofdrol,' kirde Carmen.

Gaby klapte opgetogen in haar handen en zei: 'Dit vraagt om een fles champagne.' Ze gebaarde naar de barman. 'Wij willen graag een beetje Dom,' riep ze. 'We hebben iets te vieren!'

Kate zag dat de binnenkomst van Carmen en hun opgetogen reacties de aandacht had getrokken; ze werden nu aangestaard door een drietal meisjes, wier gezichten een mengeling van ontzag en verlangen onthulden. Kate zwaaide even naar hen, ook al was zij, wat hen betrof, een nobody. Een van de meisjes leek met opgetrokken wenkbrauwen te vragen: en wie mag jij dan wel zijn? Kate glimlachte. Misschien zou dit meisje zich over een paar weken, na de première van *The Fame Game*, dit moment herinneren en beseffen dat Kate ook een beroemdheid was.

Beroemd. Ze schudde haar hoofd bij die gedachte. Het was gewoon echt te bizar om je voor te stellen.

'…en toen zei Colum dus: 'Je hebt me echt verrast. Ik had niet verwacht dat ik zo ontroerd zou zijn', en toen zei ik: 'Je hebt geen idee hoe opwindend dit is',' vertelde Carmen. Ze praatte aan één stuk door. De barman had inmiddels voor hen allemaal een glas champagne ingeschonken, maar Carmen had het niet eens gezien.

'En Madison?' vroeg Gaby hoopvol. 'Heeft zij een rol gekregen?'

Dat maakte een einde aan Carmens ademloze monoloog. Ze fronste een beetje. 'O, dat weet ik niet,' zei ze. 'Ik ben vergeten het te vragen.'

Kate wierp een stiekeme blik in Laurels richting. Zou zij het weten? Laurel zag Kate kijken en schudde haar hoofd.

Arme Madison, dacht Kate. Zij zat dus niet aan de champagne.

18

VONKEN

Trevor Lord voelde zich uiterst zelfvoldaan. Dat was nou niet bepaald een zeldzaamheid – hij probeerde op een dagelijkse basis redenen te bedenken om tevreden met zichzelf te zijn – maar het gevoel dat hij vanmiddag had was wel heel erg plezierig.

De première van *The Fame Game* was pas over een maand, maar hij had nu al genoeg materiaal voor een heel seizoen: Madisons gezinsdrama, plus haar wanhopige en soms ondoordachte pogingen om door te stoten naar het volgende niveau. Haar make-over van de provinciale Kate, die nog niet voltooid was. De opbloeiende vriendschap tussen Carmen en Kate, die hij zou kunnen compliceren (op het scherm dan) door de spanning tussen Carmen en Madison op te voeren. Carmens nieuwe rol in een ongetwijfeld zeer succesvolle film. En dan was Gaby er natuurlijk ook nog, die altijd kon zorgen voor een komische noot ('Zei ze dat écht?') en speculatie ('Zou dat écht zijn?'). Hoewel, ze zorgde wel voor continuïteitsproblemen doordat haar gezicht en lichaam voortdurend veranderden. Hij had haar vorige week op het matje geroepen en haar verzocht niets meer aan haar gezicht te laten doen tot de opnames van dit seizoen voltooid waren.

Jawel, er waren veel dingen om blij mee te zijn. 'Toch missen we iets,' zei hij tegen Dana, die als een bezetene op haar BlackBerry zat te typen en niet opkeek. Hij schraapte zijn keel. 'We hebben gewoon nog één complicerende factor nodig.'

Eindelijk keek Dana op. 'Pardon?' vroeg ze. 'Wat hebben we nodig?'

Trevor glimlachte naar haar. Ze werkte zo verdomd hard. Hij moest haar eigenlijk een keer vrij geven. Maar dat zou hij waarschijnlijk niet doen. 'Romantiek,' zei hij. 'Het enige wat deze serie mist is liefdesdrama.'

Dana knikte. 'Inderdaad. Wat dacht je van die Drew? Die vriend van Carmen?'

Trevor schudde zijn hoofd. 'Ik dacht eerst dat we wel iets aan hem zouden hebben, maar hij is waardeloos.'

'Nou, eh… Jordan zei…'

'Wie is Jordan?' onderbrak Trevor haar.

'Hij zit bij de cameraploeg,' zei Dana. 'Als locatiescout. Hoe dan ook, hij vertelde me pas dat hij Carmen nogal intiem bezig had gezien met die Australische acteur.'

'Australisch?'

'Je weet wel, hoe heet hij ook alweer? Hij zit samen met haar in de film. God, al die acteurs zien er ook hetzelfde uit. Nick… Nee, wacht… Eric… Nee, Luke. Luke Kelly.'

'Luke Kelly? Hm, interessant.'

Sterker nog: het was veel meer dan interessant. Trevor moest zich inhouden om niet vergenoegd in zijn handen te wrijven. Luke Kelly, de nieuwe ster en de tegenspeler van Carmen in *The End of Love*. Nu hij erbij stilstond: Colum McEntire had inderdáád opgemerkt dat de chemie tussen die twee onbetwistbaar was geweest. Hij grijnsde naar Dana. Dit was briljant. Als dit waar was (en eerlijk gezegd, ook als dat niet zo was) dan had hij zijn romantische factor, inclusief charmant accent.

Ja, het liep allemaal op rolletjes, voor hem en voor de meisjes. Kate had geschitterd op haar tweede open podium en Carmens auditie was zo goed gegaan dat Trevor niet eens iemand onder druk had hoeven zetten om haar een rol te bezorgen. Gaby was Gaby; zij zou altijd de verkeerde opmerking op het juiste moment maken. Toen verschoven zijn gedachten naar Madison, degene aan wie hij beloofd had de ster te worden.

Haar auditie was afgrijselijk geweest, en zij en alle anderen wisten dat. Hij had moeten smeken om een rol voor haar, en hij had een verschrikkelijke hekel aan smeken. Maar het was hem gelukt. Het was een kleine rol, maar het was voldoende. Voldoende om Madison tevreden te houden? Waarschijnlijk niet, zeker niet omdat hij háár onder druk had moeten zetten om auditie te doen. Maar wel voldoende om de rivaliteit tussen Madison en haar meer getalenteerde tegenspeelster Carmen brandende te houden? Ja. En uiteindelijk was dat het enige wat echt telde.

Op de een of andere manier zou Trevor ervoor zorgen dat de vonken ervan afvlogen in *The Fame Game*.

19

DENK AAN MOOIE DINGEN

'Deze is bijna perfect,' zei Madison. Ze plukte een minuscuul draadje van de donkergrijze wollen broek die haar vader droeg en liet het op de grond vallen. 'Maar ik wil er een omslag in,' instrueerde ze.

De verkoper, die zijn mond vol met spelden had, knikte en begon de onderkant van de broek om te vouwen. Charlie stond doodstil, maar hij glimlachte naar Madison in de spiegel.

Ze hadden veel tijd samen doorgebracht sinds haar bezoek aan het motel, zowel met als zonder de camera erbij. Sue Beth had eindelijk de doos met zijn brieven opgestuurd die ze verborgen had gehouden, en Madison had ze allemaal in een waas van tranen achter elkaar gelezen. (*Lieve Maddie, het is herfst, dus je gaat nu bijna naar de vierde klas. Ik hoop dat je een mooie nieuwe jurk hebt voor je eerste schooldag... Liefste Mads, je oude pa mist je heel erg! Je wordt vast met de dag groter...*)

Daarna had ze meer opengestaan voor zijn uitleg en verontschuldigingen. Ergens wilde ze woedend en rancuneus blijven – maar het deel van haar dat gewoon een vader wilde hebben, hoe imperfect hij ook was, had de overhand.

Het was tenslotte niet zo dat hij hen in de steek had gelaten om zelf een geweldig leven te gaan leiden. Hij had een beetje rondgezworven in New York en Pennsylvania, op zoek naar werk als monteur, maar dat was niet gemakkelijk te vinden geweest zonder een vak- of schooldiploma. Hij was een tijdlang succesvol geweest in de buurt van Pittsburgh, maar toen had hij een stel verkeerde types ontmoet. Op een avond had hij met een paar kameraden in de auto gewoon een biertje zitten drinken en naar Lynyrd Skynyrd geluisterd, toen de twee anderen besloten een avondwinkel te overvallen. Hij had niet eens in de gaten gehad wat ze gingen doen. Hij had gewoon op de achterbank op hen zitten wachten toen ze met een tas vol contant geld naar buiten stormden. Voordat hij er erg in had, scheurden ze over de snelweg, achtervolgd door twee politieauto's.

'Wat had ik moeten doen?' had hij haar toen met een onderzoekende blik in zijn ogen gevraagd. 'Ik heb meteen schuld bekend. Ik bedoel: ik was erbij! Niemand zou geloven dat ik slechts een onschuldige omstander was. Dus heb ik schuld bekend en mijn tijd uitgezeten. En terwijl ik in de gevangenis zat, heb ik elke seconde van elke dag aan jullie gedacht. Aan jou en je zus.'

Haar hart, dat Madison met zo veel moeite had bewapend, was weer gaan smelten en ze was bang dat het een dezer dagen gewoon open zou barsten. Ze wist dat haar vader in de gevangenis had gezeten, maar Sue Beth had nooit verteld dat hij onschuldig was. Arme Charlie: hij had zijn stommiteit met gevangenisstraf moeten betalen en zijn afwezigheid uit hun levens met verdriet. Hij was geen waardeloze vader: hij was gewoon de grootste pechvogel die ze ooit had gezien.

'Ik had jullie mee moeten nemen toen ik wegging,' had Charlie gezegd, 'maar ik wist niet hoe. Het leek me onmogelijk om voor twee kleine meisjes te zorgen zonder hun moeder, en popje, ik kon écht niet blijven. Je moeder... ik... we hadden heel vaak ruzie. Ik was bang dat een van ons de ander iets zou aandoen.' Hij schudde bedroefd zijn hoofd. 'Als ik het allemaal over kon doen...'

Daarna was Madison gaan nadenken over een leven met haar vader. Misschien zou Sophie, die nog steeds dat zweverige gedrag vertoonde, er zelfs wel bij kunnen horen. Stel nou dat Madison, na al die jaren, toch nog een familie zou krijgen?

Ze had een besluit genomen: ze zou Charlie laten zien dat nu hij weer in haar leven was gekomen, zij hem daar zou laten blijven. Voorgoed.

De verkoper stond op en trok het jasje over het blauwe overhemd dat Madison had uitgekozen bij de kleur van Charlies ogen. 'Ja, de stof is perfect,' zei ze.

Ze had dit soort winkeluitjes gemist. Vroeger ging ze altijd naar herenwinkels met haar oudere vriendjes – nou ja, de ongetrouwde dan; de gehuwde heren wilden niet op klaarlichte dag met haar gezien worden – maar ze had nu even geen vriendje. Ze was al maanden niet meer in een Ted Baker geweest.

'Uitstekend,' zei de verkoper, terwijl hij de mouwen begon af te spelden.

'Popje,' fluisterde Charlie, terwijl hij gebaarde dat Madison dichterbij moest komen. Hij tilde zijn arm op: bij zijn vingertoppen wapperde een piepklein prijskaartje aan de mouw van het jasje. 'Ga me niet vertellen dat dit de prijs is, maar het jaar waarin dit pak is gemaakt.'

Madison glimlachte. Het getal van vier cijfers was inderdaad de prijs, maar Charlie zou dit pak heel lang kunnen dragen. 'Geen zorgen, daar heb ik deze voor.' Ze wapperde met haar creditcard. Ze zwol van trots dat ze dit voor hem kon kopen.

'Liefje, het is prachtig, maar wanneer moet ik het dragen?' zei Charlie.

'Nou...' Madison keek naar zijn spiegelbeeld. 'Dit pak zou volmaakt zijn voor een première.'

Charlie keek verbaasd. 'Wat voor première?'

'Ik dacht dat je het misschien leuk zou vinden om met mij naar de première van *The Fame Game* te gaan.'

Toen glimlachte Charlie – een enorme, aanstekelijke grijns. Als hij er niet zo meelijwekkend terneergeslagen uitzag, was hij best een knappe man. 'O, Mads,' zei hij. 'Dat zou ik geweldig vinden.'

'Mooi,' zei Madison, en ze glimlachte naar haar vader.

Madison overhandigde haar creditcard aan de ronddrentelende verkoper. 'Het pak,' zei ze tegen hem, 'en deze drie dassen en overhemden. Stuur ze maar naar dit adres.' Ze gaf hem een van haar visitekaartjes, waarop ze aan de achterkant haar adres had gekrabbeld. 'Hoe lang gaat dat duren?'

'Een week,' antwoordde hij.

'Perfect,' zei Madison. En dat woord had nog nooit zo goed haar gevoel uitgedrukt.

Haar volgende verrassing was pas echt een grote. Hoewel ze overwogen had om de camera's van PopTV te vragen mee te komen – of dan ten minste een paparazzo of twee (*Madison sluit vader in de armen!*) – had ze uiteindelijk besloten om dit privé te houden.

Het was de bedoeling dat ze Charlie terug zou brengen naar de E-Z Inn, maar in plaats daarvan sloeg ze van La Brea af naar Rosewood.

'Popje, ik ken Los Angeles niet zo goed, maar volgens mij rij je zo niet terug naar mijn motel.' Charlie had een sigaret opgestoken. Madison haatte rook (en de rimpels die dat veroorzaakte), maar ze hadden afgesproken dat hij mocht roken als het dak naar beneden was.

'O nee?' zei Madison, een en al gespeelde onschuld.

Ze reed een straat in omringd door bomen en keurig gemaaide gazonnetjes. Haar vingertoppen trommelden opgewonden op het stuur. Het was een volmaakte plek: een rustige buurt met bescheiden, goed onderhouden huizen, dicht bij Charlies werk, Sophies appartement en Madisons eigen woning. Ze reed de oprit van een kleine bruine bungalow op. Er stond een wit hek dat half schuilging onder de rozen en het hek van de veranda droop praktisch van de dieproze bougainville.

'Leuke plek,' zei Charlie en hij nam nog een trekje van zijn sigaret. 'Woont een van je vrienden hier?'

'Dat zou je kunnen zeggen.' Madison glimlachte toen ze de motor uitzette. 'Kom.'

Ze liepen samen het trapje op en Madison haalde een sleutel uit haar tas. Ze opende de voordeur naar een zonovergoten woonkamer. Die was bescheiden maar smaakvol ingericht met een bank, een zeer brede stoel en een flatscreentelevisie. Het eetgedeelte, dat grensde aan de lichte keuken, was groot genoeg voor een tafel voor zes personen. Op de schoorsteenmantel had ze een oude foto neergezet van Sophie, Charlie en haar samen. Daarop zaten ze lachend een softijsje te eten.

'Vind je het leuk?' vroeg Madison. Haar vader had niets in de gaten. Ze glimlachte en werd opeens overspoeld door een gevoel van genegenheid. Ze wilde nu het allerliefst dat haar vader gelukkig was.

'Wat?' Charlie keek de kamer rond. 'Jawel, het ziet er heel leuk uit, maar…' En op dat moment zag hij de foto. 'Wacht even. Van wie is dit huis?'

'Nou, formeel gezien van mij,' zei Madison. 'Maar ik wil dat jij er gaat wonen.'

Charlie staarde vol ongeloof om zich heen. 'Hier? Wil je dat ik hier ga wonen?'

Madison knikte. 'Als je het goed vindt, ik bedoel, als je dat wilt, en het bevalt je en...'

Charlie keek naar Madison en toen weer naar de foto van hun drieen, die hij nu in zijn handen had. 'Niemand heeft ooit zoiets voor me gedaan. Nooit.'

Zijn ogen glommen en Madison zag hoe de tranen erin opwelden en vervolgens over zijn wangen gleden. Hij streek met de mouw van zijn blauwe overhemd over zijn gezicht.

'O, niet huilen, papa,' fluisterde Madison. 'Het is klein; er zijn maar twee slaapkamers. Maar er zijn ook twee badkamers, een wasmachine en een droger, een tuin, een keuken...'

'Wacht even,' zei Charlie. Zijn stem klonk bijna scherp.

Madison zweeg en draaide zich weer naar hem om. O nee. Hij was niet blij – hij vond het toch niet leuk!

'Wat is er?' vroeg ze.

'Zei je nou 'papa' tegen me, popje?'

Er gleed een glimlach over Madisons gezicht. Ze had Charlie 'papa' genoemd zonder er maar een moment bij stil te staan. 'Ja,' zei ze. 'Ik geloof het wel.'

Madisons goede humeur duurde op de kop af nog vijftien minuten nadat ze was gearriveerd op de fotoshoot voor de advertenties voor *The Fame Game*. Toen ze Carmen daar bij de make-up in haar stoel zag zitten, balde ze vol verontwaardiging haar vuisten. Carmen onderging al dat gefriemel en gefrutsel zo verdomd nonchalant! Die sterrenkoter had haar eerste make-up en haarsessie waarschijnlijk al vóór haar eerste verjaardag gehad. Ze straalde aan alle kanten uit dat ze er gewoon récht op had.

Erger nog was dat Madison bij het zien van Carmen werd herinnerd aan de auditie voor *The End of Love*. Die was gepaard gegaan met het soort vernedering dat Madison Parker nooit meer wenste te ondergaan. Zeker, ze had een rol gekregen: als 'het meisje dat na vijf minuten al wordt doodgeschoten' (nee, dáár zou haar pagina op de website van IMDb van opknappen…). Ze wierp weer een blik op Carmen. De hóófdrol. Natuurlijk hadden ze haar die rol gegeven. Madison was vanaf het begin al kansloos geweest tegenover Carmen-'mijn ouders bezitten Hollywood'-Curtis, en Trevor Lord had dat geweten toen hij hun tweeën tegen elkaar had opgezet.

Ze lachte grimmig. Daarom noemde hij zijn programma waarschijnlijk *The Fame Game*: net als bij een spelletje poker waren er winnaars en verliezers. Carmen Curtis was geboren met een full house, terwijl Madison Parker zich met een pokerface door elk spelletje moest bluffen.

'Madison,' riep Laurel. 'Je moet naar de make-up.' Ze wees naar een stoel rechts van de plek waar ze gefotografeerd zouden worden. 'Ga zitten.'

Madison zuchtte en liep ernaartoe. Normaal gesproken zou ze haar make-up en haar door haar eigen team laten doen – wat betreft haar look vertrouwde ze de mensen van PopTV niet – maar daar had ze geen tijd voor gehad omdat ze met Charlie op pad was geweest. Ze moest er maar het beste van hopen.

Terwijl een of andere kauwgumbellenblazende idioot haar haren föhnde, bekeek Madison haar tegenspeelsters in de spiegel. Kate en

Gaby waren er al helemaal klaar voor. Ze hadden Gaby een chiffonachtige koraalrode jurk gegeven; waarschijnlijk om te verbergen hoe dun ze was. Kate droeg een klein rood dingetje, dat mooi gestroomlijnd was zonder al te sexy te zijn (ze wilden haar natuurlijk niet in één ruk van haar cargobroek-en-Gap-shirtlook ontheffen!). Er hing een oranje jurk aan een rek voor Carmen. En Madison – de stér – zou goud dragen.

Toen arriveerde Trevor, geflankeerd door twee assistenten. 'Dames,' zei hij, 'hoe spannend is dit?' Hij zette zijn zonnebril af en knipoogde naar Madison. Madison schonk hem een zwoele glimlach terug. Nee, ze vond Trevor niet aantrekkelijk, maar dat hoefde hij niet te weten, toch?

'We gaan jullie fotograferen tegen deze effen achtergrond,' deelde hij hun mee. 'En op de posters lijkt het dan net of jullie voor de Hollywoodletters staan. Alsof jullie je ver boven de stad bevinden en erop neerkijken – maar jullie staan ook met je hakken in de modder. Het is een studie in bekoorlijke tegenstrijdigheden.'

Kate knikte met grote ogen. Ze vrát zijn onzin. Gaby lette niet op, maar daar was niets bijzonders aan. Madison wierp een blik op Carmen, die bijna klaar was.

'Leuk,' zei Carmen, terwijl de visagist wat glimmende poeder op haar wangen aanbracht. 'Goed concept.'

Slijmbal, dacht Madison. Haar eigen visagist bracht donkere schaduwlijntjes aan rond haar ogen. 'Voorzichtig,' zei ze. 'Blijf dicht bij de wimpers, ik wil er niet als een wasbeer uitzien.'

Carmen sprong uit haar stoel en ging haar jurk aantrekken. Even later stonden zij en Kate lachend bij de buffettafel te snaaien uit een gigantische schaal met vers fruit. Laurel liep naar hen toe en vervolgens kregen ze gezamenlijk een of andere stomme giechelbui.

Trevor kwam achter Madison staan en keek haar via de spiegel aan. 'Na de shoot gaan we de voice-over opnemen,' zei hij.

'Natuurlijk,' zei Madison. 'Ik ben er helemaal klaar voor.'

'Mooi. Ik ben van plan om iedereen te laten lezen...'

'Wat?' onderbrak Madison.

'Ik laat jullie allemaal een stukje lezen. Ik wil horen welke stem het natuurlijkst overkomt – welke stembuiging het relaterendst is.'

'Jij wilt horen welke stembuiging het relaterendst is?' herhaalde Madison verbijsterd. 'Wat heeft dat verdomme te betekenen?'

Trevor keek haar kalm aan. 'Het betekent dat ik wil zien wie het het beste doet,' zei hij.

Madison was sprakeloos. Hij had haar al beloofd dat ze de voice-over mocht inspreken toen hij haar vroeg om mee te doen aan het programma. Degene die de voice-over deed, was feitelijk de hoofdrolspeelster – de stér. De persoon door wier ogen de rest van de wereld Hollywood zou zien. Wat betekende dat zíj dat moest zijn.

'Maar Trevor,' begon ze.

Trevor stak zijn hand op alsof hij wist wat ze ging zeggen en hij dat niet wilde horen. Alsof het hem niks kon schelen dat hij een belofte verbrak. Beloftes betekenden niets voor een televisieproducent.

Madison wilde hem uitkafferen. Ze wilde uit haar stoel springen en hem onderuithalen. Ze wilde die lelijke blauwe stropdas strak trekken om zijn nek tot hij niet meer kon ademen. Maar ze wist dat ze daar niets mee zou bereiken. Toen hij haar afgelopen juni had benaderd, had Trevor het doen voorkomen dat *The Fame Game* háár show zou zijn. Maar als het erop aankwam, was het altijd zíjn programma. En daar kon zij niets aan doen.

'Kom, we gaan foto's maken,' zei hij. Zijn toon was luchtig, maar zijn ogen schoten vuur en zeiden tegen Madison: *Do not fuck with me.*

Haar make-up en haar waren gedaan, dus ze trok de goudkleurige jurk aan die ze voor haar hadden klaargelegd. Het was een kleine troost dat ze de mooiste jurk had van allemaal.

Laurel zette de meiden in verschillende opstellingen neer en de camera klikte als een waanzinnige.

'Kate, denk eraan: niet lachen,' zei de fotograaf op een gegeven moment. 'Dit is geen klassenfoto.'

Madison grinnikte en Carmen wierp haar een vuile blik toe. Madison betaalde haar met gelijke munt terug. Binnen de kortste keren zaten ze elkaar dreigend aan te staren.

'Geweldig!' riep Trevor. 'Komt het goed over?'

De fotograaf schudde zijn hoofd. 'Hun ogen worden er te klein van. Kom op, meiden, denk aan mooie dingen. Daar worden jullie mooi van.'

Een paar minuten later zette Laurel hen allemaal op een andere plek: Madison en Carmen rug aan rug en met over elkaar geslagen armen in het midden, met Gaby aan de ene, en Kate aan de andere kant.

'Prachtig, Carmen. Super, Kate,' zei Laurel. 'Gaby, kun je proberen je gezicht een beetje te ontspannen? Madison, kun je iets meer levendigheid uitstralen?'

Lévendigheid? Waar hád ze het over? Madison was een pro. Zij had meer fotoshoots gehad dan die kleine trol ooit zou meemaken. Ze rechtte haar rug en schonk de camera haar beste blik: een mengeling van sensualiteit en uitdagendheid.

'Mmm,' zei Laurel verre van opgetogen. Ze stond weer uit die stomme reismok te drinken.

Madison veranderde iets van houding. Ze staarde nog steeds recht in de lens, maar nu leek ze met haar blik te willen zeggen: ik ben hier verdomme de ster! De camera klikte weer. De lampen waren heet en Madison voelde wat transpiratie op haar bovenlip. Binnen een paar tellen gilde iemand: 'Glim! Kan iemand Madison poederen?' Meteen stond er een assistent haar bovenlip te deppen.

'Mijn voeten doen pijn,' fluisterde Gaby.

'Blijf lachen,' zei Madison. 'Dat is de enige manier.'

De fotograaf vroeg om een pauze – de make-up van alle meisjes moest bijgewerkt worden. Madison zag hoe Laurel glimlachend naar Carmen en Kate toe dribbelde. Sinds wanneer waren die zo dik met elkaar? Madison had nooit verwacht dat ze Dana zou gaan missen, maar dat deed ze nu wel. Dana was altijd gestrest en pinnig, maar ze had in ieder geval geen voorkeur als het om het botvieren van haar pinnigheid ging.

Om haar gedachten af te leiden, oefende Madison de tekst van de voice-over: *We zijn met z'n vieren en we proberen het allemaal te maken. We weten dat het met vallen en opstaan gaat; we weten dat het niet makkelijk is om beroemd te worden. Maar nu is het onze tijd. En we zijn er klaar voor.*

Madison slingerde haar platinablonde haar naar achteren en veranderde weer van houding. Haar rug was kaarsrecht. Zij was te allen tijde klaar voor de camera's. Want eigenlijk, dacht Madison, eigenlijk is het gewoon míjn tijd. En ík ben er klaar voor.

20

GEHEIME MINNAARS

De studio van *Buzz! News* zag er in het echt nogal onbenullig uit, merkte Carmen, maar goed, zo was het altijd. Ze was in genoeg geluidsstudio's geweest om te weten dat niets in Hollywood er zo gelikt uitzag als op tv.

Gaby oogde zenuwachtig, maar ook op een bizarre manier volwassen en professioneel in haar chique zijden blouse en tweed rokje. Ze stopte het ene na het andere stukje suikervrije kauwgum in haar mond.

'Maak je niet druk,' zei Carmen tegen haar. 'Dit wordt een eitje. Ik ben het maar, toch? Alleen ik en één extra camera.'

Gaby glimlachte aarzelend. Haar eerste gefilmde interview, dat met Lacey Hopkins, was niet erg goed gegaan, en vanaf dat moment hadden de mensen van *Buzz!* haar achter de schermen gehouden. Ze hadden haar tot een soort productieassistent gebombardeerd, al bakte ze daar ook niet veel van. Hoewel... ze was best goed in het halen van koffie voor anderen.

Maar toen Kate en zij onlangs wat waren gaan drinken met Laurel, had die verteld dat Trevor tegen *Buzz!* had gezegd dat ze dan beter Kate konden filmen in haar restaurant. 'Het programma heeft genoeg aan één espressomaakster. Dus breng Gaby weer vóór de camera, oké?' scheen hij gezegd te hebben. En blijkbaar hadden ze zijn advies opgevolgd.

Een of andere halfknappe productieassistent zette Gaby en Carmen in oncomfortabele leunstoelen en nam Gaby's kauwgum gewikkeld in een tissue mee. Ze werden omringd door camera's en zelfs Carmen voelde zich een beetje vreemd. Ze werd gefilmd tijdens het filmen, en ze acteerde dat ze een interview gaf (voor zowel een realityprogramma als een écht tv-programma) over een rol in een film. Hè? Het was alsof je jezelf eindeloos herhaald zag in spiegels.

'Oké, meiden. Opnames beginnen over vijf... vier...' riep iemand met opgestoken vingers. De laatste drie tellen verliepen in stilzwijgen. Gaby keek omlaag naar haar kaartjes met vragen en toen weer omhoog naar Carmen. Carmen zag dat ze diep ademhaalde voordat ze zei: 'Jij hebt net de rol van Julia in *The End of Love* gekregen. Je eerste film bij een grote studio. Hoe voelt dat?'

Carmen glimlachte betoverend. 'Ik ben zo ongelooflijk enthousiast,' zei ze. Maar natuurlijk wilde ze niet té enthousiast overkomen – ze wilde zelfvertrouwen en raffinement uitstralen. 'Het is zo'n ongelooflijke kans om samen te werken met Colum McEntire en de hele familie van PopTV Films.'

Gaby keek omlaag naar haar kaartjes. 'Hoe vind je het om met Colum McEntire te gaan werken?' vroeg ze.

Carmen bleef onverstoorbaar glimlachen. Arme Gaby: niemand had haar verteld dat als de geïnterviewde een ongestelde vraag spontaan beantwoordde, je die vraag niet alsnog hoefde te stellen. 'Geweldig,' zei ze. 'Ik vind dat hij met *One Way Out* verbluffend goed werk heeft afgeleverd, en volgens mij gaat hij met deze film laten zien wat een ongelooflijk artistieke visie hij heeft.'

Gaby knikte. 'En Luke Kelly? Zijn ster is rijzende.'

Carmen was blij dat Gaby nu wel een goede vraag stelde. 'Ja, ik denk dat mensen echt opveren als ze hem op het witte doek zien. Hij is een fantastische acteur en in alle opzichten een geweldige man.'

'En ook knap,' merkte Gaby op.

Wauw, dacht Carmen, een echte improvisatie. Ze lachte lief. 'Ja, hij is een knappe vent,' zei ze.

Vervolgens deed Gaby heel erg lang over het lezen van haar volgende vraag en Carmen schoof gespannen heen en weer op haar stoel. Ze was benieuwd hoe *Buzz!* dit tot een redelijk competent interview zou weten te monteren.

'Kun je ons iets over het verhaal vertellen?' vroeg Gaby.

'Natuurlijk,' zei Carmen opgewekt. En ze werkte het riedeltje af dat ze van tevoren had geoefend: dat Roman en Julia in een verre toekomst de kinderen van strijdende families zijn in een maatschappij waar liefde een misdaad is. En dat Luke en zij ondanks tegenslagen verliefd worden en zweren dat ze de wereld terug zullen brengen in de oorspronkelijke staat. 'En de rest moet je zelf maar in de bioscoop gaan bekijken,' besloot ze.

Gaby's ogen waren groot. Ze probeerde deze informatie te verwerken, maar het leek alsof de hersenradertjes doelloos ronddraaiden.

'Stel een vraag,' siste iemand.

'Denk je dat het verhaal revelant – ik bedoel relevánt – is voor deze tijd?'

'Ik denk dat liefde altijd een goed onderwerp is,' antwoordde Carmen.

'Iedereen heeft ermee te maken – of het nu om de aan- of de áfwezigheid ervan gaat. Hoewel ik dat laatste natuurlijk niemand toewens.' Ze glimlachte op een manier waarvan ze hoopte dat die suggereerde dat zij er in ieder geval niet om verlegen zat. In werkelijkheid was de liefde de laatste tijd echter opvallend afwezig in haar leven. Maar misschien kon ze dat in de rol van Julia goedmaken. Uiteraard hoopte ze dat ze er niet aan onderdoor zou gaan, zoals Julia in de film. 'Als de film begint, is Julia's liefde platonisch,' ging ze verder.

'Wat betekent 'platonisch'?' fluisterde Gaby.

Het was alsof Carmen elk oog in de studio kon hóren rollen. 'Platonische liefde is geestelijke liefde, zonder zinnelijk aspect.'

'O,' zei Gaby, 'ik snap het.'

Carmen betwijfelde of dat echt zo was.

Na nog tien gênante minuten over Carmens ouders, haar favoriete vakantieplek en haar nieuwe realityprogramma, doken de mensen van *Buzz!* op uit de schaduwen en zeiden dat Carmen en Gaby pauze moesten nemen. 'We gaan even kijken wat we hebben,' zei een gekweld kijkende blondine. 'Misschien doen we nog een paar vragen, maar ik weet niet zeker of we daar nog tijd voor hebben.'

Gaby volgde Carmen naar de zijkant van de set, waar een kring klapstoelen was neergezet. 'Ik was verschrikkelijk, hè?' zei ze.

'Nee,' verzekerde Carmen haar. 'Je deed het prima! Je bent alleen zenuwachtig, maar dat is helemaal niet erg. Ze monteren het gewoon zo dat je net zo professioneel overkomt als Barbara Walters.'

'Wie is Barbara Walters?' vroeg Gaby.

Dat méén je toch niet! 'Een heel beroemde interviewer,' zei Carmen, terwijl ze een flesje water uit haar tas haalde.

'Ik wil geen interviewer zijn,' fluisterde Gaby.

'Wat wil je dan doen?'

'Eerlijk gezegd vond ik het best leuk om koffie voor mensen te halen.'

'Doe jezelf nou niet tekort, Gab,' zei Carmen streng. 'Het lukt je echt wel, dat beloof ik je.' Feitelijk was ze hier niet van overtuigd, maar Gaby kon wel een beetje meer vertrouwen en ambitie in haar leven gebruiken. (In tegenstelling tot haar beste vriendin Madison, die van beide te veel had.)

Laurel gilde: 'Geweldig gedaan, dames!' Daardoor schoot het Carmen te binnen dat de camera's van PopTV nog steeds draaiden. In deze ruimte vol camera's was ze eerlijk gezegd vergeten dat er nog ten minste één op haar gericht was. 'Voor vandaag zijn jullie klaar,' vervolgde Laurel.

Toen de meiden hun microfoons hadden teruggegeven en Laurel en de ploeg hun spullen gingen pakken, haalde Carmen haar mobiel uit haar zak om haar e-mail te checken. Er was een nieuw bericht van Fawn. *Moet je mij niet iets vertellen?* stond er in.

Waar heb je het over? schreef ze terug.

Een paar tellen later ontving ze een link. Toen ze erop klikte, kwam ze terecht op een blog met een enorme foto van… Luke en haar in die koffietent? *Nieuwe liefde voor en achter de camera's!!!!!* stond erbij en de schrijver van de blog had met Photoshop hartjes rond hun hoofden getekend.

'O nee,' fluisterde ze.

'Wat is er?' vroeg Gaby.

Carmen draaide het display naar haar toe, zodat ze de foto kon zien.

'Heb jij iets met Luke Kelly?' vroeg Gaby. 'Waarom heb je dat niet verteld?' Toen lachte ze sluw. 'O, ik snap het. Jullie zijn gehéíme minnaars, net als in de film. Hoe gaaf is dat! Dát levert pas publiciteit op als het uitkomt.'

'Nee, nee, nee,' zei Carmen. 'Ik heb niets met Luke!'

Gaby trok een wenkbrauw op voor zover de botox dat toeliet, wat niet erg ver was. 'Het ziet er anders wel zo uit. Ik bedoel: jullie zitten hand in hand.'

Carmen schudde haar hoofd. 'Nee, dat is niet zo. Ik pakte hem toen net even vast omdat ik hem iets duidelijk wilde maken.'

'Dat je ongeneeslijk veel van hem houdt?'

'Nééééé,' zei Carmen, terwijl ze haar hand tegen haar voorhoofd sloeg. 'Nee.' Ze keek weer naar de stomme hartjes om haar hoofd. Het was bijna grappig, de manier waarop die roddelsites van niets iets wisten te maken. En het was bijna grappig dat zelfs Gaby weigerde te geloven dat Luke en zij niets hadden en Fawn aannam dat het waar was (hoewel zij natuurlijk wist dat ze ooit gezoend hadden – zij was toen ook in die club geweest).

Maar Kates reactie zou niet zo grappig zijn. Zij was nog niet blootgesteld geweest aan de geruchtenstroom van Hollywood. Zij wist niet hoezeer foto's en video's en zelfs citaten gemanipuleerd konden worden. En ze had gezien dat Carmen het leuk vond om te flirten. Hoe kon ze haar er nu van overtuigen dat niet alles was wat het leek?

Welkom bij reality-tv, dacht Carmen. Waar, zoals de Beatles al zongen – en haar vader vaak ook, maar dan vals – *nothing is real*. Ze hoopte alleen dat het niet zo moeilijk zou zijn om Kate daarvan te overtuigen.

21

MISS HOLLYWOOD

'*Met you, then forgot – what a crazy night that was / Amid the glitter and the music and the champagne buzz,*' zong Kate zacht. '*Now days and nights and afternoons / Aren't even all the times I think of you...*'

Ze liet het akkoord wegebben. Was dat wat? Ze slaakte een zucht. Nee, het was waarschijnlijk waardeloos.

Ze stond op, liep naar het raam en staarde omlaag naar het zwembad, dat uitnodigend aquamarijn glinsterde in het augustuszonnetje. De melodie klonk vertrouwd, alsof ze misschien onbewust plagiaat pleegde. En dan was er nog de twijfelachtige keuze om een liedje over Luke te schrijven. Het ging geweldig tussen hen, maar toch... Ze waren al een maand niet meer uit geweest. Luke voelde zich misschien gevleid, maar hij zou ook kunnen denken dat ze totaal gestoord was, of het allemaal veel te snel wilde. Of allebei.

Hij had in L.A. de meisjes gewoon voor het kiezen, dacht Kate. Hij kon zo iets beginnen met iemand als Carmen, en toch had hij haar gekozen. Ze wilde voorkomen dat ze iets deed om dat te verpesten. Een verschrikkelijk liedje over hem schrijven bijvoorbeeld.

Ze rukte zich los van het raam en liep terug naar haar plekje op de bank. Ze pakte Lucinda op en tokkelde een melodie die íéts anders was dan daarnet. En als het liedje nu eens over een gebroken hart ging? Of over volwassen worden, of eenzaam zijn? Ze kon ook een tekst schrijven over de nieuwe schoenen die ze bij Fred Segal gekocht had. Of over hoe lekker de taco's in L.A. waren.

Kate begroef gefrustreerd haar gezicht in een van de kussens. Ze moest orde op zaken stellen, want volgende week ging ze de studio in. Swing House Studio's om precies te zijn, waar iedereen – van The Donnas tot Shakira – albums had opgenomen. Er zou een gigantisch mengpaneel zijn, tig coole microfoons, een gruwelijk goede geluidstechnicus... En dan had ze het nog niet eens over alle camera's en de crew van PopTV. Ze kon daar echt niet als de zoveelste negentienjarige met een gitaar en een droom klinken. Daar waren er al veel te veel van op de wereld; ze had met hen in de rij gestaan voor de audities van *American Idol*, en de meesten hadden gefaald. Net als zij.

Ze zou ontzettend graag een uur met Carmens vader over een paar van haar nummers praten. Tien minuten zou zelfs al genoeg zijn. Hij zou precies weten wat er ontbrak en haar helpen om haar slappe poging om te toveren tot de volgende grote hit. Maar dat zou ze nooit aan Carmen durven vragen. Ze had het gevoel dat dat ongepast was.

Ze keek op haar horloge en besefte dat het tijd was om op te houden met dit gepieker. Haar oude huisgenote Natalie zou er over een half uur zijn. Kate zou dit nummer doorgronden voordat zij die deur binnen kwam lopen, al werd het haar dood.

Ze ging rechtop zitten, wikkelde haar vingers rond haar gitaar, sloot haar ogen en begon te spelen.

'Sorry dat ik zo laat ben,' zei Natalie, terwijl ze Kate op haar wang kuste. 'Ik was verdwaald. Leuk kapsel!'

Kate lachte. 'Dank je. En geen zorgen: ik verdwaal ook nog steeds voortdurend. Kom binnen.'

Natalie floot toen ze naar binnen liep. 'Wauw, is dit allemaal van jou?'

'Nou, niet van mij. Van PopTV.'

Natalie streek met haar hand over de gewelfde, glimmende witte muur, die leidde naar de woonkamer met zijn gestroomlijnde moderne meubels en glazen gevel. 'Is dat een Eames-stoel? Is dat een Alex Katz daar aan de muur? Jee, als ik geweten had dat het er hier zo mooi uit zou zien, had ik misschien ook wel geprobeerd om aan dat programma mee te doen.'

Kate lachte. Ze had geen idee wie de meubels had ontworpen of wie de schilderijen had gemaakt, maar Natalie had gelijk: haar woning was behoorlijk imposant. Ze had een bubbelbad, een gigantische inloopkast en een ultramoderne keuken, die ze voornamelijk gebruikte om magnetronmaaltijden op te warmen op de avonden dat ze niet uit eten ging. (Hoe hoog zou de huur zijn? vroeg ze zich af. Twee keer zo hoog als de hypotheek van haar moeders huis? Hoger?) Het enige vervelende aan het appartement was dat Kate zich er niet thuis voelde. Ze hadden hun best gedaan om de grote opnamelampen te camoufleren, die in het plafond van elke kamer waren ingebouwd, en ze zorgden dat alle extra apparatuur in de daarvoor bestemde kamer werd opgeslagen, maar het voelde toch altijd meer als een televisieset dan als thuis.

Natalie plofte op een lage bank. 'Oef,' zei ze. 'Die is niet zo zacht als hij eruitziet.'

'Sorry, ik had je moeten waarschuwen. Wil je iets drinken? Ik heb

V8, limonade, Pellegrino… en melk die waarschijnlijk over de datum is.'

'Zure melk graag,' zei Natalie.

Kate stak haar hoofd uit de keuken en zei: 'Meen je dat?'

'Goed. Pellegrino dan, graag. Maar vertel, hoe is het om de hele tijd camera's om je heen te hebben? Een luxeleventje te leiden? Met sterren te stappen? En ga zo maar door.'

Kate kwam met twee hoge glazen bronwater de kamer binnensloffen. 'Nou, een groot deel is echt bizar,' zei ze. 'Ik bedoel maar: ik ga opnames maken in de Swing House Studio's. Weet je hoe lang ik er met mijn oude baantje over zou doen om een uur studiotijd te kunnen betalen? De rest van mijn leven waarschijnlijk. Ik kan naar alle clubs. Ze hebben me gratis geknipt, omdat het hoorde bij de verhaallijn – Madison knapt het provinciaaltje op – en de kapsalon zo prominent in beeld komt tijdens de aflevering. En ik krijg elke maand een bedrag gestort dat belachelijk is voor een beetje improviseren voor een camera, maar ik kan er mijn schulden mee aflossen, dus…'

Ze wist dat ze zat te keuvelen over oppervlakkige dingen, maar ze wilde haar oude vriendin niet haar nieuwe vriendschap met Carmen Curtis in het gezicht wrijven. En Luke? Tja, hem zou ze later wel ter sprake brengen. 'Maar ik raak gewend aan de camera's. Ik zie ze amper meer.'

'Wat fantastisch,' zei Natalie. 'Wie had gedacht dat jij zo'n natuurtalent was?'

'Nou, zeg dat wel!'

'Maar lopen ze echt vierentwintig uur per dag achter je aan? Zijn er camera's in dit appartement?'

Kate lachte. 'Dat zou je echt wel merken.' Ze ging verzitten en sloeg haar benen over elkaar. 'Nee, meestal laat ik de producent, ene Dana, weten waar ik mee bezig ben. En dan krijg ik aan het begin van de week een opnameschema waarin staat wat mijn 'realiteit' zal zijn. Een deel daarvan bestaat uit dingen die ik echt doe en die ze willen filmen. Ze hebben me bijvoorbeeld pas op mijn werk gefilmd, wat uiteraard fascinerend was' – ze sloeg haar ogen ten hemel – 'maar het meeste bedenken ze gewoon voor me, zoals die opnames in de studio, en het lunchen, dineren of naar een club gaan met de andere meiden.'

'Dat klinkt absoluut leuker dan Draperen en Decoreren,' zei Natalie. 'Je wordt betaald om gezellig te doen, een beetje rond te hangen en nummers te verzinnen!'

Kate rolde met haar ogen. 'Geloof me, het is niet zo lollig als het lijkt.' Hoewel... ze had wat verbeteringen aangebracht aan haar nieuwe nummer, dus dat was tenminste iets.

'En je tegenspeelsters? Hoe zijn die?'

Kate dacht daar even over na. 'Carmen is geweldig – ze is absoluut geen verwende beroemdhedendochter, zoals iedereen denkt. Gaby is lief en een beetje dommig. En Madison is... Tja, zij is gecompliceerd.'

'Wat tactvol van je,' zei Natalie. 'Wat was haar slogan ook alweer voor *Madisons Makeovers*? 'Beauty's a bitch'?'

'Zoiets, ja. En daar zit iets in. Maar goed, ze heeft me wel geholpen bij het uitzoeken van dit topje!'

'Ik vond je er inderdáád al wat minder uitverkoopachtig uitzien,' zei Natalie, en ze moest lachen toen Kate deed of ze beledigd was. 'Nou, zo te horen heb je het allemaal prima voor elkaar.'

'Zó ver zou ik niet willen gaan,' zei Kate.

'O nee? Wat is er dan niet goed?'

Kate kreeg opeens de neiging om te fluisteren, ook al was er geen microfoon in de buurt. Ze wilde niet ondankbaar overkomen. 'Nou, neem dit appartement. Ik heb het gevoel dat ik in een televisiedecor woon. Ik verwacht steeds dat er iemand uit de kast komt springen om me te vertellen dat ik mijn ex moet bellen om te zeggen hoe erg ik hem mis. Je weet wel, voor het liefdesdramatische effect.'

Natalie trok een wenkbrauw op. 'Mis je hem?'

Kate glimlachte en dacht aan Luke en hoe hij haar onlangs had verrast met een tripje naar het Gettymuseum om een fototentoonstelling van Helmut Newton te bekijken ('Hij is ook een aussie,' had Luke trots gezegd). 'Nee, eigenlijk niet.'

Natalie maakte een sprongetje op de bank. 'O nee, ik ken die uitdrukking! Je bent verliefd, hè?' kirde ze.

Kate bloosde maar gaf geen antwoord. 'Kom, we gaan naar het zwembad,' zei ze. 'Dan vertel ik het je daar.'

En ze bleef inderdaad zwijgen als het graf, tot ze met z'n tweeën uitgestrekt bij het water lagen en hun lichte huid (hoe on-Hollywood!) blootstelden aan het zonlicht. Kate had haar laptop meegenomen voor het geval de muze van songteksten haar een onverwacht bezoekje zou brengen.

'Oké,' zei Natalie, terwijl ze factor vijftig op haar armen smeerde. 'Brand los.'

'Nou, ik heb dus een jongen ontmoet,' bekende Kate. 'Een paar weken geleden in een club. Het was nogal gênant, omdat Carmen ons tien minuten eerder aan elkaar had voorgesteld, maar ik hem dus niet herkende toen ik hem weer tegen het lijf liep.'

'Dan maakte hij zo te horen een geweldige eerste indruk,' zei Natalie droogjes.

'Nou ja, het was allemaal nogal hectisch en gestoord. Maar toen we begonnen te praten, bleken we heel veel gemeen te hebben. Hij speelt basgitaar en hij leert zichzelf mandoline te spelen...'

'Dus hij is muzikant?'

Kate beet op haar lip. Dit was echt bizar: aan haar vriendin bekennen dat ze een relatie had met een acteur die, zo besefte ze nu, enigszins beroemd was. Iemand die Natalie misschien wel gezien had in de rubriek *Sterren zijn net als wij* van *Gossip*, terwijl hij zijn motor vol stond te tanken. 'Hij is eigenlijk acteur,' zei ze.

'Ooo, misschien ken ik hem wel?'

'Wie weet. Ik bedoel, ik niet toen ik hem ontmoette, maar jij weet meer over die dingen dan ik.'

Natalie keek haar verbaasd aan. 'Moet je jezelf nou horen, juffrouw Hollywood! Wie is het?'

Kate kon een grijns niet onderdrukken. 'Hij heet Luke Kelly,' zei ze.

Maar in plaats van een kreet van opwinding te slaken, keek Natalie verbaasd, en vervolgens enigszins zorgelijk. 'Uit *Boston General*?'

'Ja... Hoezo, vind je hem een slechte acteur of zo? Ik heb dat programma nooit gezien.'

Natalie schudde haar hoofd. 'Hij kan ongetwijfeld goed acteren. Ik denk alleen – hoe moet ik dit zeggen? – eh... ik dacht dat hij iets had met jouw nieuwe BFF Carmen Curtis.'

Kate werd bleek. 'Waar heb je het over? Hij en Carmen zitten samen in de film. Je hebt de kop vast verkeerd gelezen.'

'Nee, ik heb over die film gelezen, maar er stond ook...'

Kate had haar laptop al opengeklapt.

'Heb jij je computer meegenomen naar het zwembad?' mompelde Natalie. 'Zodat je door Facebook kan scrollen of zo als ik te saai ben?'

'Ik sleep hem overal mee naartoe,' zei Kate, terwijl ze op de toetsen hamerde. 'Voor het geval ik muzikale inspiratie krijg.' Haar e-mailprogramma verscheen en er was een bericht van Carmen.

Het is niet wat je denkt stond er in de onderwerpregel.

Vervolgens ging Kate naar D-Lish.com en zag een foto van haar nieuwe vriendin en haar nieuwe vriend in een koffietent. Het zag er allemachtig – verdacht – gezellig uit. *Het is niet wat je denkt* las ze weer. Kate deed haar computer langzaam dicht. O ja, joh? dacht ze. Wat is het dan wel?

22

EEN TRAGISCHE VERHOUDING

'Ik zeg je,' zei Trevor, terwijl hij Veronica Bliss recht aankeek, 'er hangt romantiek in de lucht.'

De hoofdredacteur van het tijdschrift wapperde met haar wimpers naar hem. 'O, Trevor,' zei Veronica, 'maar je bent een getrouwd man.'

Trevor lachte grimmig. Hij had vandaag geen tijd om spelletjes te spelen met Veronica, maar hij kon niet anders: hij moest haar te vriend houden. Met *L.A. Candy* had hij moeten doen alsof de bladen en blogs niet bestonden, maar bij *The Fame Game* speelden ze een cruciale rol in het verhaal (en waren ze cruciaal voor het succes van de show). In feite hoopte hij op een cover in de paar weken voor de première (of dan toch tenminste een leuk artikel van twee pagina's). Hij zou deze week de montage van de trailer doen, het interview met Carmen in *Buzz!* was binnen, en dit was het volgende stukje van de puzzel.

Hij hief zijn glas in een proostend gebaar naar Veronica, die zo te zien zat te wachten op een compliment. 'Nou, als ik nog vrijgezel was, zou jij boven aan mijn lijstje staan. Want je ziet er geweldig uit in die jurk.' Hij knipoogde en zij grinnikte tevreden terug. Toen wees hij met de poot van zijn Dior Homme-zonnebril naar haar. 'Maar echt hoor, Veronica: er broeit iets op de set van *The Fame Game*. Dat zou jou toch een beetje moeten interesseren. Je emmert nu al vier opeenvolgende nummers door over die Brangelina-onzin. Je kunt zo langzamerhand echt wel iets nieuws gebruiken.'

Veronica lachte zelfgenoegzaam en nam een slokje thee. 'O ja? Volgens mij is jouw programma nog niet eens uitgezonden. Wat betekent dat het grootste deel van de wereld niet eens weet dat het bestaat, en degenen die het wel weten, zal het een worst zijn.'

'O, maar dat duurt niet lang,' verzekerde Trevor haar. 'Dit programma wordt een hit.'

Veronica wierp hem een sceptische blik toe. 'Je bent nogal zeker van jezelf, hè? Luister, jouw programma zóú een hit kunnen worden. Maar de wereld is veranderd: PopTV heeft niet meer een monopoliepositie als het gaat om reality-tv. Elke zender heeft inmiddels wel een stelletje nobody's uit Waardanook, VS, geplukt en geprobeerd er een programma omheen te bouwen.'

'Maar ik heb geen nobody's,' hield Trevor haar voor. 'Ik heb Carmen Curtis...'

'Heeft zij de laatste tijd nog iets gejat? Ik vond dat topje dat ze gestolen heeft persoonlijk erg lelijk.'

Trevor verkoos dit te negeren. 'We hebben Madison Parker en...'

'Madison Parker!' Weer onderbrak Veronica hem. 'Zij is absoluut een bron van vreugde. Je vindt het vast heerlijk om weer met haar te kunnen werken. Hoewel ik natuurlijk ook enkele geslaagde dingen met haar gedaan heb tijdens *L.A. Candy*...'

Ze glimlachte en Trevor wist dat ze dacht aan die keer dat Madison ranzige foto's van haar zogenaamde beste vriendin Jane Roberts aan *Gossip* had verkocht en die arme Jane toen naar Mexico had meegenomen, waar ze vervolgens haar uiterste best had gedaan om Jane op te zetten tegen haar échte beste vriendin, Scarlett.

'Afijn,' zei Trevor nadrukkelijk, 'ik ben hier, naar jouw kantoor in West L.A. gekomen om met jou te praten over Luke Kelly, de ster van Colum McEntires toekomstige blockbuster, *The End of Love*.'

'Met de nadruk op 'toekomstig',' zei Veronica.

Trevor had genoeg van haar gezeur. 'Ja, toekómstig. Waarom probeer je niet eens een keer vooróp te lopen, Veronica? Of publiceer je liever steeds dezelfde oude verhalen een week nadat de blogs ze bekend hebben gemaakt?' Hij zag haar gezicht verstrakken: ja, hij had haar. Eindelijk.

'Oké,' zei Veronica. 'Ik hap. Wat heb je?'

'De film is gebaseerd op Romeo en Julia – dé tragische verhouding, toch? En Luke Kelly en Carmen Curtis, zijn tegenspeelster, hebben iets. Ze zijn vóór en achter de schermen geliefden.' Dénk ik, zei hij tegen zichzelf. Trevor had een bericht achtergelaten voor Lukes agent, maar die had nog niet teruggebeld.

Veronica knikte nauwelijks zichtbaar. 'Daar heb ik iets over gezien – denk je dat het waar is?'

'Op D-Lish, ja. Maar hij had maar één foto. Ik weet zeker dat jij ergens iets in de kast hebt liggen. Wil je niet even kijken?' Als Luke Kelly een verhouding had met een van Trevors sterren en geen toestemming gaf om voor het programma gefilmd te worden, dan zou Trevor hem gewoon dwingen zich bekend te maken. En publiciteit zou – of deze gast dat nou wilde of niet – het gewenste resultaat opleveren.

Veronica dacht even na en drukte toen op een knopje van haar telefoon. 'Stacy, zoek jij even die motorfoto's op? Je weet wel, die met Luke Kelly en die BMW waar hij zo trots op is.' Ze wendde zich tot Trevor. 'Laten we daar maar even naar kijken. We hadden ze bijna geplaatst in ons nummer over 'sterren op motoren', maar ze werden op het laatste moment verruild voor die knalroze motor van Lacey Hopkins. Ze heeft dat ding zelfs laten beplakken met nepjuwelen.'

Op de bewuste foto's bleek Luke samen met een meisje op zijn motor te zitten. Zij had een leren jasje aan en een helm op. Op de achtergrond stond het gebouw van Park Towers waar Madison, Gaby en Kate woonden. En waar Carmen vaak gefilmd werd.

Veronica tuurde naar de foto's. 'Denk je dat dat Carmen is?'

Trevor knikte. 'Jazeker. Ik bedoel: ik heb haar in dat leren jasje gezien.' Hij wist het niet zeker, maar hij wilde de gok best wagen.

'Hmmm,' zei Veronica, terwijl ze haar armen over elkaar sloeg. 'Hmmm.' Ze staarde nog een tijdje naar de foto's. 'We kunnen er alleen iets mee als het inderdaad Carmen is. Maar ik zie niet…'

'Alsof *Gossip* nooit eerder gespeculeerd heeft!' Trevor lachte smalend. 'Ik meen me die coverstory te herinneren waarin jij de echtscheiding aankondigde van een zekere Britse popster, die twee weken later haar trouwbeloften vernieuwde tijdens een intieme plechtigheid op Hawaï.'

Veronica haalde haar schouders op. 'We maken allemaal wel eens een foutje. Trouwens, onze cover was de enige reden waarom ze het nodig vonden om opnieuw te trouwen.'

'Doe eens gek,' zei Trevor. 'Publiceer dit verhaal! Dit is je kans om de eerste te zijn. En op televisie te komen.'

Ze trok haar wenkbrauwen op. 'Dus je filmt dit seizoen de echte realiteit? Je bent niet van plan om te blijven doen alsof wij niet bestaan? Want dat begon me zo langzamerhand een beetje te kwetsen, weet je.'

'We zorgen dat de bladen – de tijdschriften – bij de meisjes bezorgd worden zodra ze van de persen rollen,' zei Trevor. 'Het komt allemaal prominent in beeld.'

Veronica dacht hier even over na. 'Ach, waarom ook niet. We kunnen een spread maken van al jouw meisjes. En dan zetten we Luke Kelly in het midden, omringd door vraagtekens.'

'Welke realityster heeft het hart van dokter Rose uit *Boston General* veroverd?'

Veronica knikte. 'Zoiets, ja. Wanneer zei je dat de première van *The Fame Game* was?'

'Dat heb ik niet gezegd.' Trevor leunde achterover, in de overtuiging dat hij zojuist weer een manier had gevonden om zijn meisjes beroemd te maken. 'Maar die is over drie weken. Wil je een kaartje?'

Veronica glimlachte. 'Voor mij en een fotograaf. En exclusief. In ruil daarvoor plaats ik deze.'

Trevor stak zijn hand uit over het bureau en klopte op de hare. 'Je bent een kanjer, liefje,' zei hij.

'Weet ik,' zei ze. 'Jammer dat je al bezet bent.'

Hij toverde zijn beste nepglimlach tevoorschijn. Nee, dat grapje werd nooit oud.

23

HOU JE TEGENSPEELSTERS IN DE GATEN

Madison zat in het kantoor van haar agent met haar voet op de grond te tikken met een mengeling van verveling en ergernis, terwijl de cameraploeg van PopTV de laatste dingen klaarzette. Nick was aan het bellen met een van zijn andere cliënten; hij zat gewoon zaken te doen alsof ze er niet was. 'Nee, natuurlijk regelen we die plek voor je,' zei hij. 'Ze zijn op zoek naar iemand met lichte welvingen, een beetje… Nee, dat is geen belediging, niet in dit geval. Het is juist góéd. Wat je ook doet, ga deze week níét naar de sportschool.'

Madison slaakte een zucht. Ze was nu overal liever dan hier. Het had niets met Nick te maken: hij had meestal goed nieuws voor haar. Maar vandaag niet. Vandaag was ze hier zodat hij haar – opnieuw – kon vertellen dat ze geen belangrijke rol in *The End of Love* kreeg. Uiteraard was dat om de kijkers van *The Fame Game* haar verbijsterde reactie te laten zien. Wat een afschuwelijke verhaallijn was dit – ze kwam wanhopig en sneu over, alsof ze zo stom was om überhaupt te geloven dat ze een kans maakte.

'Oké, we zijn klaar,' riep Laurel. 'Mad, staat je microfoon aan?'

'Het is Mádison,' zei Madison. 'En ja.'

De regisseur gaf het teken en de opnames begonnen: Nick wendde zich tot haar. Hij vouwde zijn handen op het bureau en toverde een sympathieke uitdrukking op zijn gezicht. 'Geen goed nieuws op het filmfront,' zei hij. Hij krabde aan zijn slapen en wachtte op haar reactie.

Zou het? dacht Madison. Dat méén je niet. 'Wat is er?' vroeg ze, met een kleine trilling in haar stem. Daardoor zouden de kijkers medelijden met haar krijgen. 'Wat zeiden ze?'

Nick schraapte zijn keel. 'Eh… ze zeiden dat je geweldig was, natuurlijk…' Hij zweeg even. 'Maar ze waren op zoek naar iemand met iets meer ervaring.'

Madison knikte zwijgend. O, reality-tv: waar je de meest vernederende momenten van je leven twee keer moest meemaken. 'Maar ik ben inmiddels honderd keer op televisie geweest,' zei ze. 'Telt dat dan niet mee?'

'Ja, ja,' beaamde Nick. 'Maar speelfilms zijn van een ander kaliber, zoals je weet.'

Madison zei niets. Ze voelde dat de camera bleef hangen op haar zwijgende, roerloze gezicht. Ze vond het afschuwelijk om in het openbaar afgewezen te worden.

'Ik bedoel, laten we eerlijk zijn,' zei Nick, die er opeens een stuk opgewekter uitzag. 'Is er een beter type te vinden dan Madison Parker zelf? Nee, want die bestaat niet. Als jij iemand anders dan jezelf zou spelen, zullen je fans bitter teleurgesteld zijn.'

Madison lachte spottend om de manier waarop Nick een afwijzing in een compliment kon veranderen. Dát was nog eens een agent.

'Maar ik heb wel ander goed nieuws voor je,' ging Nick verder.

Ze ging iets rechter zitten. Ze had niet verwacht dat er iets goeds uit deze bijeenkomst zou voortkomen.

'Je bent in de running voor een gastrol in *The Big Bang Theory*,' zei hij.

'Voor meerdere afleveringen?' vroeg Madison.

Hij knikte. 'Jep. Als een nieuwe sexy buurvrouw.'

Madison glimlachte. 'Uitstekend. Je weet dat ik erg goed ben in 'sexy'.'

'Ja, natuurlijk ben je sexy, liefje. En hoe. Zo sexy dat ik volgens mij ook een nieuwe reclameopdracht voor je heb. KleenSkin is op zoek naar een nieuw beroemd gezicht en…'

'KleenSkin?' onderbrak Madison hem. 'Die puistjescrème?'

'Het… eh, huidverzorgingsproduct,' zei Nick, terwijl hij ongemakkelijk heen en weer schoof op zijn stoel.

Madison streek even over haar smetteloze wang. Ze was niet van plan om op tv te gaan vertellen dat ze ooit een gezicht had gehad dat eruitzag als een pizza peperoni. Dan kon ze net zo goed een woordvoerster worden voor liposuctie of botox of laserontharing en een foto van zichzelf uit de zesde klas verkopen aan *Gossip*. 'Tja, daar moet ik even over nadenken,' zei ze. 'Nog iets anders?'

Nick bladerde door een paar papieren op zijn bureau. 'De dierenbescherming van L.A. wil graag dat je naar hun benefietgala komt. Je staat gepland voor het doorknippen van een lint bij de nieuwe Sephora in Glendale. Secret-deodorant wil dat je naar een tuinfeest komt dat ze geven om een nieuwe geur te lanceren…'

Madison knikte glimlachend, alsof dit haar allemaal goed in de oren klonk. Maar dat was niet zo. Ze had echt betere publiciteit nodig, en wel nu. Dit was *The Fame Game*. Niet *The Wannabe Game*. Niet *The Almost-Famous Game*. Niet *The Je-hebt-me-een-stap-naar-het-volgende-niveau-*

beloofd-dus-wat-moet-ik-verdomme-op-een-deodorantfeestje Game.

'Laten we volgende week gaan lunchen,' zei Nick. 'Goed? Dan is er nog wel meer te bespreken. We moeten het bijvoorbeeld nog hebben over een feestje voor de Madelyn Wardell Foundation.'

'Mooi,' zei Madison, terwijl ze opstond. 'Bel me.' Ze wierp hem een kushandje toe en liep, gevolgd door de camera's, het kantoor uit.

'We hebben 't,' riep iemand. Madison draaide zich meteen met een ruk om en liep op hoge poten Nicks kantoor weer binnen.

'Kom op,' siste ze, 'puistjescrème?'

Hij keek op, totaal niet verbaasd om haar weer te zien. 'Het betaalt goed, Madison, en we weten allemaal dat jij daar blij van wordt. En ik ook. Katy Perry heeft het ook gedaan, en zij is er ook niet slechter van geworden, toch?'

'Deodorant? Fucking diéren? Waar zijn de reclameopdrachten voor bronwater, haarkleuring, voor iets respectabels? Zelfs die gestoorde Snooki heeft een parfum!'

Nick stak zijn hand op om een einde te maken aan haar tirade. 'Babe,' zei hij, 'ik ben ermee bezig. Ik ben alleen maar voor jou aan het werk.'

Madison lachte spottend, maar hij verkoos dat te negeren. 'Echt hoor, er kan elk moment een enorme opdracht binnenkomen. Dat voel ik gewoon.'

'Ik mag het hopen,' zei ze.

'Ga nog even zitten,' zei hij. 'Vertel me hoe het met je gaat. Echt. Je ziet er een beetje gestrest uit.'

Ze ging weer zitten. 'Het gaat prima. Behalve dan die onzinnige filmrol en kloterige reclameopdrachten. Maar afgezien daarvan heb ik een geweldig leven.'

'Hoe gaat het met de show?' Aan de manier waarop hij zijn

wenkbrauwen optrok, zag Madison dat hij iets verborgen hield. Ze had hem niets verteld over haar vader, maar natuurlijk wist hij daarvan – hij kreeg haar wekelijkse opnameschema's ook.

Madison stak haar hand over haar schouder om haar microfoontje uit te zetten en wierp een blik op de cameraploeg, die de boel aan het afbreken was. Ze hadden het te druk om aandacht te besteden aan haar antwoord, en Laurel was in de gang aan het bellen. Madison kon eerlijk zijn. En een week of wat geleden zou het eerlijke antwoord op Nicks vraag gepaard zijn gegaan met een waarachtige scheldkanonnade à la Madison: dat de manier waarop Trevor haar had overvallen met haar vader en haar zus volkomen misplaatst en nergens voor nodig was geweest. Moest hij de rest van de wereld er nou echt steeds aan blijven herinneren dat zij iemand anders was dan ze zei?

Maar dat Charlie op die manier was komen opdagen, bleek achteraf een geluk bij een ongeluk te zijn. Opeens had ze weer een vader, hoe gebrekkig hij ook was. Dus in feite had Madison het gevoel dat ze Trevor moest bedanken (hoewel ze dat nooit zou doen).

'Heel goed,' was het enige wat ze zei, omdat Nick haar agent was, en niet haar vriend. En hoewel ze het prima vond dat hij de feiten kende, waren er bepáálde dingen die Madison liever voor zichzelf hield.

Nick keek haar verwachtingsvol aan, maar toen er niets meer kwam, zei hij: 'Goed, je wilt het niet over de show hebben. Prima. Maar je zou jouw agent toch op z'n minst op de hoogte moeten brengen van jouw nieuwe Hollywoodromance.'

'Pardon?'

'O, gaan we het zo spelen?' Nick wees met een potlood naar haar. 'Dat is heel ongepast. Jij bent degene die iets met Luke Kelly heeft, hè?'

'Waar héb je het over?' vroeg Madison volkomen verbijsterd.

'Ach, kom nou toch. Je zei iets over hem na dat benefiet voor Togs for Tots. Je had een oogje op hem, toch? En vanmorgen belde jouw publiciteitsagente, Sasha, om te vertellen dat iemand van *Gossip* haar had gebeld om iets los te krijgen over jou en Luke.'

Madison begreep nog steeds niet waar hij het over had. Jawel, ze had Luke Kelly op de rode loper gezien. Maar toen was hij alleen maar dokter Rose geweest – hij was sexy, maar desalniettemin een soort van onbekende acteur. Daarna had ze die afschuwelijke auditie met hem gehad en zulke doodsangsten uitgestaan dat ze hem niet eens had durven aankijken. Bovendien werd ze zo in beslag genomen door dat gedoe met haar zus en haar vader...

'Dus er komt een artikel of zoiets?' vroeg ze, terwijl ze zichzelf stilzwijgend op haar kop gaf dat ze Sasha al twee dagen niet had teruggebeld.

Nick wierp haar een geïrriteerde blik toe. '*Gossip* gaat iets publiceren over Luke Kelly's affaire met een van de speelsters in *The Fame Game*. Ik dacht dat jij dat was. Jij zou het móéten zijn.'

Madison liet in gedachten de afgelopen weken passeren; ze wíst dat ze iets over het hoofd zag. Met wie had hij een verhouding? Niet met Gaby – Luke miste het neanderthaler-gen dat Gaby zo onweerstaanbaar leek te vinden, en als haar eigen huisgenoot iets met hem had, zou zij dat zeker geweten hebben. Dus bleven Kate en Carmen over. Kate was te braaf, te Iowa of Ohio, of waar ze dan ook vandaan kwam. Dus het moest Carmen zijn.

Ze was die Carmen nu al spuugzat, en het seizoen was nog niet eens begonnen.

'Hoe is het mogelijk dat jij hier niets van wist, Madison? Je zit altijd overal bovenop. Komt het soms door dat gedoe met je vader?'

Madison knarsetandde vanwege zijn afkeurende toon en voelde zich voor het eerst een beetje gekwetst door het feit dat ze voor haar eigen agent ook maar gewoon een personage in een show was. Hij is je vriend niet, hield ze zichzelf voor.

'Je moet je tegenspeelsters wél in de gaten houden,' ging Nick door. 'Het is de bedoeling dat je hen twee stappen vóór blijft. En dat kan niet als je geen idee hebt wat er zich achter de schermen afspeelt.'

Madison knikte. Hij had natuurlijk gelijk. Tijdens de opnames van *L.A. Candy* had ze alles van iedereen geweten. Ze had haar eigen verhaallijn geconstrueerd, zichzelf net zo veel controle gegeven als Trevor had. Ze had een hotline gehad met Veronica Bliss, de hoofdredacteur van *Gossip*. Ze had ervoor gezorgd dat mensen de dingen zagen zoals zij wilde dat ze gezien werden. En nu? Nu was dat helemaal niet zo. Nu werd ze continu verrast. Dat was geen goed teken, wat Trevor haar ook voorgehouden had.

'Het moet dat kreng van een Carmen zijn,' zei ze. 'Die heeft tijdens de auditie vast haar klauwen in hem gezet.'

'En ik zeg je dat 'dat kreng van een Carmen' voor problemen gaat zorgen als jij de boel niet in de gaten gaat houden. Alles waar jij je kapot voor hebt gewerkt, heeft zij in haar schoot geworpen gekregen. Ze is het gewend om haar zin te krijgen. Ze loopt compleet over je heen als je niet oplet.'

Madison werd nijdig. 'Laat ze het maar proberen. Carmen Curtis is de saaiste, meest talentloze persoon die ik ooit ontmoet heb. Als zij niet het product van beroemd DNA was geweest, had niemand een fuck om haar gegeven.'

'Dat is het nou juist, liefje. Zij is dus wél het product van beroemd DNA.'

'Ze is een jattende trol met harige onderarmen.'

Nick grinnikte. 'Kijk, zo ken ik je weer! Altijd even diplomatiek.'

Ze haalde haar schouders op. Wie zei dat diplomatie zo'n geweldige eigenschap was? Persoonlijk vond ze dat je met een recht-voor-zijn-raaphouding veel meer kon bereiken. 'Ze is een slaapverwekkende geeuw op pootjes, Nick. Ze zou eigenlijk weer eens iets moeten stelen – dan zou ze tenminste een verhaal hebben.'

'Maar ze heeft een verhaal,' zei Nick. 'Een relatie met haar nieuwe tegenspeler.'

Madison huiverde. Een relatie! Dat ze daar nou helemaal niets van mee had gekregen! Natuurlijk moest er een romantische verhaallijn in *The Fame Game* zitten. En het leek erop dat Carmen die rol ook had binnengesleept.

24

OVER 'THE END OF LOVE' GESPROKEN

armen keek geamuseerd toe hoe Kate in haar koffiemok staarde, terwijl haar hand met de suiker erboven bleef zweven. 'Laat geworden?' vroeg ze op suggestieve toon. Ze wist dat Kate en Luke elkaar praktisch elke dag zagen. Ze nam maar aan dat daar ook logeerpartijtjes bij hoorden.

'Ja, maar niet op die manier.' Kate kwam met een schok bij zinnen en begon de suiker daadwerkelijk in haar koffie te strooien. 'Ik moest gisteravond afsluiten op mijn werk.'

Carmen lachte. 'Ik neem aan dat ze je nog steeds goed behandelen bij Stecco? Laat het sterrenrestaurant al je dromen uitkomen?'

'O, helemaal,' zei Kate sarcastisch. 'Ik denk dat ik daar voorgoed blijf werken. Ook als ik een beroemde popster ben geworden, ga ik elke week nog een avond of twee meedraaien. Gewoon, om niet te ver van mijn uurloon-plus-fooi-roots af te dwalen.'

'En dan word ik een beroemde actrice en kom ik 's avonds laat met mijn entourage onredelijke eisen stellen,' zei Carmen. 'Bijvoorbeeld truffelpatat of thee van orchideeën of een cappuccino met geitenmelk of zoiets.'

'Iew,' zei Kate met opgetrokken neus.

Carmen en Kate waren een hapje gaan eten bij Swingers, een voormalige snackbar die veranderd was in een retro-hippe *diner* (inclusief met vinyl beklede tafels en stoelen, ouderwets linoleum op de vloer en een gigantische jukebox), voordat Carmen naar een leesrepetitie moest voor *The End of Love*. Swingers was zogenaamd geestig en cool, maar volgens Kate zag het er – gek genoeg – net zo uit als welk sjofel truckersrestaurant in Ohio dan ook. Behalve dan natuurlijk dat iedereen in Swingers in het oog sprong en er iets beter uitzag, en dat alles iets meer glom.

Carmen giechelde toen ze op de menukaart keek. 'Zou een Spaanse peper-omelet erg zijn?' vroeg ze.

Kate knikte. 'Bijna net zo smerig als een cappuccino met geitenmelk. Alsof je een wafeltaco bestelt of zo.'

'Ach, nou ja, die schijnen hier lekker te zijn. En wat ik niet op kan, kan ik aan Drew geven. Hij zei dat hij zou proberen om nog even langs te komen. Hij noemde me een loser, maar zei dat hij me miste, wat in feite betekent dat hij hiernaartoe komt en onze borden leeg eet.'

'Hoe zit dat eigenlijk met jullie tweeën?' vroeg Kate.

'Hoe bedoel je?' Carmen voelde dat ze een kleur kreeg, maar probeerde het te onderdrukken. 'Er is niets. We zijn gewoon goede vrienden.'

'Is Drew homo?' vroeg Kate langs haar neus weg.

Carmen lachte. 'Nee. Hoezo? Kan ik niet met hem bevriend zijn als hij hetero is?'

'Dat zeg ik niet. Ik zeg alleen dat hij er goed uitziet en grappig is, en dat ik echt dacht dat jullie verkering hadden toen ik jullie voor het eerst zag.'

'Tja, dat is niet zo. Misschien moet jíj dan maar eens achter hem aan… O nee, je hebt al een vriendje.'

Nu was Kate degene die een kleur kreeg. Omdat ze zo bleek was, gebeurde dat nogal gemakkelijk en Carmen vond het heerlijk om Kate te laten blozen. Maar er was nog iets anders: een blik die Kate probeerde te verbergen. Carmen keek weer naar haar menukaart en toen opnieuw naar Kate. Ze moest zeker weten dat er niets scheef zat. 'Weet je zeker dat het hele gedoe met Luke je niet dwars zal gaan zitten?' flapte ze er uit, terwijl ze Kate met haar donkere ogen onderzoekend aankeek.

Kate zuchtte en Carmen wist dat ze dacht aan de foto van Luke en haar, die op D-Lish was opgedoken. Kate had zich geen zorgen gemaakt over de foto, of over wat die leek te suggereren – ze had Carmens verhaal meteen geloofd. ('Ze hebben die foto gemaakt op het moment dat hij me over jóú vertelde,' had Carmen tegen haar gezegd. 'Daarom pakte ik zijn hand. Ik was gewoon zo blij.')

Maar de nasleep, zo moest Carmen bekennen, was een beetje bizar geweest. En die had voor haar bevestigd dat ze er goed aan had gedaan om niet te vertellen dat ze ooit met Luke gezoend had. Hij had er zelf ook niets over gezegd en Carmen zou ervoor zorgen dat hij dat nooit ging doen.

Kate had Luke gebeld om hem te vertellen over zijn schijnbare romance met de hoofdrolspeelster, en ze hadden er smakelijk om moeten lachen. Maar vervolgens had Lukes agent, Simon Leff, op de andere lijn gebeld. En toen Luke Kate terugbelde, had hij een andere toon aangeslagen. Simon had hem verteld dat *Gossip* van plan was een artikel te publiceren met als kop 'Met welke ster uit *The Fame Game* heeft Luke Kelly een verhouding?' De agent was opgelucht geweest dat het noch Madison noch Gaby was. Maar hij had nou ook niet bepaald staan springen toen hij hoorde dat het om Kate ging.

Dus toen had Luke de nare taak gehad om aan Kate uit te leggen waarom het slecht zou kunnen zijn voor zijn carrière als hij openlijk een relatie met haar had. 'Het heeft niets met jou te maken,' had hij gezegd. 'Het is de show. Simon zegt dat iedereen die als acteur serieus genomen wil worden, zich verre van reality-tv moet houden. Hij zei letterlijk: "Tenzij je naam al gevestigd is of als je George Clooney heet, moet je er een punt achter zetten".'

Kate schonk wat room in haar koffie, maar dronk hem nog steeds niet op. 'Het is alsof zijn agent mij een tweederangsburger vindt,' zei ze tegen Carmen. 'Ik ben niet goed genoeg voor zijn dierbare Luke.' Ze keek haar vriendin aan. 'Maar jij wel.'

Carmen boog van schaamte haar hoofd. 'O, Kate,' zei ze. Ze voelde zich er echt rot over. Volgens Kate had Simon tegen Luke gezegd dat tenzij het meisje uit *The Fame Game* met wie hij een relatie had Carmen Curtis was, hij moest ontkennen dat hij überhaupt met iemand iets had. Carmen was als ster geboren, had Simon naar voren gebracht, en ze had net de hoofdrol gekregen in een onmiskenbare blockbuster. Ze waren tegenspelers! Simon had het bijna juichend gezegd. Het was perfect. Ze zouden zo'n beetje hun eigen coverstory kunnen schrijven en dat soort publiciteit was niet te koop. Echt, Carmen was het soort vriendin dat Luke moest hebben als hij echt iets om zijn carrière gaf.

'En terwijl hij me dat allemaal vertelt,' zei Kate, 'begint mijn hart als een razende tekeer te gaan en krijg ik tintelende handen. Precies wat er gebeurt voordat ik het podium op ga. Angst voor wat er komen gaat. Meestal ben ik bang voor wat ik verkeerd zal doen – maar dit keer ben ik bang voor wat hij me gaat vertellen, snap je? Dat hij het gaat uitmaken, bijvoorbeeld.'

'Maar hij heeft het niet uitgemaakt,' zei Carmen.

'Nee,' fluisterde Kate. Ze leek echter niet erg gerustgesteld door dat feit.

Carmen gebaarde naar de serveerster dat ze pannenkoeken wilden. Dan maar geen kostuums passen na de leesrepetitie, dacht ze; ze konden allebei wel wat *comfort food* gebruiken.

'Het is belachelijk, ik weet het,' zei ze, terwijl ze geruststellend op Kates hand klopte. 'Maar Hollywood is één en al competitie: Waar is het beste feestje? Wie is de machtigste persoon in deze kamer? Hoe krijg ik mijn naam in neonletters? Hoe krijg ik mijn naam in grótere neonletters? Mensen zijn vierentwintig uur per dag aan het piekeren over de antwoorden op die vragen.'

'Maar Luke leek me helemaal niet zo,' bracht Kate naar voren.

'Nee, maar zijn agent is wel zo. Daar betaalt Luke hem voor.'

'Precies. Dus ik zei: 'Jouw agent vindt mij niet goed genoeg.' En toen zei Luke: 'Dat is niet waar, maar dat geldt wel voor Madison Parker en haar wanhopige pogingen beroemd te worden. En voor Gaby Garcia, die totaal is doorgedraaid. Simon vindt dat ik niet met die mensen geassocieerd moet worden.' En toen zei ik: 'O, maar het is dus niet erg als je met hen geassocieerd wordt als je iets hebt met Carmen'?'

Carmen trok zich de gepijnigde blik van haar vriendin erg aan. Wat een klotesituatie was dit. Kate was de aardigste, meest verstandige persoon die ze in lange tijd ontmoet had en ze wilde niet dat zij gekwetst werd. In tegenstelling tot veel mensen die Carmen kende, die óf een hekel aan haar hadden vanwege haar status, óf juist daarom vrienden met haar wilden worden, kon het Kate niets schelen dat Carmen beroemd was. Sterker nog: ze was zich er nauwelijks van bewust. En Kate was een zwoegende singer-songwriter die heel goed wist wie Carmens vader was en wat hij kon doen voor de juiste zwoegende singer-song-writer. In Hollywood iemand vinden voor wie roem en connecties er niet toe deden, was net zoiets als het vinden van een eenhoorn: het was iets waarvan je dacht dat het niet eens bestond.

'Dat is alleen omdat Luke en ik nu samen in die film zitten,' zei Carmen geruststellend. 'Echt hoor, het heeft niets met jou te maken.' Maar ze wist hoe hol dat klonk en ze had verschrikkelijk met Kate te doen.

'Wacht even… Heb jij hier met hem over gepraat? Dus hij gaat niet ontkennen dat hij iets met jou heeft?' vroeg Kate. 'Over 'the end of love' gesproken. Dus zijn publiciteitsagent gaat de hele tijd 'geen commentaar' zeggen of zoiets?'

Carmen haalde haar schouders op en negeerde Kates spottende grapje over de filmtitel. 'Ik vind het niet erg,' zei ze. 'Ik heb geen vaste relatie, dus ik kan net zo goed een neprelatie hebben. Als jij dat goed vindt, tenminste.' Haar publiciteitsagent had er al op aangedrongen mee te spelen met dit verhaal. (En haar moeder had ergens vanaf de andere kant van de wereld gebeld om te vragen wanneer Carmen met haar nieuwe vriend kwam eten. Ze hadden er smakelijk om gelachen, want ze wisten allebei dat als Carmen écht een nieuwe vriend had, Cassandra een van de eersten zou zijn die het wist.)

Kate sloeg haar handen voor haar gezicht. 'Ach, waarom ook niet. Ik wil Lukes carrière echt niet in de weg staan. Het is alleen zo bizar.'

De serveerster verscheen en zette twee dampende borden met pannenkoeken voor hen neer. Kate keek verbaasd op.

'Die heb ik besteld,' bekende Carmen. 'Ik vond dat we wel een hartversterkertje konden gebruiken.'

'En wat jullie niet willen, eet ik op,' zei Drew, die achter Carmens elleboog opdook en naar hen glimlachte. Hij zag er knap maar enigszins ranzig uit, alsof hij het gisteravond nogal laat had gemaakt. Wat, dacht Carmen, waarschijnlijk ook zo was; haar vader stuurde hem de laatste tijd naar veel optredens, om nieuwe talenten te ontdekken.

Drew schoof naast haar op de bank. 'Laten we er ook een beetje spek bij bestellen. En dat moet jij betalen, want ik ben boos op je.' Hij porde Carmen tussen haar ribben met een getatoeëerde elleboog.

'Waarom?' vroeg Carmen.

'Omdat je rotzooit met Luke Kelly en je oudste, beste vriend daar niets over hebt verteld,' zei hij met een pruillip. 'Ik moest het van je vader horen.'

Carmen wierp een blik op Kate, die wit wegtrok.

'Van mijn váder?' vroeg ze. 'Ten eerste: het is helemaal niet waar, en ten tweede: je gaat me toch niet vertellen dat mijn vader bij de koffieautomaat over mij staat te roddelen?'

Drew trok een wenkbrauw op. 'Niet waar? Echt niet? Ik heb het natuurlijk wel even gecheckt toen ik het hoorde, en ik lees het overal.'

Carmen schudde haar hoofd. 'Het is niet waar. Het zit namelijk zo...'

'Het zit namelijk zo dat ík iets met hem heb,' onderbrak Kate haar. 'Maar dat mag niemand weten. In het openbaar moet hij een betere vriendin hebben, en dat is onze Carmen hier.' Ze lachte, maar Carmen meende een bittere ondertoon in haar stem te bespeuren.

'O, Kate,' zei ze.

Drew stak zijn hand op. 'Ho, wacht even. Die gast heeft wat met jou' – hij keek naar Kate – 'maar hij doet alsof hij wat heeft met jou?' Hij wendde zich tot Carmen.

'Hij doet niet alsof hij een verhouding heeft met mij,' zei Carmen. 'Hij ontkent het alleen niet.'

'Wauw,' zei Drew. 'Wauw.'

'Wauw wat?' vroeg Carmen.

'Dat is... raar,' zei Drew effen.

Kate duwde haar bord met pannenkoeken naar hem toe. 'Hier,' zei ze. 'Ik heb geen trek.'

Carmen zag hoe Kate uit het raam staarde naar het verkeer op Beverly Boulevard. Ze voelde met haar mee, maar ze probeerde alleen maar te doen wat voor iedereen het beste was.

'Je kunt spelen dat je een verhouding met mij hebt,' zei Drew tegen Kate. 'Als je daarvan opknapt.'

Kate draaide zich naar hem om en glimlachte. 'Zou je dan ter ere van mij een tatoeage nemen?'

'Noem mij het lichaamsdeel en het lettertype, en het wordt geregeld.'

Kate lachte. 'Zou ik een voorkeursbehandeling krijgen bij Rock It! Records?'

'Liefje,' zei Drew, 'ik heb al een gouden plaat met jouw naam erop.'

En toen barstten ze allebei in lachen uit. Eerst lachte Carmen aarzelend met hen mee, maar al gauw schaterde ze het uit. Het kwam allemaal goed, hield ze zichzelf voor. Het zou allemaal op zijn pootjes terechtkomen.

25

IEDEREEN WIL BEROEMD WORDEN

Zeulend met haar gitaar, haar ukelele en een belachelijk grote mok groene thee liep Kate de opnamestudio in Swing House binnen, geflankeerd door de cameraploeg van PopTV. Haar hart klopte in haar keel – ze vroeg zich af hoe ze dáár in hemelsnaam omheen moest zingen.

Een lange gast, die van top tot teen gehuld was in diverse denimtinten, kwam met een uitgestrekte hand op haar af. 'Ik ben Mike,' zei hij. 'Ik zit straks achter het mengpaneel daar, aan de andere kant van die ramen. We hebben een supergave twintigkanalen-API, een twaalfkanalen-Cadac-sidecar en verschillende mic-pre-amps van Neve en Calrec,' vervolgde hij. 'We hebben Sam daar, die zich met de microfoons en snoeren bemoeit, en we hebben ook nog een stagiaire, Laura; zij loopt vooral te commanderen. Dus we zijn er helemaal klaar voor.'

Als koningin van de lowtech lowfi-opnames knikte Kate alsof ze niets minder verwacht had. Een twaalfkanalen-Cadac-sidecar? Natuurlijk! Ze kon niet zonder zo'n ding leven! (En wat wás het precies?) 'Gaaf,' zei ze. 'Klinkt geweldig.' Ze hoopte dat Sam goed was met de microfoons en snoeren, want zij wist dus echt niet wat ze ermee moest doen.

'Ga je maar vast installeren daar.' Mike glimlachte en wees naar de *vocal booth*. 'En je hoeft niet zenuwachtig te zijn,' zei hij, terwijl hij haar opgewekt aankeek. 'Het wordt supertof.'

Van achter de camera in de hoek zwaaide Laurel naar Kate. Kate kon uiteraard niet teruglachen, maar ze voelde zich wel even gerustgesteld. Laurel steunde haar; dat zei wel iets, toch?

Ze haalde Lucinda uit de koffer en liep de vocal booth in: een kleine ruimte aan de zijkant van de grote studio. Een houten deur vormde één wand en de andere drie waren bekleed met akoestisch schuim in de vorm van eierdozen. Op de grond lag een oosters tapijt en voor de kruk stond een muziekstandaard. Het rook er vaag naar hasj.

Ze ging op de kruk zitten en tilde de gitaar op haar schoot.

'Alles in orde daar?' vroeg Mike. 'Zit je goed? Heb je iets nodig?'

Kate schudde haar hoofd: ze was zo onder de indruk van alles dat ze geen woord kon uitbrengen.

'Nou, als je van gedachten verandert, moet je het me gewoon even zeggen. We zijn hier wel gewend aan de grillen van creatieve types zoals jij en we kunnen je op je wenken bedienen.' Mike knipoogde naar haar.

Kate vroeg zich af wat hij dacht dat zij lekker zou vinden: de hasj die ze rook? Of zakken Doritos en dropstaafjes? Ze wilde wel graag een fles water, maar was te verlegen om erom te vragen.

En toen verdween Mike achter het mengpaneel en zat Kate in haar uppie in het kleine studiootje. Nou ja, tot een cameraman van PopTV zich naar binnen wurmde en in de hoek ging staan. 'Let maar niet op mij,' zei hij met een glimlach. 'Doe maar net of ik er niet ben.'

Dat was makkelijker gezegd dan gedaan, als je bedacht dat hij praktisch op haar schoot zat.

Ze haalde diep adem en probeerde zich te concentreren. Ze had uren aan haar nummers gewerkt, vooral aan dat nummer over Luke, dat ze volledig herschreven had. Haar gitaar en laptop waren dagenlang niet van haar zijde geweken, dus toen het eindelijk allemaal op zijn plek viel – wat gek genoeg gebeurde tijdens een reclamespotje voor *Boston General* – had ze Lucinda gepakt en de akkoorden binnen een paar tellen geperfectioneerd en een simpel maar pakkend refrein gecomponeerd. Vervolgens had ze in een vlaag van inspiratie de tekst getypt. De dag daarna waren nog twee nummers in haar hoofd opgekomen, alsof schrijven opeens net zo gemakkelijk was als in bed rollen.

Was alles maar zo gemakkelijk, dacht ze.

Ze was gespannen, en dat kwam niet alleen omdat ze in Swing House Studio's was. Het kwam door Luke, en het kwam door Luke en Carmen, en het kwam doordat ze het gevoel had de touwtjes van haar eigen leven niet langer in handen te hebben. Ze dacht aan Ethans laatste e-mail. Zoals gebruikelijk had hij een grappige clip gestuurd (twee oma's die Katy Perry's *Firework* zongen) en hij had gevraagd hoe het met haar ging. Hij had de mail ondertekend met *Later!* En daaronder had hij geschreven *Blijf jezelf.*

Blijf jezelf. Dat schreef hij altijd, maar dit keer leek het een nieuwe betekenis te hebben. Het leek bijna een bevel. Of een waarschuwing.

Concentreer je, zei ze tegen zichzelf. Hup.

In de controlekamer zette Mike een koptelefoon op en hij gebaarde dat zij dat ook moest doen. Ze zag er een aan de muur hangen en zette hem op.

'Kun je me horen?' vroeg Mike.

'Luid en duidelijk.' Zijn stem klonk zo dichtbij dat hij regelrecht in haar hersens leek te praten.

'Okido. Ga jij maar even wat tokkelen, een beetje opwarmen, dan frummel ik hier nog wat. We hoeven nu nog niets op te nemen. Neem gewoon de tijd om je op je gemak te voelen.'

'Prima,' zei Kate. Ze tokkelde een reeks oplopende akkoorden en deed vervolgens wat vingeroefeningen. Na een tijdje boog ze zich naar de microfoon. 'Volgens mij kunnen we,' zei ze.

Mike stak zijn duim op en glimlachte. Kate haalde diep adem en begon. Het liedje ging over haar eerste afspraak met Luke – toen ze de heuvels in waren gereden. Maar ze had er zo lang aan zitten werken dat de woorden telkens veranderden; het ging nog steeds over Luke, maar het was niet meer het lieve liefdesliedje dat ze van plan was geweest te schrijven.

We thought we'd give this town a try
We saw the Hollywood sign up so high
And we rode up into the sky
Just you, the stars, and I...

Maar toen ze bij de tweede zin kwam, veranderde ze die – bijna per ongeluk. Ze zong: *We thought the Hollywood sign was on our side.*

Niemand wist dat ze een fout had gemaakt, dus ze ging door en zong het refrein:

Lovestruck, starstruck, dreaming of our better days
Holding on as tight as we can before the bright lights shine
our way
Lovestruck, starstruck, dreaming of better days

In de controlekamer zat Mike mee te knikken op het ritme en Kate voelde hoe haar zelfvertrouwen groeide. Ze vergat de camera van PopTV en ging helemaal op in het liedje. Ze speelde het steeds opnieuw; ze wilde het nummer perfectioneren, maar ook alle mogelijkheden ervan uitproberen: een langzamer tempo, een iets andere brug, een geneuried couplet, een pauze van vier tellen, waarin ze in haar handen klapte. Keer op keer veranderde ze het nummer en ze was zo aan het rotzooien met het refrein dat ze op een bepaald moment *ready for the game* zong in plaats van *dreaming of better days*, wat haar een opgestoken duim en een glimlach van Laurel opleverde. Maar in al die versies bleef die nieuwe zin in het eerste couplet hetzelfde.

Toen ze nog een paar andere nummers had gespeeld en haar tijd erop zat, kwam Mike het hokje in. Hij graaide in een zak M&M's. 'Weet je zeker dat je niet vaker in een studio bent geweest? Dat je misschien een of andere geheime sessiemuzikant bent?'

Ze schudde haar hoofd. 'Ik heb alleen opnames gemaakt op mijn laptop. En die is zo'n beetje antiek.'

'Ik heb jouw YouTube-video gezien, weet je,' zei Mike. 'Die was echt goed. Maar je bent nu al beter.'

Ze keek hem hoopvol aan. 'Vind je?' vroeg ze.

Hij knikte. 'Zeker weten. Dat nummer? Over dat Hollywood ingewikkeld en verwarrend is? Dat is echt megagoed.'

Goh, bedankt, dacht Kate, terwijl Laurel glimlachend naar haar toe kwam snellen. Toch fijn dat dat belachelijke gedoe met Luke me iets goeds oplevert.

'O, je was geweldig!' kirde Laurel, terwijl ze haar arm om Kates schouder sloeg. 'En Mike heeft helemaal gelijk over dat nummer. Trevor is nog steeds op zoek naar de perfecte openingstune voor de serie en volgens mij heb jij die net misschien wel opgenomen.'

Kate bloosde van trots. Stel dat Trevor écht haar muziek voor *The Fame Game* zou gebruiken? Dat zou fantastisch zijn.

'Ik laat het zo snel mogelijk mixen en *masteren* en zal het dan naar Trevor Lord sturen,' zei Mike.

'Nou, ik zal er maar niet te erg op rekenen,' zei Kate, hoewel ze dat wel deed. 'Dus we zijn klaar voor vandaag?' vroeg ze, wijzend naar de camera's.

'Jep. Alles staat erop.'

Zodra Kate wist dat de camera's niet meer draaiden, voelde ze hoe ze als een plumpudding in elkaar zakte. Ze plofte neer op een grote Fender-versterker en streek met haar vingers door haar golvende haar.

'Wat is er?' vroeg Laurel met een bezorgde blik. 'Je was echt fantastisch, hoor.'

Kate schudde haar hoofd. Ze wilde nagenieten van haar goede optreden – dat ze zich niet had laten intimideren door alle gouden platen aan de muur of de talloze knipperende lampjes op het mengpaneel. Het probleem was alleen dat ze dat niet kon.

Laurel hurkte voor haar neer en streek over haar knie. 'Kom op, er is iets. Vertel.'

Kate keek in Laurels grote, donkere ogen. Ze kende Laurel niet zo goed en hoewel ze tijdens de opnames van *The Fame Game* best met haar gelachen had, wist ze niet zeker of ze haar kon vertrouwen. Stel dat Kate haar vertelde wat er aan de hand was en dat zij dat dan meteen aan Trevor ging vertellen? Was Natalie maar hier, of haar zus of haar moeder, of zelfs Ethan. Iemand die ze langer kende dan een maand.

Laurel ging in kleermakerszit op de grond zitten. 'Luister,' zei ze, 'ik weet dat dit allemaal ontzettend bizar kan zijn. En ook zwaar. Het is niet niks om je leven voor het oog van de camera te moeten leiden.'

Kate knikte. 'Een tijdje geleden moest ik er ineens aan denken dat ik als kind dol was op natuurdocumentaires. Je weet wel, waarin een of andere bioloog met een camera maandenlang achter een roedel wolven aan loopt en kijkt hoe ze met elkaar omgaan, hoe ze jagen, wat ze eten en waar ze slapen. Ik vond dat zo ontzettend cool. Maar ik heb er nooit bij stilgestaan hoe het voor zo'n wolf moest zijn om, hoe zal ik het zeggen, de hele dag een camera achter z'n reet aan te hebben.'

Laurel lachte. 'Maar zij verstóppen de camera's toch voor de wolven?'

'Ja, dat is waar. Omdat die geen toestemming kunnen geven,' zei Kate. 'En steeds hun tekst verknallen.'

Laurel proestte het uit. 'Nee, volgens mij eerder omdat de wolven hen anders wel eens op zouden kunnen vreten.'

Kate wuifde dat weg. 'O, vast. Maar even serieus, het gaat eigenlijk niet om de camera's. Daar raak ik steeds meer aan gewend. Het is meer dat die de levens van ándere mensen ingewikkelder maken...'

Laurel fronste een beetje. 'Hoe bedoel je?'

Kate zuchtte. Ze móést er gewoon met iemand over praten. Nu. Wat betekende dat ze het met Laurel moest doen.

'Gaat dit over dat artikel in *Gossip* over Luke Kelly en met welk meisje uit *The Fame Game* hij een relatie heeft? De pr-dame van PopTV zei dat ze jou er een pdf van zou sturen. Jouw foto is alleen maar kleiner omdat de mensen nog niet weten wie je bent.'

'Die pdf heb ik niet gekregen, dus nee, daar gaat het niet om. Ik bedoel, het gaat wel om met welk meisje uit *The Fame Game* Luke Kelly iets heeft, maar...'

'Ja, we hebben ontdekt dat het Carmen is,' zei Laurel.

Kate schudde haar hoofd; ze kon zich nu niet meer inhouden. 'Nee, het is Carmen niet. Luke heeft iets met mij. Hij doet alleen alsof het

Carmen is.'

Laurel trok haar wenkbrauwen op. 'Dat méén je niet!' Toen ze over de ergste schrik heen was, voegde ze eraan toe: 'Hoe pakt dat uit?'

'Voor hen prima,' zei Kate. 'Maar voor mij... Ik weet het niet. Ik denk dat het me gewoon dwarszit dat ik niet goed genoeg ben om in het openbaar Luke Kelly's vriendin te zijn.' Opeens keek ze Laurel met vlammende ogen aan. 'Je mag dit aan niemand vertellen,' zei ze fel. 'Zeker niet tegen een van de producenten.'

Laurel leek enigszins uit het veld geslagen door Kates felle uitval. 'Oké,' zei ze, 'dat zal ik niet doen.'

Kate wrong haar handen in haar schoot. 'Ik ben kwaad, maar ik weet niet of het eerlijk is om kwaad te zijn. En als het wél eerlijk is, op wie moet ik dan kwader zijn? Op Luke, omdat hij net doet alsof hij met Carmen is, of op Carmen, omdat ze erin meegaat?'

Laurel lachte meelevend. 'Eerlijk gezegd vind ik dat je op geen van beiden kwaad moet zijn. Zij spelen gewoon het spelletje mee.' Ze nam een slok uit haar reismok en zuchtte. 'Ik zal je een geheimpje vertellen over het leven in L.A. Níets daarvan is echt, of je nu in een reality-programma zit of niet. Het is een en al gekonkel; iedereen is op zoek naar de nummer één. *The Fame Game* is niet gewoon de naam van dit programma. Het is in feite het thema hier. Iedereen wil beroemd worden. En slechts een paar mazzelaars worden het ook.' Ze porde tegen Kates scheenbeen. 'Zoals jíj, Kate Hayes. Jij bent een van die mazzelaars.'

Kate knikte langzaam. Carmen had haar een preek gegeven die erg leek op deze. Kate wist dat ze dankbaar zou moeten zijn. En dat was ze ook, echt waar. Maar ze voelde zich geen mazzelaar. Ze voelde zich vreemd. Het refrein van haar liedje speelde door haar hoofd. *Holding on as tight as we can before the bright lights shine our way...*

26

DE GOEIE OUWE TIJD

Madison nam nog één keer de lunch onder de loep die cateraar Urth op de eetkamertafel had uitgestald en besloot dat ze tevreden was. Ze had tomatenbasilicumsoep, een biologische spinaziesalade en een mediterrane schotel van gegrilde babyartisjokken, hummus, couscous, gevulde druivenbladeren en olijven. Alles zag er vers en heerlijk uit, gegarneerd met Urths typerende eetbare orchideeën. Ze glimlachte. Haar vader had waarschijnlijk in zijn hele leven niet zo goed gegeten.

Hij en Sophie konden elk moment hier zijn. Het bezoek was Trevors idee geweest, maar Madison had er van harte mee ingestemd. Na haar verzet tegen Trevors pogingen om haar familie te filmen, was ze die gaan omarmen. Wilde Trevor wat beelden van de familie die door oude foto's bladerde? Prima! Geweldig zelfs! Sophie had een album uit de goeie ouwe tijd – voor zover die dat was – en Madison had een enorme bank waar ze allemaal op konden zitten om daarin te kijken. Wat Madison betrof was het een win-winsituatie: zij kon tijd met haar vader doorbrengen én ze kon de rol van de vergevingsgezinde dochter en grote zus voor het publiek van PopTV spelen.

Sophie bleef een soort jokerrol houden. Ze ging nog steeds op in haar zweverige yoga-act – sterker nog: ze deed het zo perfect dat Madison geneigd was te geloven dat het helemaal geen act was. Maar haar zus had altijd fases doorlopen (skateboarder, goth, rockchick, burn-out), en dit was waarschijnlijk gewoon een langere en vriendelijkere fase dan haar vorige.

Madison bekeek zichzelf in de passpiegel in de gang (een van de zeven in haar appartement, zodat ze in elke kamer en in elk licht wist hoe ze eruitzag) en streek de voorkant van haar Joie-top glad. Ze moest binnenkort haar haar weer laten verven: op sommige plekken begonnen donkere wortels door de lichte goudkleur te schemeren. Ze poederde snel haar neus, liep toen terug naar de tafel en plukte een spinazieblaadje uit de salade.

'Hadden ze er niet al moeten zijn?' vroeg Laurel.

Madison draaide zich naar de hoek van de kamer, waar zij en de cameraploeg zich hadden opgesteld. Ze was er inmiddels zo goed in hen te negeren, dat ze bijna had gedacht dat ze alleen in haar appartement was. 'Ja, maar je kent mijn zus. Zij vindt het hip om te laat te komen.' Ze stak haar mobiel omhoog. 'Ik stuur haar wel even een berichtje,' zei ze.

Laurel keek verbaasd; ze was niet gewend aan een vriendelijke, hulpvaardige Madison.

Waar ben je gvd? Schiet op met die hippiekont van je, tikte Madison. (Ze kon tenslotte niet voor de volle honderd procent vriendelijk zijn.)

En toen zoemde opeens haar intercom, bijna alsof het berichtje op magische wijze haar gasten had ontboden. Nadat ze hen op het kleine schermpje had gezien en binnen had gelaten, schreed ze naar de deur en wachtte daar, in het volle besef dat de camera's nu draaiden. Ze opende de deur met een brede glimlach.

'Namasté,' zei Sophie, waarna ze vooroverboog om Madison een zoen te geven. Ze droeg een lavendelblauwe tuniek over een zwarte legging. Om haar hals hing een gouden schakelketting met een groot kristal eraan. 'Het goddelijke in mij begroet het goddelijke in jou.'

'Ja, hoi,' zei Madison.

Achter Sophie hupte Charlie zenuwachtig van zijn ene op zijn andere been. Hij deed een stap vooruit en bleef toen staan; het was te zien dat hij twijfelde of hij Madison nou moest omhelzen, of zoenen, of iets anders. Madison pakte zijn arm en loodste hem het appartement in. 'Kom binnen,' zei ze.

'Wauw,' zei Sophie, toen ze de uitgestalde lunch zag. 'Mooi.'

'Biologisch,' meldde Madison. 'Willen jullie meteen eten of eerst even zitten?'

'Meteen eten.' Sophie rook aan de soep. 'Dit is toch niet van kippenbouillon gemaakt, hè? Je weet dat ik vegetariër ben.'

'Je méént het!' zei Madison sceptisch. 'Wat verstandig van je. Nou, geen zorgen hoor, er zit nergens vlees in.' Ze wendde zich tot haar vader. 'Hier, pak een bord. Zo te zien heb je honger.'

Charlie nam het uitgestoken bord aan en ging bij de tafel staan. Hij wees naar een gevuld druivenblad. 'Wat is dat?' vroeg hij.

'Dolma's,' zei ze. 'Rijst met kruiden en specerijen gewikkeld in een druivenblad.'

'O.' Charlie klonk nog steeds beduusd. Hij drentelde een beetje heen en weer en schepte een paar hoopjes op zijn bord. Madison schepte wat soep in een kom voor hem en gebaarde dat hij aan het andere eind van de tafel moest gaan zitten, naast Sophie, die al een berg eten op haar bord had.

Ze was zelf te gespannen om honger te hebben – en bovendien at ze liever niet voor de camera. Kauwen was zo… ongepast. 'En, hoe bevalt je nieuwe huis?' vroeg ze aan haar vader, waarna ze een slokje hibiscusthee nam.

Charlie lachte. 'Het is heerlijk, popje. Als ik 's morgens wakker word in dat lekkere bed voel ik me de gelukkigste man op aarde.'

'Fijn,' zei Madison. 'Daar werd het ook wel tijd voor.'

'Wanneer ga je een huis voor mij huren, zus?' vroeg Sophie. 'Mijn appartement is te klein. Ik heb niet genoeg ruimte om yogaoefeningen te doen.'

Madison snoof damesachtig. 'Eh… zodra ik jouw ontwenningskuur afbetaald heb.' Oeps, dacht ze, ik moet niet vergeten om aardig te doen.

Sophie keek gekwetst. Ze was beeldschoon en meelijwekkend tegelijkertijd – de camera's zouden ervan smullen.

'Grapje!' zei Madison opgewekt. 'We vinden vast snel een betere plek voor je!'

Ze wierp een blik op haar vader, die in zijn eten zat te prikken. 'Wat is er?' vroeg ze. 'Vind je het niet lekker?'

Charlie keek haar schaapachtig aan. 'Eerlijk gezegd, popje, ken ik niet een van deze dingen. Je kijkt naar een man die leeft van hamburgers en popcorn uit de magnetron.'

Ze boog zich naar hem toe en klopte op zijn hand. 'Probeer het nou maar. Het is allemaal lekker en het is ook nog goed voor je. Wen er maar aan dat je beter voor jezelf moet zorgen.'

'Mmmhmm,' zei Sophie met volle mond. 'Je moet ook eens een keer yoga proberen. Je voelt je er jaren jonger door.'

Madisons BlackBerry zoemde en ze wierp een blik op het display. *Familieherinneringen!!* had Laurel geschreven.

Juist. Oké. Madison pijnigde snel haar hersens op zoek naar een gelukkige jeugdherinnering, die bovendien niet zomaar uit de lucht mocht komen vallen. Helaas had ze niet zo veel keus. Ze hadden ooit een puppy gekregen – maar die moesten ze van hun moeder weer weg- doen omdat die op de vloerbedekking plaste. En ze hadden ooit met Kerstmis blikvoer gekregen van de plaatselijke voedselbank, maar of dat wat was? Op het nostalgische front was ze zo'n beetje uit geturfd – ze had hier van tevoren over na moeten denken. Toen herinnerde ze zich opeens de turnlessen die zij en Sophie als kleine meisjes hadden gevolgd. Yoga – turnen. Perfect bruggetje.

'Herinner je je die turnlessen nog?' vroeg Madison. 'Dat jij er, weet ik veel, twee maanden over deed om de radslag te leren?'

Charlie lachte. 'O, en toen ze die eenmaal onder de knie had, deed ze niets anders meer! De hele dag heen en weer in de gang.'

In plaats van in opstand te komen, moest Sophie ook glimlachen. 'O ja, ik ging ermee door tot ik misselijk was. En ik werd er zo duizelig door!' Toen zweeg ze, alsof haar opeens iets te binnen schoot. 'Weet je, volgens mij heb ik daar nog foto's van,' zei ze.

'Echt?' vroeg Madison. Sophie had de hint uitstekend opgepikt; Madison vond het verschrikkelijk om te bekennen, maar het meisje was een natuurtalent. 'Waar?'

'Nou…' zei Sophie, zogenaamd verlegen, 'ik heb een oud fotoalbum meegenomen. Ik dacht dat dat wel leuk zou zijn… je weet wel, nu we al- lemaal weer samen zijn?'

'O, ga halen!' zei Madison.

Gelukkig was Charlie vertrokken toen Madison nog jong ge- noeg was om van nature een schatje te zijn: voordat haar blonde haar donkerder werd, voordat ze zwaarder was geworden, voordat haar grotemensentanden schots en scheef doorkwamen. Het was maar goed dat Trevor niet had gevraagd om foto's uit Madisons middelbareschooltijd – over haar lijk!

Sophie haalde een nogal gehavend album uit haar gigantische linnen tas en ze gingen gedrieën naar de woonkamer om gezellig op de bank plaats te nemen. Charlie had zijn bord meegenomen en zat nog steeds in zijn eten te prikken. Madison hoopte dat hij geen tabouleh op de vloerbedekking zou morsen. De camera kwam heel dichtbij en zoomde in op de foto's. Die waren al een beetje verschoten en vergeeld, waardoor de tafereeltjes een soort gouden glans kregen.

'O, kijk,' zei Madison, wijzend naar een foto van hen tweeën in dikke donzen jassen en broeken. 'Herinner je je die sneeuwstorm nog? Toen de school, weet ik veel, een week dichtging?'

'Absoluut.' Sophie knikte. 'Dat was te gek.'

Charlie lachte. 'Voor jullie, ja. Ik kan me herinneren dat ik de truck uit een laag van bijna twee meter sneeuw moest graven. En toen dat eindelijk gelukt was, kwam ik vast te zitten op de oprit van de snelweg. Heb ik die auto daar twee dagen moeten laten staan.' Hij schudde zijn hoofd. 'Achteraf gezien is het misschien wel grappig, ja.'

'Wat was dat gezegde ook alweer? 'Tragedie plus tijd staat gelijk aan komedie'?' vroeg Madison.

Sophie haalde haar schouders op. 'Geen idee. Maar je zag er wel enig uit in die broek, Mad. Jammer dat je nu hier woont en ze niet meer hoeft te dragen.'

'We wonen nu allemaal hier en hebben ze nooit meer nodig.' Madison kneep in de arm van haar vader.

Charlie stond op. 'Waar is de wc, popje?'

'In die gang daar, derde deur aan je linkerhand.'

Ze keek haar vader na en zag tot haar genoegen dat hij een nieuwe spijkerbroek had gekocht. Die kaki broek van hem had echt zijn beste tijd gehad.

Sophie sloeg de bladzijde om en ze zagen een foto van hun moeder in een bloemetjesjurk. 'Ze was toen echt knap,' zei ze.

Madison knikte. Haar moeder was drie jaar achter elkaar de Rensselaer County Fair Queen geweest toen ze jong was. Het was echt treurig om te bedenken hoe ze zichzelf had laten gaan. Madison zou zorgen dat dat nooit, maar dan ook nóóit met haar gebeurde.

'Is dat Licorice?' vroeg Sophie.

Madison tuurde naar een donkere vlek in de hoek van de foto. Het zou haar oude kat kunnen zijn, maar voor hetzelfde geld was het een schaduw. 'Zou kunnen,' zei ze.

'Dit is best leuk, hè?' zei Sophie.

Madison knikte. 'Ja,' zei ze. 'Eigenlijk wel.'

Charlie kwam enigszins gegeneerd de kamer weer binnen. 'Ik heb de verkeerde deur opengedaan,' zei hij. 'Die van de kamer van je huisgenote.'

'O, van Gaby! Nou, ze bijt niet,' lachte Madison.

'Moeten we haar niet wat te eten brengen?' vroeg Charlie.

Madison schudde haar hoofd. 'Nee, zij doet een sapkuur.'

Charlie streek met zijn handen door zijn haar. 'Goh, jullie leven hier echt in een totaal andere wereld.'

'Misschien wel,' zei Madison. 'Maar ik ben blij dat jij daar nu ook bij hoort. Dus ga het maar leuk vinden, oké?'

27

GOEDE TIJDEN, GOEDE TIJDEN

'Waarom zijn jullie meubels veel zachter dan de mijne?' vroeg Kate toen ze in een wel erg dik gevulde stoel bij Madison en Gaby plofte. 'Ik zweer je, bij mij is het net of je op rotsen zit.'

Madison gaf haar een glas champagne. 'We hadden extra vulling nodig voor Gaby's knokige kont.'

Gaby stak haar hoofd de kamer in. 'Echt? Vind je mijn kont knokig? Dank je!'

Madison sloeg haar ogen ten hemel. 'Dat was niet bedoeld als compliment,' zei ze tegen Kate. 'Maar goed.'

Ze waren bij elkaar gekomen om te kijken naar Gaby's interview met Carmen van vorige week. Uiteraard waren de camera's van PopTV erbij om hun reacties te filmen. Maar Carmen was er niet, ook al stond er in het opnameschema dat ze er wel zou moeten zijn. Het was nogal vreemd, dacht Kate. Moest Carmen de uitzending van haar interview niet ook zien? Was haar reactie niet belangrijker dan bijvoorbeeld die van Kate, als je bedacht dat zij niets te maken had met dit onderdeel? Nou ja, ze moest er maar van uitgaan dat Trevor een reden had voor

Carmens afwezigheid en dat zij óf nooit zou weten hoe het verlopen was, óf het over een paar maanden zou zien, als deze aflevering werd uitgezonden. (Ze kon het straks natuurlijk ook aan Carmen vragen, waarschijnlijk.)

Al even bizar was de publicatie van het artikel in *Gossip* vandaag. Het was de eerste publieke aankondiging van Kates betrokkenheid bij *The Fame Game*, en haar mailbox en Facebookaccount stonden nu bol van de berichten – sommige van vrienden en familieleden, en andere van mensen wier gezichten ze zich amper kon herinneren. (Darcy Krapke? Had ze die niet voor het laatst gezien in de derde klas of zo?) Het was leuk om zo veel felicitaties en gelukwensen te ontvangen, maar het was ook een beetje verwarrend. Binnenkort zou iedereen die ze ooit gekend had (en veel mensen die ze nog nooit had gezien) 's avonds in de woonkamer naar haar kijken. Wat zouden ze van haar vinden? Ze huiverde. Het was te overweldigend – ze moest maar zo lang mogelijk doen alsof dit niet gebeurde. Dat was de enige manier om niet compleet door het lint te gaan.

En dan was er nog Madisons reactie na het lezen van het artikel. Ze had Kate gebeld – wat ze nóóit deed – en gezegd: 'Welkom in de wereld van *Gossip*! Hé, wat is er eigenlijk gebeurd met die gast die je in Whisper hebt ontmoet? Hoe heette hij ook alweer?'

Kate was zo overrompeld dat ze voor haar gevoel een minuut met haar mond vol tanden had gezeten. Madison had de vraag langs haar neus weg gesteld, maar door de timing en het feit dat ze die überhaupt stelde, kreeg Kate het gevoel dat er niets onschuldigs aan was. 'O, eh… tja, dat is min of meer met een sisser afgelopen,' had ze er uiteindelijk uit weten te krijgen, hoewel ze ervan overtuigd was dat Madison wist dat ze loog.

'Het begint, het begint,' kirde Gaby, toen het logo van *Buzz! News* als een glinsterende bal op het gigantische scherm verscheen.

Madison liet zich op een poef zakken, maar Gaby leek te zenuwachtig om te gaan zitten.

'Rustig nou maar,' zei Madison. 'Het interview is altijd in de tweede helft van het programma.'

'O,' zei Gaby. 'In dat geval ga ik even wat water halen. Iemand anders nog iets drinken?'

'Nee, dank je,' zeiden Kate en Madison in koor.

Madison wendde zich tot Kate. 'En, hoe gaat het met je liedjes?' Haar glimlach was stralend en enthousiast.

Kate kon niet opmaken hoe oprecht haar belangstelling werkelijk was, maar zolang ze niet naar Luke vroeg, besloot ze te doen alsof die volkomen welgemeend was. Madison leek de afgelopen tijd een stuk sympathieker en Kate begon haar eigenlijk bijna... te mogen. 'Goed,' zei ze. 'Ik heb een stelletje nieuwe nummers, die ik hopelijk snel kan laten horen. Misschien tijdens een open podium bij Grants of zo.'

Madison knikte. 'Je zou eigenlijk een keer écht moeten optreden. Je weet wel, dat je het podium niet hoeft te delen met een stelletje hippies.'

'Eh, ja,' zei Kate. 'Misschien.' Dat zou leuk zijn, moest ze toegeven; er waren inderdaad altijd veel weirdo's bij een open podium. Dat hoorde er gewoon bij. 'Een keer was er een gast die alleen maar nummers zong over honingbijen...'

Gaby verscheen weer met een gigantische fles water. 'Hé, waar is Carmen eigenlijk? Aan het stappen met haar nieuwe kerel of zo?'

Kate wierp een blik op de salontafel, waar het laatste nummer van *Gossip* prominent was uitgestald. Ze was ervan overtuigd dat Trevor Gaby had opgedragen die vraag te stellen. Ze haalde haar schouders op.

'Ik heb niets van haar gehoord,' zei ze. 'Ik heb haar gisteren nog gesproken, maar…' Ze maakte de zin niet af.

Zonder het te willen dacht Kate terug aan gistermiddag, toen Carmen en Luke naar Stecco waren gekomen om te lunchen tijdens haar werktijd. Uiteraard was dit allemaal gepland – Lukes agent had hem toestemming moeten geven om aan het programma mee te doen (voor deze ene keer; alleen om te praten over *The End of Love*!); de eigenaar van Stecco was wederom akkoord gegaan met de opnames, zolang de ingang en het bord maar prominent in beeld kwamen. De klanten en het personeel die mogelijkerwijs in beeld kwamen hadden allemaal ingestemd – maar Kate was overvallen door een opgelaten gevoel.

Carmen en Luke waren aan een tafel vlak bij de bar neergezet, waardoor Kate op de meeste intieme opnames op de achtergrond te zien zou zijn. Luke zag er blij en knap uit in zijn crèmekleurige polo, en Carmen was stijlvol gekleed in een vaag indiaans uitziende blouse en skinny jeans. Kate droeg natuurlijk een onflatteuze zwarte broek, een wit overhemd en een groen-bruin gestreepte stropdas. Alleen al daarom had ze het liefst onder de toonbank willen kruipen en zich zo klein mogelijk gemaakt.

Maar dat kon natuurlijk niet, hè? Nee, ze had hun glimlachend hun water moeten brengen (zonder ijs voor Carmen, extra citroen voor Luke).

'Hé, hallo!' had ze opgewekt gezegd. 'Wat geweldig dat jullie hier zijn! Er komt zo iemand jullie bestelling opnemen, maar ik loop straks ook nog even langs om te kijken of alles in orde is.'

Carmen was haar aardige zelf geweest, maar Luke leek zich niet helemaal op zijn gemak te voelen. Net goed, had ze gedacht.

Ze hadden de opdracht gekregen om over hun aanstaande film te praten: wie zou er nog meer meespelen, hoe lang zouden de opnames gaan duren, hoe zou het zijn om samen te werken met Colum McEntire, die berucht was om zijn opvliegendheid, bla, bla, bla.

Voor zover haar taken dat toelieten, had Kate hen zo veel mogelijk in de gaten gehouden. Ze gedroegen zich volkomen onschuldig. Ze lachten veel, maar gewoon zoals vrienden dat doen. Maar natuurlijk, dacht ze, zou Trevor de opnames naar believen manipuleren. *L.A. Candy* had vol 'veelbetekenende' blikken en stiltes gezeten en ze wist nu hoe dat gedaan was. Dat moment waarop Carmen verlangend naar een stuk taart op de tafel achter hen keek? Die keer dat Luke per ongeluk langs Carmens hand streek, toen ze allebei tegelijk een stukje brood wilden pakken? Tegen de tijd dat de boel op de snijtafel gemonteerd was, zou het ongetwijfeld lijken of die twee verliefder waren dan Romeo en Julia zelf.

Kate zou misschien overwogen hebben om Laurel te vertellen dat deze scène voor haar wel heel erg vervelend was, maar Laurel was ergens anders om Madison op een of ander benefietgala te filmen, dus ze had geen enkele bondgenoot aan de andere kant van de camera gehad. Bovendien kon Kate het toch niet nalaten om zich te verwonderen over de timing van deze lunch in háár restaurant. Had Laurel iets tegen Trevor gezegd? Of Madison? Duwde Trevor Carmen en Luke met opzet onder haar neus, omdat hij wist hoe afschuwelijk dat voor haar moest zijn en hij meer drama wilde, of deed hij het gewoon omdat hij wist wat hij aan deze locatie had? Misschien wilde hij er zelfs een diepere betekenis aan geven door de sterren en de sloebers samen te brengen.

Jèk.

Gelukkig was het na een uur voorbij, zodat Kate met haar geanalyseer had kunnen ophouden. Toen iedereen wegging, had Luke gebaard: ik bel je vanavond. En toen niemand keek, had hij haar een kushandje toegeworpen. Maar daar was ze zich niet echt beter door gaan voelen.

'Hé,' zei Madison, terwijl ze Kate een schop gaf met een blote, gepedicuurde voet. 'Gaby komt zo op tv! Doe een beetje enthousiast.'

Kate schudde de herinnering zo goed mogelijk van zich af. 'Sorry,' zei ze. 'Ik vroeg me gewoon af of ik Carmen een berichtje moet sturen om te vragen waar ze is.'

'Doe geen moeite,' zei Madison, terwijl ze zich op de bank liet zakken. 'Die is vast de hort op met haar kerel, voor zo lang als het duurt.'

'Hoezo "voor zolang als het duurt"?' vroeg Kate. Carmen leek haar geen mannenverslindster.

Madison haalde haar schouders op. 'Ach, kom nou toch, die Luke Kelly heeft zo weer een ander. Ik geef die relatie hooguit twee maanden.'

Kate fronste. Waar had Madison deze informatie vandaan?

Ze weet het, dacht Kate. En ze probeert me gewoon op de kast te jagen. Misschien hebben zij en Laurel dit wel samen bedacht. En toen besefte Kate wat een belachelijk idee het was dat Madison en Laurel überhaupt zouden samenspannen. Als Madison iets wist, dan was het dat Kate iets had met een onbekende acteur die Luke heette, en dat Carmen nu rotzooide met Luke Kelly... Madison zat gewoon te vissen.

'Tegen de tijd dat de opnames voor de film beginnen, is het afgelopen,' ging Madison verder. 'Maar dan doen ze voor de bladen waarschijnlijk of ze nog steeds samen zijn. Echt hoor, dit heeft niets te maken met passie, en alles met publiciteit. Het is zo doorzichtig.'

Kate leegde haar glas champagne in twee slokken. Madison mocht dan niet precies weten wat er aan de hand was, maar ze had wel degelijk de vinger op de zere plek gelegd, dacht ze. Ach ja, Madison was een pro.

Er verscheen een reclamespot op het scherm en opeens zaten alle drie de meiden geboeid naar de tv te staren. Het was hún commercial. Kate zat aan de buis gekluisterd toen ze beelden van zichzelf in een rap tempo voorbij zag komen. (De ontmoeting met Madison en Gaby bij het zwembad! De binnenkomst bij Grants met haar gitaar!) Er zaten veel opnames bij van haar in de trailer, maar ze hadden er ook veel onvriendelijke blikken tussen Madison en Carmen in gestopt. Het ging allemaal zo snel dat Kate zich amper kon herinneren wat de tekst die over het scherm flitste had gemeld. Iets als 'van de bedenker van *L.A. Candy*' en 'een kijkje achter de schermen van wat het kost om het te maken in Hollywood'. En dan nog iets over roem en degenen die ervoor in de wieg zijn gelegd (Carmen op de rode loper) en degenen die het najagen (Madison en Kate aan het winkelen; Gaby die haar kleedkamer uit komt), en dat 'mee blijven doen aan het spelletje' nog maar het begin is. Of zoiets. Gaby kwam nauwelijks in beeld, maar ze leek het niet erg te vinden, want zodra de commercial was afgelopen, begon haar programma.

'Kijk, o mijn god, dat ben ik!' gilde Gaby.

En ja hoor, daar was ze. Ze zag er overdreven opgemaakt en ontzettend onbehaaglijk uit. Naast haar, in een bijpassende leunstoel, zat Carmen. Ze glimlachte en voelde zich duidelijk veel meer op haar gemak.

'Je hebt net de rol van Julia in *The End of Love* gekregen. Je eerste film bij een grote studio. Hoe voelt dat?' vroeg de Gaby op het scherm.

'Goede, solide opening,' zei Madison aanmoedigend.

'O, ik heb de vragen niet gemaakt,' zei Gaby. Ze zat op haar nagels te bijten.

Nee, natuurlijk niet, dacht Kate. Ze keek naar het interview, maar luisterde niet echt. Het was allemaal zo nep; ze kon er geen energie voor opbrengen. Ze had zichzelf verdomme net voor het eerst op televisie gezien en zelfs dat had er nep uitgezien. Waar ze wél energie voor kon opbrengen, bedacht ze, was voor nog een glas champagne. Ze pakte de geopende fles van de tafel en schonk een flûte vol bruisende vloeistof.

'Proost,' zei Madison, terwijl ze haar glas tegen dat van Kate tikte. 'Op...' Ze zweeg, knipperde met haar ogen en lachte toen. 'Op wat? Ik heb geen flauw idee.'

'Op meer champagne!' zei Kate, die zich opeens iets beter voelde, alsof het glas dat ze net had leeggedronken haar direct naar het hoofd was gestegen.

'Hé,' zei Gaby klaaglijk, 'jullie letten helemaal niet op.'

'Sorry!' zeiden ze in koor. Ze richtten hun aandacht weer op het scherm en werden getrakteerd op Gaby die het woord 'relevantie' verkeerd uitsprak.

Toen het afgelopen was, klapten ze enthousiast in hun handen en Gaby maakte een bescheiden buiging. 'Ik was toch niet afgrijselijk, hè?'

'Helemaal niet,' zei Kate gemeend. 'Je was schattig.'

'O, gelukkig,' zei Gaby. Opeens fronste ze. 'Zagen jullie mijn oorbellen?'

Kate schudde haar hoofd. Ze had nauwelijks aandacht besteed aan het interview; hoe had ze dan in hemelsnaam Gaby's sieraden moeten zien?

'Nee,' zei Madison, terwijl ze voor Kate en zichzelf nog een glas champagne inschonk.

Wauw, dacht Kate. Heb ik dat tweede glas echt zo snel opgedronken?

'Nou ja, het waren diamanten. Grote. En ik kan ze nergens meer vinden.'

Kate leunde achterover en sloeg haar enkels over elkaar. Ze werd met de minuut blijer en relaxter. Ze zou altíjd champagne moeten drinken!

'O, Gaby,' zei ze luchtig. 'Ze liggen vast ergens in je kamer. Weet je nog dat je twee keer dezelfde oorbellen had gekocht omdat je dacht dat je ze kwijt was?' Kate wees naar haar eigen oren, waaraan de bewuste oorbellen schitterend bungelden. 'Je bent ze vast kwijtgeraakt. Trouwens, nogmaals bedankt voor deze. Het zijn nu ook mijn lievelingsoorbellen.'

Madison lachte. 'Je raakt die dingen áltijd kwijt, Gab.'

'Maar ik heb echt overal gezocht,' zei ze. 'En ik kan ze niet vinden. En ze waren echt heel duur.'

'Wanneer heb je ze voor het laatst gezien dan?' vroeg Kate.

Gaby dacht daar een moment over na. 'Gistermorgen,' zei ze. Ze leek nog even na te denken en zei toen: 'Ik...' Maar ze stopte en wierp een vreemde blik op Madison.

Madison zag dat echter niet, omdat ze zat te staren naar een foto van zichzelf in het artikel van *Gossip*. 'Ze komen vast weer boven water,' zei ze, 'écht.'

'Oké dames, volgens mij staat het erop.' De regisseur van die dag gebaarde dat de cameramannen konden stoppen met filmen en mochten inpakken. Alle zware apparatuur werd op karretjes naar de extra slaapkamer gereden. Een van de cameramannen riep: 'Bewaar wat champagne voor me.'

'Er ligt nog een fles in de koelkast,' zei Gaby, die haar oorbellen even vergeten was dankzij de prachtig welvende biceps van de man.

Madison snoof. 'Denk eraan: niet daten met iemand van de cameraploeg!'

'Wie had het over daten?' vroeg Gaby.

'Daten? Ik date alleen met mijn vrouw en mijn pasgeboren baby,' grapte de cameraman.

Toen de cameraploeg was vertrokken en de drie meiden alleen waren, wendde Gaby zich tot Madison. 'Ik heb dit niet voor de camera gezegd, omdat ik je niet in verlegenheid wilde brengen. Maar Mad, ik heb die oorbellen gistermorgen voor het laatst gezien, vlak voordat jouw vader langskwam.'

Madison schoot overeind. 'Pardon?' Haar stem klonk vlijmscherp.

Gaby werd bleek, maar hield voet bij stuk. 'Die oorbellen lagen op mijn toilettafel. En nu zijn ze weg.'

'Dus je beschuldigt mijn vader ervan dat hij ze gestolen heeft?'

'Ik weet het niet,' piepte Gaby, die duidelijk een beetje bang was voor haar huisgenote.

Misschien was het de champagne die Kate moed gaf, of misschien kwam het omdat Madisons vader gevangen had gezeten, maar ze boog zich vooruit en zei, zo vriendelijk als ze kon: 'Weet je, Madison, je hebt je vader meer dan tien jaar niet gezien. Misschien ken je hem wel niet zo goed als je denkt. Wie weet wat…'

Madison stond op, haar wangen rood van woede. 'Wie denken jullie godsamme wel niet dat jullie zijn om mijn vader te veroordelen? Een idioot en een nobody. Hoe durven jullie mijn vader te beschuldigen van diefstal?' Ze wendde zich tot Gaby. 'Jij met je eetstoornis en je taalachterstand; je kunt de meest simpele woorden nog niet eens uitspreken! Je kamer ziet eruit alsof er een bom ontploft is. Je bent een ongelooflijke chaoot. Hoe denk je dan iets te kunnen vinden?' Vervolgens was Kate aan de beurt. 'En jij, madam-gezonde-boterham-met-tevredenheid, met je schattige Ohio-familietje en hun schattige bestelbusje en hun schattige saaie leventjes! Alleen ben je helemaal niet zo schattig, hè? Wat weet jij er nou van?'

Kates hart begon wild te bonzen. Ze wist niet wat ze moest zeggen.

Madison wist helemaal niets over Kates leven in Ohio, maar ze leek wel degelijk iets te weten over haar leven hier.

'Ik zeg alleen maar,' fluisterde Gaby, 'dat ik overal heb gezocht.'

'Ook in die dikke vette reet van je?' siste Madison. 'Misschien ben je er wel op gaan zitten.' Toen greep ze haar tasje en stormde naar buiten.

Gaby keek naar Kate. 'Oeps,' zei ze.

'Je meent het,' zei Kate. Toen zette ze haar champagneglas op de grond, gaf Gaby een welgemeende knuffel en ging terug naar haar appartement.

In haar slaapkamer – waar zo te zien ook een bom was ontploft – zette ze haar computer aan en checkte haar e-mail. Er was een bericht van Ethan.

> *Geen geestige video's vanavond. Schrijf alleen omdat het weer jaarmarkt was met de optocht in Short North. Weet je nog dat wij ons als Jack en Meg White hadden verkleed? Goede tijden, goede tijden.*

Ze stond op het punt een antwoord te tikken, maar zag toen in haar MSN dat hij nog online was, ook al was het al ver na middernacht in Ohio. Ze stuurde hem een bericht: *Ben je wakker? Skypen?*

Even later rinkelde haar computer.

'Hé,' zei ze, terwijl ze de camera inschakelde. 'Waarom ben je nog wakker?'

Ethans gezicht verscheen op haar scherm, weliswaar een beetje vaag, maar nog steeds vertrouwd en knap. 'Ik wilde met je praten,' glimlachte hij.

'Leugenaar,' zei ze. Ze giechelde (dat was de champagne).

Hij haalde zijn schouders op. 'Misschien, misschien ook niet. Maar kijk jou dan – je hebt een nieuw hoofd.'

Kate streek verlegen door het nieuwe kapsel dat ze op aanraden van Madison had laten knippen. 'Ik dacht dat jongens dat soort dingen niet zagen.'

'De meeste niet,' zei Ethan. 'Maar ik ben niet de meeste, toch?'

'Eh… nee?' zei Kate.

'Het staat je goed. Maar ook anders. Je bent al helemaal Hollywooderig.'

Ze keek naar het kleine schermpje waarop ze zelf te zien was. 'Ach, kom op, ik zie er toch nog hetzelfde uit?'

Ethan schudde zijn hoofd. 'Nietes. Maar wat maakt het uit? Wat je ook doet, je blijft beeldschoon.'

Ze dook weg om de blos op haar wangen te verbergen.

Het was zo fijn om hem te zien, zo zalig om zijn stem te horen. Was hij maar hier, dan konden ze aan haar keukentafel namen voor popartiesten (de Bengels, Lady HaHa) en gekke songtitels ('Mama Appelsap', 'Snee in me lijf') verzinnen. En dan kon ze hem na een tijdje vertellen over dat absurde gedoe met Luke. Maar hoewel ze nu al een jaar uit elkaar waren, hadden ze het nooit over nieuwe liefdes gehad. En het voelde niet goed om dat nu wel te doen, hoe graag ze dat misschien ook wilde.

Ze keek weer omhoog en zag Ethan glimlachen. 'Ik mis je,' zei ze opeens.

'Ik jou ook,' zei hij.

Hij legde zijn hand op het scherm en zij legde de hare erop. Zo bleven ze even zitten, hand in hand op drieduizend kilometer van elkaar.

28

DEEL VAN EEN GROTER PLAN

'Kijk eens wie we daar hebben!' zei Philip Curtis lachend tegen Carmen, toen ze met een bosje tulpen in haar hand de keuken binnenkwam. 'Lang niet gezien.'

Ze gaf hem een kus en begon toen de keukenkastjes open te trekken op zoek naar een vaas. Het was haar eerste vrijdagse familiediner in weken en ze had niet met lege handen aan willen komen.

'Ik heb het nogal druk gehad,' zei ze. 'Sterker nog: ik kom net van een shoot.' Ze hadden haar tijdens het winkelen met Fawn gefilmd, en dat was heel leuk geweest: ze had Fawn niet zo veel gezien de laatste tijd. Maar de ware reden voor de scène was niet hun aanvalletje van koopwoede. Het was feitelijk gewoon een excuus om Carmen na een uur of twee voor de camera te laten zeggen: 'Nou, ik moet nu echt naar Casa Curtis. Mam is net terug van haar tienstedentour en pap zegt dat hij op het punt staat de nieuwe Adele te contracteren.' Het was behoorlijk vindingrijk van Trevor, dacht Carmen; ook al wilden haar ouders niet meedoen aan *The Fame Game*, hij bedacht met regelmaat een manier om hen toch hun opwachting te laten maken.

Ze deed het zoveelste deurtje open in de overtuiging dat ze nu een vaas zou vinden. Maar in plaats daarvan zag ze een nieuwe blender, die nog in de doos zat. 'Heeft mama de boel opnieuw ingericht of zo?'

'Jouw moeder is, zoals je je wellicht herinnert, wekenlang op tournee geweest. Dus ik heb het een beetje logisch ingedeeld.'

'O, dus daarom staat de wijn naast de broodtrommel.'

Philip haalde zijn schouders op. 'Soms heb je een opkikkertje bij het ontbijt nodig.'

'Heel geestig,' zei Carmen. Ze had eindelijk een kristallen vaas gevonden, in een kastje waar normaal gesproken altijd bakspullen in stonden. 'Aha,' zei ze, terwijl ze hem omhoogstak. 'Hébbes.' Snel sneed ze een stukje van de onderkant van de stelen en schikte de bloemen in de vaas.

'O, wat prachtig, Carm,' zei haar moeder, die de keuken binnen kwam zweven. 'Je bent heel lief en ik heb je gruwelijk gemist.' Ze sloeg een gebruinde, slanke arm om haar dochter heen en gaf haar een zoen op haar wang.

'Ik jou ook,' zei Carmen. 'Jullie allebei.'

Ze ging op een van de krukken bij het kookeiland zitten en stak haar hand uit naar een bord met olijven en crostini. 'Ik weet dat je waarschijnlijk nog een jetlag hebt en alles, maar zeg alsjeblieft dat je hebt gekookt, mam. Ik ben totaal niet in de stemming voor hamburgers.'

Philip keek beledigd. 'Alsof dat het enige is wat ik kan maken!'

'O ja, tuurlijk,' zei Carmen lachend. 'En tonijn uit blik en diepvriespizza's.'

'Precies,' zei Philip. 'Ik ben een keukenprins.'

Cassandra stak haar hand op. 'Geen zorgen, ik heb gekookt. We eten gegrilde kip met citroengras en gember.' Ze draaide haar lange donkere haar in een knotje en ging naast Carmen op een keukenkruk zitten.

'Lekker,' zei Carmen. 'Jammer dat Drew niet kan komen.'

Philip knikte. 'Ja, maar hij moet de kost verdienen. Hij moet van mij vanavond gaan kijken naar een show in de Bootleg.'

'Zullen we dan gewoon hier eten?' stelde Cassandra voor. 'Geen Drew, geen eetkamer.'

'Ik had geen idee dat Drew degene was die er al die tijd voor heeft gezorgd dat wij zo beschaafd waren, maar ik vind het prima,' zei Carmen. 'Hoe lang duurt het nog? Ik verga van de honger.'

'Van winkelen krijg je trek, hè?' zei Philip.

Carmen keek hem verbaasd aan. 'Hoe wist je dat?'

'Die schittering in je ogen. Je moeder heeft precies hetzelfde. Dat is de schittering van materiële verovering. Je hebt vast een paar sokken van kasjmier gevonden die vierhonderd dollar kosten of zo.'

Carmen lachte. 'Het is zomer, pap. In L.A. Wat moet ik met sokken van kasjmier?'

'Weet ik veel. Ik volg de modegrillen niet op de voet. Misschien zijn ze wel heel erg in omdat Gwyneth Paltrow er dol op is,' zei hij. Maar hij lachte en Carmen wist dat hij blij was dat hij zo veel verdiende dat zijn dochter een paar sokken van vierhonderd dollar zou kunnen kopen, mocht ze die daadwerkelijk willen.

De timer op de oven piepte en Cassandra schoof er een prachtig gegrilde kip uit. 'Voilà,' zei ze. 'Er zitten ook gegrilde groenten bij. Want Philip heeft in al die tijd dat ik weg was vast niet één groente aangeraakt.'

'Is whiskey niet gemaakt van groente dan?' vroeg hij met een knipoog.

Ze sloeg haar ogen ten hemel en schepte het eten op witporseleinen borden.

Philip zette zijn mes in de kip en zei: 'Ik heb onlangs iets interessants over je gelezen.'

Carmen hoopte dat het niet over Luke ging. 'Wat dan?'

'Dat je een relatie hebt met die Australische acteur... Hoe heet hij ook alweer?'

'Luke Kelly,' zei Cassandra. 'Hij is haar tegenspeler in *The End of Love*. O liefje, ik vind het zo opwindend, die film! Heb je het boeket nog gekregen dat ik je gestuurd heb?'

'Ja, nog bedankt, mam; het staat op mijn toilettafel. En ja, die film is geweldig. Maar dat over Luke is niet waar. Ik heb geen relatie met hem. Heb je het pap niet verteld, mam?'

'Me wat verteld?' vroeg Philip. 'Je hebt het toch niet nu al uitgemaakt, hè?'

Carmen lachte. 'Nee, pap! Ik heb al in eeuwen geen vriend meer gehad – denk je nou echt dat ik hem zo snel zou laten glippen als ik er wel een had? Luke en ik zijn gewoon vrienden. Meer niet.'

Terwijl ze het verhaal aan hem uit de doeken deed (waarbij ze uiteraard oversloeg dat ze ooit met hem gezoend had – ze vertelde haar ouders niet álles), zag ze de uitdrukking op haar vaders gezicht veranderen van verbazing in verbijstering, en tot slot in afgrijzen.

'Dus het is een leugen,' zei hij toen ze uitgesproken was. 'Heb je het nu over die muzikale vriendin over wie Drew me heeft verteld?'

Carmen knikte, blij dat Drew het op het werk over Kate had gehad.

'Je doet mee met een leugen die jouw vriendin Kate naar alle waarschijnlijkheid stress oplevert, en misschien zelfs verdriet. Hoe kan dat nou een goed idee zijn?'

Carmen zuchtte. 'O pap, ze begrijpt het! Het maakt allemaal deel uit van een groter plan.' Ik hoop althans dat ze het begrijpt, dacht ze, of beter: ik dénk dat ze het begrijpt. Maar dat zei ze niet.

Haar vader schudde echter zijn hoofd. 'Het bevalt me helemaal niet,' zei hij. 'Ik hou niet van oneerlijkheid, en het zit me niet lekker dat dit televisieprogramma nog niet eens is uitgezonden en nu al jouw leven op zijn kop zet.' Hij wees met een kippenpoot naar haar – een gebaar dat misschien intimiderend bedoeld was, maar er voornamelijk komisch uitzag. 'Dit is niet zoals het hoort te gaan.'

Carmen werd nijdig. 'Jazeker, het programma heeft inderdáád mijn leven op zijn kop gezet, pap. In pósitieve zin. Weet je dat Colum McEntire me niet eens auditie wilde laten doen? Trevor Lord heeft hem ervan overtuigd mij een kans te geven en toen was ik zo goed dat hij me de hóófdrol heeft gegeven. De hoofdrol, pap! In een film waarin ik anders blij had moeten zijn met een bijrolletje.' Ze merkte dat ze zo hard in haar vork kneep, dat haar knokkels wit werden.

'Jullie hebben vast allebei ergens gelijk...' begon Cassandra.

'Wat ik zie, Carmen,' onderbrak Philip zijn vrouw, 'is een patroon: jij pretendeert iets te doen, of te zijn, ten gunste van andere mensen. Je hebt de schuld op je genomen van Fawns winkeldiefstal en nu laat je Luke net doen of hij je vriend is, omdat hij en zijn slijmbal van een agent denken dat dat beter is voor zijn imago. Waar houdt het op?'

Carmen keek haar vader met knipperende ogen aan. Ze had hem in tijden niet zo van streek gezien en ze wist niet of ze hem nu moest troosten of tegen hem moest schreeuwen. Ze snapte dat hij ergens gelijk had, maar hij blies het hele gebeuren nu wel heel erg op.

'Nou?' vroeg Philip.

Carmen schudde haar hoofd. Ze besloot geen ruzie met hem te maken. De première was al over een week en ze kon geen uitbarsting riskeren die hem ervan zou weerhouden te komen. 'Echt hoor, pap,' zei ze, terwijl ze haar hand op de zijne legde. 'Je moet me wat dit betreft gewoon vertrouwen. Het komt echt allemaal goed en ik kom hier alleen maar sterker en beter uit. Oké?'

Philip keek naar Cassandra, die nauwelijks zichtbaar knikte. Zij had altijd meer begrip gehad voor Carmens vreemde, half beroemde leven, misschien omdat zij het zelf gewend was om in de spotlights te staan. 'Denk jij dat ze weet wat ze doet?' vroeg hij aan zijn vrouw.

'Ja,' zei Cassandra. 'We hebben een slimme meid grootgebracht, Philip. Laten we haar vertrouwen. Ik ben wel benieuwd wat voor verbijsterends ze gaat doen met de kansen die ze heeft gekregen.'

Philip staarde in zijn whiskey en liet de ijsklontjes walsen in zijn glas. Na een poosje keek hij op. 'Oké,' zei hij ten slotte. 'Mijn bezwaren zijn hierbij ingetrokken. Voorlopig.' Hij wierp Carmen een strenge blik toe. 'Ik wil gewoon dat je voorzichtig bent.'

Ze glimlachte naar hem. 'Dat ben ik ook, papa. Dank voor je begrip. Betekent dit dat jullie op de première komen?'

'Ik zou het voor geen goud willen missen,' zei Cassandra.

'Ik ook niet,' zei Philip.

Carmen keek hen allebei stralend aan. 'Bedankt, jongens.'

Haar moeder tikte op haar arm en keek toen opeens heel ernstig. 'Je weet wat dit betekent, Carmen,' zei ze.

Carmen was beduusd. 'Nee…'

'Barneys,' zei Cassandra. 'Jij, ik en Visa Gold.'

Philip sloeg zijn ogen ten hemel. 'Die had ik kunnen zien aankomen.'

Carmen lachte. 'Tja, winkelen is een familietraditie, net als de etentjes op vrijdagavond,' zei ze. 'Toch, pap?'

En natuurlijk moest Philip Curtis dat beamen.

29

BOFKONT

Madison lag op de bank in het huis van haar vader; ze had de dure wollen plaid die ze voor hem had gekocht om haar blote benen gewikkeld. Charlie liet de airco continu aanstaan, dus het was hier net een gigantische, mooi ingerichte inloopvriezer.

'O, schiet eens op,' mompelde ze in haar mobiel. Ze stond in de wacht voor Trevor, die – zo wist ze bijna zeker – haar gewoon voor de lol liet wachten. Ze trommelde met haar vingers op de leuning van de bank en bedacht dat ze niet moest vergeten een manicure-afspraak te maken. De première voor *The Fame Game* was al over drie dagen en de rode-loper-voorbereidingen waren in volle gang: Madison had de sessies met haar trainer opgevoerd, afspraken gemaakt voor een zuurstof-facial, een ontharing en een behandeling met bruiningsspray, en ze vermeed het zo'n beetje om in één ruimte te zijn met een koolhydraat. De extra slaapkamer in Charlies huis was bedolven onder de jurken, die verschillende ontwerpers haar gestuurd hadden, ieder in de hoop dat zij die van hem of haar zou uitkiezen voor de rode loper.

'Madison,' kraaide Trevor in haar oor. 'Het spijt me dat ik je zo lang heb laten wachten.'

O, vast, dacht ze. Maar ze zei: 'Geen punt, Trevor, ik weet dat je een druk baasje bent.' (Ze wilde het gesprek op vriendelijke voet beginnen.)

'Wat is er?' vroeg Trevor, die meteen wantrouwend klonk.

Oeps, misschien had ze niet zo aardig moeten zijn. 'Ik heb een probleem,' zei ze. Ja, natúúrlijk, kon ze hem praktisch horen denken.

Trevor schraapte zijn keel. 'Als je doelt op die productieassistent die Gaby heeft proberen te versieren: dat is geregeld en het zal niet meer gebeuren,' zei hij.

'Wat?' zei Madison. Daar wist ze helemaal niets van – maar aan de andere kant: wat kon haar dat ook schelen. 'O, laat maar, het zal me worst wezen wat die productieassistent heeft gedaan. Ik belde je om te praten over mijn woonsituatie.'

'Het is een beetje laat om te gaan klagen over je appartement,' zei hij. 'Als je meer vierkante meters had gewild, had je het balkon moeten opgeven. Daar hebben we het in juni al over gehad.'

'Laat me nou gewoon even uitpraten, ja?' zei Madison. 'Het gaat niet om het appartement. Het gaat om Gaby. Ik kan niet meer met haar samenwonen.'

'Ik kan haar vragen om geen mannen mee naar huis te nemen…'

'Ik zei: laat me úítpraten,' zei ze fel. 'Wat ik je probeer te vertellen is dat Gaby mijn vader ervan heeft beschuldigd een paar oorbellen van haar te hebben gestolen. En ik kan niet met iemand samenwonen die dat soort dingen over hem zegt. Hij heeft zijn tijd uitgezeten: drie jaar. Hij heeft zijn schuld aan de maatschappij afgelost. En voor de goede orde: hij was zich niet eens bewúst van de overval die zijn vrienden die avond hebben gepleegd, dat kwam pas later. Vind je niet dat hij genoeg geleden heeft?' Ze haalde diep adem en wachtte op Trevors antwoord.

Daar moest hij even over nadenken. Uiteindelijk zei hij: 'Tja, Madison, je weet dat ik jou tevreden wil houden. Maar ik kan jullie niet allemaal op een aparte plek laten wonen. Jullie doen overdag allemaal al zulke verschillende dingen – als er niet drie in hetzelfde gebouw woonden, zou alle gevoel voor samenhang verdwijnen.'

'Zet me dan in een ander appartement in dit gebouw.'

Trevor zuchtte. 'Er staat niets leeg. Trouwens, het appartement van jou en Gaby dient als thuisbasis voor het programma. Daar hebben jullie je etentjes, je filmavondjes, jullie meidengesprekken. Je denkt toch niet dat ik feestjes wil filmen in dat kleine appartement van Kate? Nee, jouw appartement is het hart van de show omdat jij daar woont.'

'Want ík ben het hart van de show,' zei Madison. 'De ster.'

'Precies.'

De airco sloeg weer aan en Madison trok de plaid steviger om zich heen. Ze had echt iets in handen – er zat duidelijk meer achter dat hele gedoe met Carmen en Luke, en ze hoefde dat alleen maar door te laten schemeren aan Trevor – maar ze twijfelde of het nu het juiste moment was om daarmee op de proppen te komen. Ze wist dat Trevor gelijk had: toekomstige spontane etentjes moesten plaatsvinden aan die prachtige lange tafel in hun ruime, bijna vlekkeloze appartement (uiteraard hoorde een hulp in de huishouding bij haar contract) en niet in Kates kleine krotje, en al helemaal niet bij Carmen. Waar Carmen ook woonde, Madison hoopte er nooit naartoe te hoeven; dat was vijandelijk terrein.

'Je kunt me niet dwingen daar te slapen,' zei ze. 'Ik kan best doen alsof ik er woon en ik kan ernaartoe voor de opnames. Maar ik ga ergens anders slapen.'

'Je doet maar,' zei Trevor. 'Zorg alleen dat het lijkt of je er woont.'

'Oké,' zei ze en ze hing op. Ze vond het afschuwelijk om haar zin niet te krijgen, maar ze kon niets tegen Trevors argumenten inbrengen. En ze moest dat gedoe met Kate/Luke/Carmen echt tot op de bodem uitzoeken, voordat ze kon proberen er een slaatje uit te slaan. Zoals Nick zei: ze moest haar tegenspelers beter in de gaten houden.

Om zichzelf op te vrolijken slofte ze naar de logeerkamer en bekeek de schat aan jurken waaruit ze kon kiezen. Er was een rooskleurige Rodarte, een rode Max Azria, een glanzend gouden L'Wren Scott. Op de grond stonden dozen met hoge hakken: suède sleehakken, pumps met een open teen, sandalen met bandjes en sexy pumps met een open hiel. Ze hoefde maar te kiezen. Niet om te houden, maar om te dragen en erin bewonderd en gefotografeerd te worden. Ze vond het niet erg dat ze ze terug moest geven. Ze droeg toch nooit twee keer hetzelfde.

Wat had ze een lange weg afgelegd. Vroeger waren een afdankertje van de buren of een treurig tweedehandsje van het Leger des Heils het hoogst haalbare. Met een paar schoenen deed ze járen: van te groot (watten in de tenen), tot passend (heel even) tot te klein (dunne sokken en blaren).

Meestal was Madison uitstekend in staat om iedereen, inclusief zichzelf, in de waan te laten dat haar armoedige verleden nooit bestaan had – maar door Charlie moest ze er nu vaak aan denken. Het was goed om niet te vergeten waar je vandaan kwam, dacht ze. Des te meer waardeerde je hoe goed je het nu had. PopTV ging opnames maken van haar voorbereidingen op de grote avond en ze zou aan de arm van haar vader naar de première gaan!

Ze streek over de glimmende blauwe stof van de Talbot Runhof en overwoog die jurk aan te trekken. Hij had een enigszins asymmetrische halslijn en een lang, kokerachtig lijfje, waarin ze er nog slanker en langer uit zou zien dan ze was. De donkere kleur zou prachtig contrasteren met de diamanten halsketting die ze had uitgekozen bij Luxe Paris: een Franse juwelier die net zijn eerste Amerikaanse winkel op Rodeo Drive had geopend.

Vorige week had de pr-meneer van de juwelier gebeld met het aanbod haar een sieraad naar keuze te laten lenen. Sterker nog: hij had haar praktisch gesméékt iets van Luxe Paris op de rode loper te dragen. Ze was gecharmeerd geweest door zijn enthousiasme (hij was een enorme fan van *Madisons Makeovers*), dus ze was akkoord gegaan. Ze had Charlie meegenomen naar de winkel; deels omdat ze meer tijd met hem wilde doorbrengen en deels omdat ze nog meer indruk op hem wilde maken met het leven dat ze had opgebouwd – een leven waarin ze een winkel uit kon lopen met een halsketting ter waarde van zes cijfers, alleen omdat ze Madison Parker was.

In de winkel, een zachtroze ruimte vol rozen, had een klein roodharige meisje saffieren armbanden, diamanten halskettingen, smaragden oorhangers en zwarte parelsnoeren laten zien.

'Wauw,' had Charlie gefluisterd. 'Moet je kijken.'

Madison had het ene na het andere glimmende sieraad omhooggehouden. Zou ze voor robijnen gaan? Of voor saffieren? Nee, had ze gedacht, diamanten, zeker weten. Ze had er uren voor de spiegel kunnen doorbrengen, zichzelf bewonderend met het ene na het andere peperdure sieraad om. Uiteindelijk had Charlie het perfecte stuk gevonden: een wat langere halsketting met peer- en lancetvormig geslepen diamanten. Hij liet haar ook oorbellen zien, maar de roodharige zei dat ze Madison maar één sieraad mocht uitlenen.

'Eén?' had Madison met opgetrokken wenkbrauwen gezegd.

De verkoopster had gebloosd. 'Ik kan mijn baas wel even roepen...'

Madison had een moment lang overwogen om haar dat te laten doen, gewoon om haar gewicht in de strijd te gooien. Maar ze wilde haar haar op de première los dragen, wat betekende dat toch niemand de oorbellen zou zien.

'De ketting is genoeg, pap,' had ze gezegd. 'Echt.'

En het enige wat ze had moeten doen om hem mee te krijgen, was haar handtekening zetten op de stippellijn om zich garant te stellen voor de teruggave. Het was net als met een bibliotheekboek, behalve dan dat de ketting tweehonderdduizend dollar kostte. Als ze hem niet terugbracht, zou ze haar auto, haar bankrekeningen en haar eerstgeboren kind (áls ze ooit zo'n snotterende koter zou krijgen, wat onwaarschijnlijk was) moeten afdragen. En zelfs daarmee redde ze het nog niet. Maar wat kon het schelen? Ze wilde schitteren – en dat zou ze ook doen.

Ze hing de cirkel van diamanten om haar nek. Die was zwaar en koud. Ze huiverde – óók van genot – maar de ketting werd al snel warmer.

Bofkont, dacht ze. Wat ben je toch een bofkont.

'Madison?' riep Charlie, terwijl hij zachtjes op haar deur klopte. Hij was weg geweest toen ze wakker werd. *Ben even wandelen*, stond er op het briefje dat hij had geschreven.

'Kom binnen,' zei ze. 'Sorry voor de rotzooi.'

Charlie trok zijn wenkbrauwen op toen hij de berg jurken op het bed zag. 'Wauw, moet je die allemaal passen?'

Madison lachte. 'Nee, ik moet er een uitkiezen, daarom heb ik ze zo neergelegd.'

'O,' zei hij. Hij deed een paar aarzelende stappen de kamer in. 'Luister, eh, popje.' Toen bleef hij staan en streek met zijn vingers door zijn haar. Ze zag nu pas dat dat grijs werd bij zijn slapen. 'Eh... je hebt zo veel voor me gedaan. En ik wilde je daarvoor bedanken.'

'Dat hoeft niet, hoor,' zei Madison. 'Ik heb het allemaal graag gedaan.'

'Jawel, ik moet je wel bedanken,' hield Charlie vol. Hij stak haar een blauw fluwelen zakje toe. 'Alsjeblieft, dit heb ik voor je gekocht. Het is... Nou ja, je zult het wel zien.'

Ontroerd pakte Madison het zakje aan en schudde de inhoud op haar handpalm. 'O mijn god,' fluisterde ze. Ze keek haar vader ontzet aan. 'Waar heb je die vandaan?'

Charlie trok verlegen zijn hoofd tussen zijn schouders. 'Bij die juwelier waar we pas waren.'

Madison sloot haar hand rond de diamanten oorbellen. 'Dit zijn de oorbellen die bij de ketting passen,' zei ze. 'Maar pap, dit kun je toch niet betalen!'

Charlie keek beledigd. 'Het mocht op afbetaling,' zei hij. 'En ik heb nu een baan. Ik kan het wél betalen.'

'Maar...'

'Maar niets, popje. Je verdient het.' Hij glimlachte. 'Jij verdient alle diamanten op de wereld.'

Madison sloeg haar armen om zijn nek. 'O, dank je wel, papa,' zei ze. 'Wat ben ik toch een bofkont.'

30

HOE HET HIER IN HOLLYWOOD ALLEMAAL IN ZIJN WERK GAAT

'Wil je groene of rode saus op je burrito, lief?' vroeg Luke, terwijl hij in de papieren zak van Tacos Por Favor tuurde.

'Maakt niet uit,' zei Kate. Ze zat op zijn bank een oude recensie in *Rolling Stone* van Rihanna's *Talk That Talk* te lezen, dat schijnbaar 'verreweg haar meest obscene cd' was. En hoewel Kate zichzelf helemaal niet preuts vond, was ze toch een beetje geschokt door de geciteerde songteksten. Haar eigen nummers leken daarbij vergeleken allemaal gecensureerd.

'O, vooruit, rood of groen?' zei hij vleiend.

Ze sloeg de bladzijde om. 'Smaken ze niet zo'n beetje hetzelfde?'

'Nou, in de ene zitten *tomatillos* en in de andere tomaten,' zei Luke. 'Dus, nee, niet echt.'

'Maakt niet uit. Kies jij maar,' zei Kate. Ze begon een artikel te lezen over het ter ziele gaan van Sonic Youth.

Luke kwam de kamer binnen met haar burrito op een bord en twee kleine cupjes met salsa. 'Wat is er?' vroeg hij. 'Je lijkt een beetje down.'

Ze keek hem aan. Hij was zo knap; zijn bruine haar was lichter geworden door de zon en ze had nog nooit zulke mooie groene ogen gezien. Zijn gezicht was open, verwachtingsvol. Ze zag dat hij niet wilde dat ze zich rot voelde.

Maar dat was wél zo. Ze was kwaad op hem omdat hij haar in zo'n rotpositie had gebracht. Wie wilde er nu de geheime vriendin van een filmster zijn? Het was geen punt geweest toen het hún geheim was en alleen zij tweeën ervan wisten. Maar nu waren er agenten en publiciteitsmensen en roddelbladen – en Madison – bij betrokken en was het op de een of andere manier veranderd, alsof Kate Lukes schunnige geheim was. Ze wilde hem ermee confronteren, maar durfde dat niet zo goed – ze was geen confronterend type. Bovendien wilde ze ergens gewoon dat hij haar in zijn armen nam en alles zou oplossen. Dat hij er op de een of andere manier voor zou zorgen dat het allemaal goed zou komen.

Ze haalde haar schouders op. 'Ik ben gewoon moe,' zei ze. 'Zenuwachtig voor de première.' Ze vroeg zich af of Luke van plan was om daar ook te zijn. Zou hij met Carmen gaan? Want dat zou het pas écht erg maken.

Hij ging op de poef naast haar zitten en sloeg zijn hand om haar smalle enkel. 'Het is dat gedoe met Carmen, hè?' zei hij.

Eindelijk keek ze hem aan. 'Ja,' zei ze. 'Het is… veel vervelender dan ik gedacht had.'

Lukes hand om haar been was warm en teder. 'Je bent toch niet jaloers, hè? Want er is niets om jaloers op te zijn.'

'Nee, ik ben niet jaloers. Ik weet niet wat ik ben. Maar ik weet wel dat het niet goed voelt dat ik alleen jouw vriendin mag zijn in de beslotenheid van jouw huis.'

Luke zuchtte. 'Hier hebben we het al over gehad,' zei hij. 'Ik sta gewoon op het punt om door te breken. Misschien klink ik wel als een verwaande klootzak, maar het is gewoon zo. Alles waarvoor ik gewerkt heb, ligt binnen handbereik. Ik wil het niet verpesten.' Hij streek met zijn hand over haar scheenbeen en ze huiverde. 'En aangezien ik zelf niet weet hoe het hier in Hollywood allemaal in zijn werk gaat, luister ik naar mensen die dat wel weten.'

'Het is gewoon klote,' zei Kate.

'Het spijt me, Kate,' zei hij. 'Ik weet dat het klote is. Ik bedoel, het is voor mij ook klote.'

Kate plukte aan een levenloze varen op Lukes vensterbank, terwijl ze bedacht dat het voor hem lang niet zo klote kon zijn als voor haar. 'Komt het omdat ik onbekend ben? Of omdat ik op het punt sta bekend te worden, maar dan wel op een gebied dat slecht is voor jouw imago?' vroeg ze. Want ze snapte dat ze – los van de felicitaties van oude vrienden op Facebook – nog grotendeels een nobody was. Na de première van woensdag zou ze echter het meisje uit *The Fame Game* zijn. Het meisje dat alle andere meisjes die opgroeiden in het Midwesten en droomden van beroemd worden, zouden willen zijn.

Haar leven zou in één klap veranderen, dat besefte ze heel goed. Binnen de kortste keren zouden de camera's van PopTV het onderspit delven tegen de honderden anderen die opnames van haar maakten: paparazzi die op de loer lagen, verslaggevers van TMZ die elke beweging van haar vast wilden leggen op video's, fans die kiekjes maakten met hun iPhones. Mensen zouden om haar handtekening vragen. Ze zouden haar willen aanraken om er zeker van te zijn dat ze echt was.

Luke slaakte een zucht. 'Het heeft niets met jou te maken,' zei hij. 'Het gaat om wat goed is voor de film, en voor mijn carrière. Ik heb al eerder op het punt gestaan om door te breken en toen is door één misstap het hele kaartenhuis ingestort. En daar had ik helemaal geen invloed op. Dat was het dieptepunt van mijn carrière, van mijn leven; het was erger dan toen ik een werkloze acteur was, omdat ik er zó dichtbij was geweest. Dat wil ik niet nog eens meemaken. Dat begrijp je toch wel?'

Ja, dat begreep Kate. Opeens begreep ze het helemaal. Ze wilde het niet, maar het was wel zo. 'Jawel. Een carrière is voor jou belangrijker dan jouw gevoelens voor mij. En daardoor ben je anders dan ik dacht.' Ze duwde haar onaangeraakte lunch opzij en stond op.

'Dat is niet waar,' zei Luke, terwijl hij zijn hand naar haar uitstak.

Ze liet hem haar roerloze vingers vastpakken. 'Ik ben naar L.A. gekomen omdat ik mijn droom wilde verwezenlijken. Ik dacht niet aan roem of geld of wat dan ook – ik dacht alleen aan muziek maken. Zo dacht jij er toch ook over? Over acteren?'

'Natuurlijk,' zei Luke. 'En dat doe ik nog steeds. Ik acteer omdat ik het heerlijk vind, niet omdat ik een mooier huis of een grotere motor wil.'

'Dus je vindt het ook heerlijk om net te doen alsof Carmen je vriendin is? Is dat het waard?' vroeg ze kwaad.

'Dat is niet eerlijk,' zei Luke, die nu ook was opgestaan. 'Het is een stap in mijn carrière, Kate. En jij bent echt niet zo naïef dat je dat niet beseft.' Hij wilde haar in zijn armen nemen, en hoewel Kate niets liever wilde, duwde ze hem van zich af.

'Weet je wat niet eerlijk is? Dat jij me zo behandelt,' zei ze zacht. 'Je zult moeten kiezen: vertoon je in het openbaar met me of helemaal niet.'

Ze voelde de adem stokken in haar keel. Ze was helemaal niet van plan geweest dit ultimatum te stellen. Maar ze had het wel gedaan, en ze zette zich schrap voor wat hij zou gaan zeggen.

Maar hij zei helemaal niets. Hij staarde in haar ogen en boog zich toen naar haar toe. Zijn lippen voelden warm en zacht op de hare. 'O, Kate,' fluisterde hij. 'Ik vind je leuk. Heel leuk. Waarom doe je zo?'

Ze kuste hem terug; ze verlangde verschrikkelijk naar hem. 'Wat gaat het worden, Luke?' vroeg ze, terwijl ze de tranen in haar ooghoeken voelde, omdat ze al wist wat hij zou antwoorden, maar toch hoopte dat ze het mis had.

Toen hij niets zei, wist Kate genoeg. Ze draaide zich om en liep zijn huis uit, terwijl de tranen over haar gezicht stroomden.

31

DIKKE VRIENDINNEN

Het was echt propvol in de limo, merkte Carmen enigszins geïrriteerd. De cameraman van PopTV was waarschijnlijk bijna twee meter en Drew was bijna net zo lang; en dan was Fawn er ook nog met haar bizar lange sleep en haar eigen videocamera, die ze de hele tijd op Carmens gezicht gericht hield.

En Luke, die amper een woord had gezegd sinds Drew op niet al te subtiele wijze kenbaar had gemaakt dat hij bij Team Kate hoorde en vond dat Luke een *douchebag* was (voor het oog van de camera – Carmen had Drew er per-ongeluk-expres een schop voor gegeven). Carmen had gehoopt dat het ritje in de limo naar de première haar zou kalmeren, maar tot dusver was het omgekeerde het geval.

'Carmen Curtis, je ziet er fantastisch uit vanavond. Vertel me, wie draag je?' vroeg Fawn, die net deed of ze een van de tientallen verslaggevers was die langs de rode loper stonden.

'Effe dimmen, Fawn,' zei Carmen. Ze draaide zich om en keek uit het raampje, in de hoop dat Fawn haar even met rust zou laten. Ze droeg een Nina Ricci, en dat wist Fawn best. Maar goed, gelukkig was Fawn wel opgehouden om Luke steeds 'dingen in het Australisch' te laten zeggen.

Carmen keek naar de voorbijglijdende winkelpuien aan Wilshire Boulevard; hun etalages fonkelden in de late middagzon. Ze wist wat ze de komende uren kon verwachten – ze had haar portie rode-loper-evenementen ruimschoots gehad. Alleen was ze nog nooit de hoofdattractie geweest en ze wist niet wat ze daarvan moest denken. Zou het geweldig zijn? Of gewoon bizar? Ze keek naar Luke, die zich zo te zien niet echt lekker voelde, en dacht: alleen maar bizar. Zeker weten.

'Pepermuntje?' Drew hield haar een rolletje voor, dat in elke limo die ze ooit genomen had leek te wonen.

Ze draaide zich naar hem toe en glimlachte zwakjes. Hij droeg een smoking, maar geen strikje, en omdat zijn tatoeages bedekt waren, zag hij er voor zijn doen uiterst bekakt en conventioneel uit. 'Nee, dank je,' zei ze, terwijl ze toekeek hoe hij er een uit haalde en in zijn mond stopte.

'Dan niet,' zei hij. 'Fawn? Dokter Rose?'

Luke schudde zijn hoofd en dat gold ook voor Fawn. 'O, ik eet geen suiker. Nooit. En ook geen brood of zuivel. En zelden zout of vlees.'

'Ze doet een of ander dieet dat Aja schijnt te volgen,' legde Carmen uit.

'Ik hoop dat ze er vanavond is,' zei Fawn opgetogen. 'Je hebt jouw publiciteitsagente de hare laten bellen, toch?'

'Ja, hoor,' loog Carmen. 'Natuurlijk.' Ze had een paar maanden geleden een fotoshoot gehad met Aja en toen hadden ze leuk gepraat – maar dat was het wel. Ze had haar niet laten bellen.

'We zijn er bijna,' zei Drew, die nog een pepermuntje in zijn mond stak.

Hun chauffeur was stapvoets gaan rijden vanwege de onvermijdelijke opstopping. Alle limo's voor hen stopten en openden hun portieren om Hollywoodsterren en -sterretjes gekleed in hun fonkelende feestjurken te onthullen.

Carmen haalde diep adem. Nu begon het allemaal. Dit was haar avond. Kon ze er maar van genieten.

Haar ouders kwamen later, na de rode loper; haar vader wilde niet gefilmd worden door PopTV en haar moeder wilde niet het risico lopen het gras voor haar voeten weg te maaien. En op een bepaalde manier voelde dat als een opluchting. Dit was haar eerste echte stap naar onafhankelijkheid, haar beste kans om onder hun grote, succesvolle schaduwen uit te komen. Het zou raar zijn om samen met hen langs de pers te lopen. Ze moest het in haar eentje doen.

Nou ja, niet helemáál in haar eentje. Toen de chauffeur haar portier opendeed, zag ze haar tegenspeelsters al lachend en zwaaiend naar de menigte aan het begin van de rode loper staan.

Ze maakte oogcontact met Luke en hij knikte even, waarna hij het portier opende om haar uit de auto te helpen. 'Ik zie jullie binnen,' zei ze tegen Drew en Fawn. Toen pakte ze Lukes hand en stapte het trottoir op. Het plan was om hand in hand naar de plek te lopen waar haar tegenspeelsters stonden, waarna Luke zich uit de voeten zou maken. Ze voelde zich nu beroerd door dat plan.

Kate begroette haar met een lege glimlach en Carmen zou graag even in haar hand willen knijpen. Kate had haar gebeld om te vertellen wat er tussen haar en Luke was gebeurd, en Carmen was meteen naar haar appartement gereden om haar te troosten. Ze had zelfs haar rodeloperdieet links laten liggen om samen met Kate een bak Ben & Jerry's leeg te lepelen. Want uiterlijk was belangrijk, maar niet zo belangrijk als vrienden. Maar toen Kate aan Carmen had gevraagd of ze met Luke naar de première ging en Carmen dat beaamde, was het net of alles tussen hen was veranderd. Carmen vond niet dat ze iets verkeerds had gedaan, maar begon nu het gevoel te krijgen dat dat wel zo was.

En nu moesten ze samen glimlachend over de rode loper.

De flitsende camera's waren net stroboscooplampen in een disco. Carmen en Kate poseerden met hun armen om elkaar heen, terwijl er steeds meer auto's voorreden en steeds meer rijke beroemdheden uitstapten. Ook al was ze in gedachten ergens anders, Carmen draaide zich bewust zijdelings naar de fotografen, met haar linkervoet vóór haar rechter. Ze richtte haar linkertenen naar de camera's en verplaatste haar gewicht naar haar achterste voet. (En dat allemaal om tegenwicht te bieden aan de kilo's die camera's toevoegden.)

Ze wierp een blik op Gaby, die een LBD met één blote schouder droeg, die er een beetje uitzag alsof het van een vuilniszak was gemaakt. Maar ze kon het bijna hebben en ze was zo te zien heel blij met alle aandacht. Op een bepaalde manier waren dit Gaby's beste momenten: als ze alleen maar glimlachte en mooi hoefde te zijn, en niet gevraagd werd ergens over na te denken.

Even later verscheen Madison – uiteraard arriveerde zij als laatste – en zelfs Carmen moest toegeven dat ze er oogverblindend uitzag in haar donkerblauwe kokerjurk. Ook droeg ze de schitterendste diamanten ketting die Carmen ooit had gezien. Achter haar liepen Sophia, gehuld in iets wat blijkbaar een turkooizen sari moest voorstellen, en Charlie Wardell, die zo te zien nog liever terugging naar de gevangenis dan dat hij één stap op de rode loper zou zetten. Madison poseerde even met hen en omhelsde hen toen allebei met veel vertoon, waarna ze zich bij de andere drie meiden voegde en naast Kate ging staan.

Samen stonden ze daar eensgezind te lachen, alsof ze dikke vriendinnen waren.

'Waar is je partner, Carmen?' vroeg Madison tussen haar parelwitte tanden door. 'Was hij dubbel geboekt?'

Wat bedoelde ze daar nou verdomme weer mee? Had Kate Madison de waarheid verteld over Luke?

Even later verscheen Laurel om hen in de richting van het Hammer Museum aan het andere eind van de rode loper te begeleiden, waar het feest al in volle gang was. Carmen bleef staan om met verschillende verslaggevers te praten ('Vertel eens iets over je nieuwe minnaar!', 'Hoe is het om samen te werken met Madison Parker?') en haar antwoorden waren minzaam en vaag ('Hij is een geweldige man en ik verheug me enorm op de samenwerking met hem', 'Ze is me er eentje; ga zelf maar kijken…'). De camera's klikten aan één stuk door.

Alles verliep gladjes – maar ze bleef het gevoel houden dat er iets niet klopte. Dit was haar leven, maar zo voelde het niet echt. Reality-tv, besefte ze, maakte alles net iets té onwerkelijk.

Boven hen werd de lucht donkerder en de lichten van het museum glansden uitnodigend. Carmens zenuwen waren verdwenen. Dan was Kate maar kwaad op haar. Dan wist Madison het maar van Luke. Carmen moest eens ophouden zich zorgen te maken over alle anderen en zich zorgen gaan maken over Carmen. Ze had de touwtjes in handen. Haar ogen waren wijd open, precies zoals haar vader al die weken geleden had gezegd.

32

DE GEBOORTE VAN EEN STER

De tuin van het Hammer Museum leek wel een sprookje, dacht Kate. Papieren lampionnen hingen als stralende, veelkleurige manen boven tafels, die versierd waren met bossen lelies en rozen. Obers liepen af en aan met dienbladen vol champagne en hapjes. Ergens kwam muziek vandaan, maar die werd nu al overstemd door het gelach en de vele gesprekken.

Ze pakte een glas champagne en nam een klein slokje (van de avond dat ze naar Gaby's interview hadden gekeken of, beter gezegd, van de ochtend daarna, had ze geleerd dat het niet zo goed was om er te veel van te nemen). Het was haar gelukt om langs de pers te lopen zonder te struikelen over haar hoge hakken of iets stoms te zeggen tegen een verslaggever van *E!*, en nu kon ze even ontspannen voordat de show echt begon.

O, wie hield ze nou voor de gek: ze moest zo haar liedje zingen voor deze menigte! Ontspanning zat er vanavond echt niet in.

Gaby en haar partner – Trey? Jay? Kate wist het niet meer – bleven dicht bij haar in de buurt. Ze hadden de limo naar het museum gedeeld, waardoor Kate ruim de tijd had gehad om Treys (of Jays) nieuwe tatoeage te bewonderen (een Chinese draak op zijn kuit nota bene) én alles te leren over de verschillende haarproducten die hij gebruikte om te zorgen dat zijn haar er continu nat uitzag. Ze dwong zichzelf om niet aan Luke te denken, aan hoe ze, als hij bij haar was geweest, achteraf grappen gemaakt zouden hebben over deze gast... Waardoor ze natuurlijk wél aan Luke dacht. Luke die met Carmen zou komen; daarom was Kate met Gaby gegaan. Ze wist dat ze niet kwaad moest zijn op Carmen – haar vriendin had feitelijk niets verkeerd gedaan – maar ze kon het niet helpen: ze voelde zich vreemd in haar buurt.

Gaby's bijdrage aan het gesprek was een lange jubelkritiek geweest over de droogshampoo van Oscar Blandi, evenals het steeds terugkerende gemijmer over welke beroemdheden er vanavond zouden zijn. Gaby had dan misschien niet zo veel met spelling, maar ze had een olifantengeheugen wat betreft de gastenlijst van beroemdheden.

Kate had een beetje spijt dat ze geen boek had meegenomen. Of erop had gestaan dat haar moeder en zus waren overgevlogen. Gelukkig liep Natalie hier wel ergens rond. Kate had de uitnodigingen aan haar gegeven en Natalie stond ongetwijfeld ergens in het gebouw in een verbijsterende jurk die ze zelf had gemaakt.

Nu Kate er eenmaal was, voelde ze zich een beetje draaierig. Ze had geen idee wat ze van dit feest moest verwachten, maar voor zover ze kon zien, had PopTV alles uit de kast getrokken.

Zij had ook alles uit de kast getrokken. Ze had er nog nooit zo uitgezien. Haar jurk was van grijze zijde, met een diepe V-hals en een split aan de zijkant. Hij was zo licht en glad dat hij als water op haar huid voelde. Haar make-up was door een professional aangebracht en haar haar was gevlochten en opgestoken.

Een groot deel van haar uiterlijk dankte ze aan Madison, die haar gisteren had helpen kiezen nadat Kate klaar was geweest met de repetities voor haar optreden. (Ze had er dit keer een band bij – en wat maakte het uit dat Trevor die had opgedragen 'het nummer op te peppen'? Ze had een professionele band achter zich!) Uiteraard waren de camera's van PopTV er ook bij geweest, zodat ze Madisons advies voor het 'slanker maken van het silhouet', het 'verlengen van de hals' en het 'accentueren van de welvingen die je hebt' vast hadden kunnen leggen. Kate had niet echt geluisterd naar de verschillende monologen van Madison, maar ze had zich opeens wel gerealiseerd dat Madison het vast miste om geen eigen make-overprogramma meer te hebben: ze leek er erg goed in te zijn.

Terwijl Madison haar verschillende jurken had laten passen, had Kate teruggedacht aan de laatste keer dat ze elkaar hadden gezien, toen Gaby haar oorbellen kwijt was en Madison haar een nobody had genoemd. Ze wist dat Madison was opgekomen voor haar vader – dat ze daarom zo had uitgehaald – maar was dat een excuus? Kate moest bekennen dat het haar nog steeds dwarszat. Ze was echter te zenuwachtig om erover te beginnen. Ze hoopte dat ze het konden vergeven en vergeten zonder er verder nog over te praten.

'Ja, dit is 'm,' had Madison gezegd toen Kate de Halston Heritagejurk had gepast die ze nu droeg. 'Hij is prachtig gesneden en de kleur past geweldig bij je huid. Bovendien maakt hij je minstens tien centimeter langer.'

'Eh… komt dat niet door de hakken?' had Kate gevraagd, terwijl ze haar leren pumps met open teen onder de zoom van de jurk uitstak. Ze had nog nooit zulke hoge hakken gedragen en ze was dus echt bang dat ze een enkel zou breken.

Madison had haar hoofd geschud. 'Hakken geven extra lengte, maar dat doet de snit van een jurk ook.'

'Dus ik zie er in totaal... zeg twintig centimeter langer uit?' had Kate gevraagd. Het was bedoeld als een grapje, maar Madison lachte niet.

Toen de cameraploeg klaar was, had Madison zich abrupt omgedraaid om te vertrekken en Kate had beseft dat ze iets moest zeggen om de lucht te klaren. Ze wilde Madison niet als vijand. Dat leek om allerlei redenen een slecht idee.

'Wacht even,' had Kate geroepen. 'Ik zie dat je nog steeds kwaad bent om dat gedoe van laatst. En daar wil ik nog even mijn excuses voor aanbieden.'

Madison had zich omgedraaid en een wenkbrauw opgetrokken, in afwachting van wat Kate verder zou zeggen.

'Het was niet eerlijk van ons om je vader erbij te halen. Jij kent hem, Madison, en wij niet. Als jij zegt dat je je vader vertrouwt, dan heb je daar natuurlijk alle recht toe. Ik heb echt spijt van wat ik gezegd heb.' Ze lachte verlegen. 'Vrienden?'

Madison was bij de deur blijven staan en had haar even aangekeken, alsof ze nadacht of ze al dan niet door zou lopen. Maar dat deed ze niet: ze glimlachte. 'Vrienden,' had ze gezegd.

Nu stond Madison bij het podium haar vader aan een van de bazen van PopTV voor te stellen. Sophia (ook al had Madison tegen Kate gezegd dat haar zus Sophie heette, Kate noemde haar in gedachten nog steeds Sophia – ze noemde Madison tenslotte ook geen Madelyn) stond op de achtergrond te glimlachen en liefde uit te stralen. (Kate kon niet anders dan zich afvragen hoe lang dat zou duren – ze had Sophia in *L.A. Candy* gezien en wat haar betrof veranderden mensen niet. Niet zó veel, in ieder geval.)

Kate voelde dat iemand op haar schouder tikte. Ze draaide zich om en zag Carmens vriendin Fawn, die ze een paar keer had ontmoet.

'O mijn god, wat zie je er geweldig uit!' zei Fawn, terwijl ze haar enthousiast omhelsde.

'Dank je,' zei Kate, ietwat uit het veld geslagen. Fawn had nog nooit meer dan tien woorden tegen haar gezegd.

'Het is echt cool dat je ondanks alles niet moeilijk doet over dat gedoe met Carmen en Luke,' zei Fawn.

Waar hád ze het in godsnaam over? 'Ondanks wat?'

'Je weet wel, dat ze gezoend hebben voordat jullie elkaar leerden kennen.'

Al die weken waarin er camera's op haar gericht waren geweest, moesten uiteindelijk toch effect op Kate gehad hebben, want ze vertrok amper een spier, ook al dacht ze: What. The. Fuck?!

'Kate!' schreeuwde een stem. Kate zag Laurel, gekleed in een nauwsluitend rood jurkje en voor één keer eens zonder haar reismok met koffie, naar haar toe snellen.

'Eh… ik moet gaan,' zei ze tegen Fawn. 'Maar ik zie je vast straks nog wel!' Kate hoopte haar nooit meer te zien. Ze wendde zich tot Laurel.

'Ben je klaar, Kate? Over vijf minuten moet je op.'

Kate voelde haar maag loodzwaar worden. 'Nee?' piepte ze.

Laurel pakte met lange koude vingers haar arm vast. 'Ik ben ook zenuwachtig,' zei ze. 'Maar het wordt echt geweldig. Oké? Luister, Trevor zal jou eerst aankondigen en dan ga jij je nummer zingen.'

Kates ontzetting en woede maakten opeens plaats voor hevige paniek: waar was Lucinda? Maar toen herinnerde ze zich dat haar gitaar en alle andere instrumenten al op het podium waren. (Voor het eerst in haar leven had een roadie met haar gitaar en versterker lopen slepen

– op een bepaalde manier kreeg ze daardoor het gevoel dat ze al door-gebroken was.)

Het was zo bizar geweest, dat telefoontje van Trevor pasgeleden. Ten eerste had hij haar nog nooit gebeld, terwijl Madison het deed voor-komen of hij haar elke avond belde om haar in slaap te sussen met een mooi verhaaltje uit haar favoriete roddelblad. En ten tweede had hij haar verteld dat Mike van Swing House hem het liedje had gestuurd en dat hij het wilde gebruiken als de openingsmuziek voor de serie.

'Volgende week zingen meisjes in het hele land *Starstruck* op weg naar school,' had Trevor gezegd nadat hij haar verteld had dat hij een koerier zou sturen met een contract dat ze moest tekenen. 'Het wordt je eerste hit. Had ik al verteld dat je het vanaf vanavond al kunt downloa-den op iTunes? Jawel, dat heb ik al geregeld.'

Kate had gewoon niet geweten wat ze moest zeggen. Toen ze de uit-eindelijke versie voor het eerst hoorde, had ze niet kunnen geloven dat het haar nummer was. Het leek in de verste verte niet op wat zij zelf had opgenomen. Mike had een van haar ukelelestukjes erdoorheen ge-mixt en wat drums toegevoegd, waardoor het net zo lekker klonk als in Kates hoofd. En bovendien had hij in het refrein een van haar grap-jes gebruikt, over 'klaar zijn voor het spel'. In eerste instantie had Kate zich eraan geërgerd, maar vervolgens had ze zich gerealiseerd dat het nummer daardoor beter geschikt was voor de opening van het pro-gramma.

Laurel pakte haar arm steviger vast. 'Maak je geen zorgen, je gaat ze verpletteren. Daarna komen de andere meiden ook op het podi-um. Jullie stellen elkaar voor en kondigen de eerste aflevering aan. Begrepen?'

Kate knikte. Ze staarde naar het podium en zag zichzelf er al beter zingen en spelen dan ze ooit gedaan had. Maar ze dacht ook aan alle YouTube-video's die Ethan haar het afgelopen half jaar had gestuurd: die van die gast die auditie deed bij *American Idol* en wiens enige talent was dat hij een noot zo lang kon aanhouden dat alle juryleden de hele tijd op hun horloge keken. Of die van dat jochie dat *Happy Birthday* probeerde te zingen op *Good Morning America*, maar begon te hyperventileren en in plaats daarvan flauwviel. Dat wilde ze dus zó ontzettend niet. Maar haar vingers voelden stijf en haar keel was dichtgeknepen door de zorgen. En ook haar hart was er niet al te best aan toe. Lag dat meer aan Lukes verraad of dat van Carmen? Ze twijfelde.

'Echt hoor, je gaat spetteren,' zei Laurel.

Kate knikte, terwijl ze naar het podium bleef staren.

Even later verscheen Trevor daar. Hij zag er gelikt en imponerend uit in zijn krijtstreeppak en een platina Rolex die minstens één pond moest wegen. Hij pakte glimlachend de microfoon en de menigte verstomde meteen.

'Goedenavond, dames en heren... en agenten,' zei hij. Er steeg een beleefd gelach op. 'Het is mij een eer u te mogen verwelkomen op de première van PopTV's volgende succesprogramma: *The Fame Game*. Voordat we de eerste aflevering laten zien, vraag ik onze nieuwste ster, Kate Hayes, op het podium plaats te nemen.' Hij glimlachte in Kates richting en haar maag leek nu ergens tussen haar knieën te hangen. 'U bent allen al een half uur met haar in deze ruimte, en ze is u waarschijnlijk niet eens opgevallen.'

Wauw, bedankt, dacht Kate.

'Misschien hebt u gedacht: o, wat een knap roodharig meisje is dat; in welke politieserie zou ze een bijrol hebben gespeeld? Maar dames en heren, vanavond bent u getuige van de geboorte van een ster. Het begint vanavond en gaat het hele seizoen door. Dames en heren, hier is… Kate Hayes!'

Alle ogen in de ruimte waren op Kate gericht, terwijl ze het trapje naar het podium op liep. Bij elke stap verhardden de pijn en verwarring tot iets wat leek op vastbeslotenheid: ze zou hen allemaal versteld doen staan. Ze was niet langer Kate Hayes, het meisje van de YouTube-video. Het meisje dat niet goed genoeg was voor Luke. Luke kon de klere krijgen. Zodra ze op de aangegeven plek stond, werd ze verblind door de spotlichten en veranderde de menigte in een donkere vlek. Ze pakte Lucinda en ging op de kruk midden op het podium zitten. Achter haar namen de achtergrondmuzikanten stilletjes hun plaatsen in.

Ze haalde diep adem; ze mocht zich niet verslikken! Ze probeerde zich voor stellen dat ze op haar kamer in Columbus zat en dat Ethan met zijn videocamera de enige was die naar haar keek. Alles was toen zo'n stuk simpeler geweest, dacht ze.

Simpeler, maar ook een stuk minder opwindend.

Ze sloot haar ogen en voelde hoe haar vingers de snaren van haar gitaar aanraakten. Daar gaat-ie dan, dacht ze.

33

LEEG

Normaal sliep Madison nooit uit – ze had elke ochtend om acht uur een afspraak met haar trainer – maar de ochtend na de première werd ze pas om negen uur wakker. En toen bleef ze nog een half uur in bed liggen, voldaan over haar leven, dat lang zo slecht niet was. Voor het raam zag ze de knalrode rozenstruiken die Charlie elke dag water gaf. Ze was blij dat ze dit huis voor hem had gekozen in plaats van een hip appartement in de Marina; hij vond het zo heerlijk om een tuin te hebben.

Madison strekte zich loom uit onder de Donna Karan-lakens. Het was gisteravond bijna net zo goed gegaan als ze gehoopt had. Ze had er oogverblindend uitgezien en ze wist dat als ze haar computer aanzette, er honderden foto's van haar op de blogs en boulevardsites zouden staan (*Madison overdondert in donkerblauw!, Madison schittert in Luxe Paris!*). Haar gezicht deed pijn van het glimlachen en haar rechterhand was nog steeds stijf van alle handtekeningen die ze had moeten zetten.

De reacties op het programma waren unaniem positief geweest, en na afloop was ze bestormd door mensen die haar wilden feliciteren, onder wie een baas van PopTV Films en een acteur uit een van de HBO-series die Madison altijd een lekker ding had gevonden. Hij had haar nummer gevraagd en beloofd haar volgende week te bellen als hij terug was uit Cabo, waar hij met een paar vrienden een restaurant zou openen.

Maar het was niet allemáál perfect gegaan. Zo had Carmen meer tekst gekregen toen ze elkaar voorstelden op het podium. Kate had het begin van haar nummer verknald en had weer opnieuw moeten beginnen. (Ze moest die plankenkoorts echt onder controle krijgen als ze ooit wilde doorbreken in de muziekindustrie.) Gaby had er de hele avond op gestaan die debiel achter zich aan te slepen, die Madison maar bleef zeggen dat ze iets moest afspreken met zijn beste vriend, omdat hij gewoon zag dat ze hem 'het einde' zou vinden. Alsof ze ooit gezien zou willen worden met een of andere in Axe gedompelde korpsbal met een Kadettilac en een verzameling Ed Hardy-shirts!

En hoewel Charlie de hele avond gelukzalig had lopen glimlachen, leek hij zich nogal overweldigd te voelen door de camera's en de heisa. Hij was verlegen geweest tegenover de verslaggevers: als hij er niet in was geslaagd hen te vermijden, had hij hun vragen met gemompel beantwoord. Vervolgens had Madison dat dan moeten vertalen: 'Hij zei dat er een droom is uitgekomen nu hij weer bij zijn dochters is! Ja, dit is de eerste keer dat hij in L.A. is en ja, hij vindt het geweldig!'

Sophie was uiteraard het tegenovergestelde van Charlie geweest; ze had geprobeerd elke kans aan te grijpen om zich ten koste van Madison in de kijker te spelen. Blijkbaar was dat zweverige vrede-op-aarde-gedoe van haar verdwenen zodra er pers aan te pas kwam. Hoewel het niet veel had uitgemaakt, want Madison was degene geweest met wie iedereen wilde praten. Ze had als een pro geglimlacht en geflirt en toekomstige verhaallijnen laten doorschemeren, en iedereen had uit haar hand gegeten.

Het enige wat écht erg was – en waar ze niet aan probeerde te denken – was dat Trevor Kates liedje had gekozen als openingstune voor *The Fame Game*. Waarom had hij dat niet eerst met haar overlegd? Het begon allemaal wel weer heel erg Jane Robertsachtig te voelen. Maar misschien dat Sophies geitenwollensokkengedrag een beetje op Madison was overgeslagen, of dat de terugkeer van haar vader haar eraan had herinnerd dat er nog andere dingen in het leven waren behalve roem. Madison wist het niet zeker, maar ze had niet de neiging om Trevor meteen op te bellen en hem de volle laag te geven.

Waarschijnlijk zou ze straks wel van gedachten veranderen. Maar nu ging ze gewoon koffiedrinken in de keuken en een beetje relaxen. Daarna kon ze Trevor de huid vol schelden. Maar voorlopig mocht hij nog even van zijn ochtend genieten.

Langzaam en lui zwaaide ze haar benen uit bed. Ze trok haar badjas aan en besloot om met Charlie te gaan ontbijten. Het moest een feestmaaltijd worden – misschien nam ze zelfs wel een pannenkoek. Ze maakte een staart in haar haar en kwastte snel een klein beetje foundation over haar gezicht. Op weg naar Charlies kamer deed ze ook nog wat lipgloss op.

Zijn deur was dicht, dus ze klopte. Niets. 'Pap?' Ze duwde de deurkruk naar beneden en gluurde naar binnen. Zijn kamer was keurig netjes en zijn opgemaakte bed was leeg. Ze haalde haar schouders op en liep naar de keuken. Charlie was altijd vroeg uit de veren. Hij was waarschijnlijk bagels gaan kopen. Of misschien wel donuts. Hij wist dat ze altijd gek was geweest op donuts, ook al at ze die nooit. Als hij daar nu mee terugkwam, zou ze voor deze ene keer een halve nemen, besloot Madison.

Er stond al een pot koffie klaar en Madison schonk een kop in. Ze voelde net haar maag knorren (misschien nam ze wel een héle donut) toen haar BlackBerry trilde op de keukentafel. Ze wierp een blik op het display: Luxe Paris. Ze zuchtte. Ze wist dat ze de halsketting terug moest brengen, maar ze wilde hem nog even dragen. Zelfs in haar badjas zou ze er nog Oscarwaardig mee uitzien. Ze liet de telefoon op voicemail overgaan.

Na haar eerste kop koffie checkte ze haar voicemail en zag dat de juwelier vanmorgen al drie keer gebeld had. Wauw – het was nog niet eens een halve dag na de première en Luxe Paris belde haar al plat alsof ze de diamanten had gestolen en naar Rio was gevlucht. Hoe durfden ze! Het feit dat zij die halsketting had gedragen, had hun geweldig veel publiciteit opgeleverd, dat wist Madison absoluut zeker. (En de oorbellen ook, maar die waren natuurlijk van haar.) Als ze haar lastig bleven vallen, zou ze de volgende keer naar een wat gerenommeerdere juwelier gaan.

Er was ook een bericht van Trevor. Die wilde haar ongetwijfeld paaien om te zorgen dat ze niet ging klagen.

Ze ging onder de douche, dronk een tweede kop koffie en nam eindelijk de telefoon op toen Luxe Paris weer belde.

'Echt hoor,' zei ze, 'waarom laten jullie een meisje niet uitslapen?'

'Madison Parker?' vroeg een koele, Frans klinkende vrouwenstem aan de andere kant van de lijn.

'Daar spreekt u mee,' zei Madison. 'Vanzelfsprekend.'

'U spreekt met Adele Pinchot van Luxe Paris. Ik ben bang dat we een probleem hebben.'

Madison ging iets rechter zitten; de vrouw klonk niet vriendelijk. 'Wat is er dan?'

'We missen een paar sieraden,' zei Adele. 'We hebben het gisteravond ontdekt. De vermiste sieraden zijn voor het laatst gezien toen u en uw vader…'

'Wacht even,' onderbrak Madison haar. 'Probeert u nu te zeggen dat…'

Maar ook Adele kon onderbreken: 'Ik zeg dat we de beelden van de beveiliging hebben bekeken, en daarop staat een man in een blauw overhemd die een paar oorbellen omhooghoudt en die vervolgens in zijn zak laat glijden.'

Madison stond zo woest op dat ze haar stoel omstootte. 'Een man in een blauw overhemd? Dat kan vijftig procent van de bevolking van L.A. zijn.'

'De ontbrekende oorbellen waren dezelfde als waarmee u gister-avond gefotografeerd bent,' vervolgde Adele.

'Mijn vader heeft die oorbellen gekocht! Op afbetaling!'

'Miss Parker, ik kan u verzekeren dat…'

Maar Madison had al opgehangen. In haar badjas ijsbeerde ze door de woonkamer. Ze wilde dat haar vader nu meteen thuiskwam, zodat ze hem kon vertellen over die gestoorde lui van Luxe Paris. Hoe lang duurde het om een doos donuts te halen? Waarom had ze verdomme nog geen mobiel voor hem gekocht? Dat was het eerste wat ze straks ging doen.

Ze kon zich beter gaan aankleden, dacht ze, dus ze haastte zich naar haar slaapkamer om een spijkerbroek en een sweater met halve mouw-tjes aan te trekken. (Madison Parker zou nóóit in een T-shirt betrapt worden.) Daar, op het nachtkastje, lag de blauwe fluwelen doos van

Luxe. Ze drukte hem tegen haar borst, knuffelde hem bijna – als ze het geld had, zou ze deze ketting vandaag nog kopen, hoewel ze dat hun, na wat er net gebeurd was, eigenlijk niet gunde. Nou, dacht ze, terwijl ze het doosje op bed zette en het deksel optilde, over een poosje heb ik er wél het geld voor en dan koop ik diamanten van Cartier.

En toen leek haar hart stil te staan: ze zag de oorbellen liggen, maar de ketting was weg.

Wáár waren haar diamanten – of, beter gezegd, waar waren de diamanten van Luxe Paris? Ze wist nog dat ze de ketting gisteravond terug had gedaan in de doos toen Charlie en zij waren thuisgekomen en een kopje thee in de keuken hadden gedronken. Madison stopte mooie dingen áltijd terug waar ze hoorden: haar Louboutins lagen genesteld in hun dozen; haar zijden tasjes lagen gewikkeld in vloeipapier op een plank in de kast; en haar japonnen hingen in keurige rijen in gelabelde kledingzakken van canvas.

Madison werd overspoeld door angst; het stroomde als ijs door haar aderen. Ze liep haar badkamer in en keek op de wastafel. Denk na, denk na, denk na! Ze was niet eens aangeschoten geweest toen ze thuiskwam. Sterker nog: ze had helemaal niet gedronken, omdat Charlie dat niet deed en ze solidair wilde zijn.

Ze keek in de badkamerkastjes, zocht in haar slaapkamer, de keuken, overal. 'Pap!' schreeuwde Madison. 'Pap!' Haar stem werd wanhopig. Ze wist dat hij niet thuis was, maar hij móést hier zijn, nu meteen, om haar te kalmeren. Om haar te helpen zoeken. Waar was hij verdomme? Hoe lang duurde het om een doos fucking donuts te kopen?

Ze liep terug naar zijn kamer, en toen zag ze wat ze al eerder had moeten zien: de deur van zijn kast stond op een kier en de hangers waren leeg. Er hing geen nieuw pak, geen kaki broek, geen schoenen, niets.

Ze liet zich op het bed zakken. Ze sloeg haar hand tegen haar wild kloppende hart. Gaby's beschuldiging flitste door haar hoofd. Bijna onbewust belde ze haar zus.

'Heb jij pap gezien?' viel Madison met de deur in huis.

Sophie schraapte haar keel. Ze was duidelijk net wakker. 'Sinds gisteravond? Nee. Jij bent degene die bij hem woont.'

'Hij is er niet.' Madison deed haar ogen dicht en kneep harder in de telefoon. 'Ik moet hem vinden. Nu.'

'Hij is waarschijnlijk gewoon een eindje gaan wandelen of zo,' zei Sophie slaperig. 'Bel me maar als hij boven water is.'

'Nee. Ik kom naar je toe, dus kleed je aan. Ik moet hem vinden en jij gaat me daarbij helpen.' Haar BlackBerry zoemde: Luxe Paris weer. 'Ik meen het, Sophie. Kom als de sodemieter je bed uit. We hebben niet veel tijd.'

34

ZO VERDOMD PAKKEND

Trevor zat in zijn eentje aan een tafel voor vijf op de patio van Chateau Marmont en genoot van de zon, het septemberbriesje en een zeer grote bloody mary. Normaal gesproken bewaarde hij zijn cocktails voor na vijven, maar vandaag had hij iets te vieren. De kijkcijfers van de eerste aflevering van *The Fame Game* waren geweldig geweest – zo geweldig zelfs, dat hij de meisjes vanmorgen had gebeld en uitgenodigd voor een feestlunch. 'Kom in stijl zondigen tegen dat rodeloperdieet,' had hij gezegd. 'De *eggs Benedict* zijn de beste van de stad.'

Ze hadden de kans allemaal met beide handen aangegrepen – allemaal behalve Madison, die haar telefoon niet opnam. Trevor vond dat ietwat vreemd, vooral omdat hij half verwacht had dat ze hem 's morgens vroeg zou bellen om hem op zijn lazer te geven omdat hij Kates liedje als openingstune voor *The Fame Game* had gekozen. Of omdat hij niet vijfenzeventig procent van de eerste aflevering aan haar had gewijd. Of omdat ze te vaak vanaf haar linkerkant was gefilmd (ze gaf de voorkeur aan haar rechterkant). Of vanwege welke andere vermeende kleineringen, schendingen of misstappen dan ook. Madison deed er altijd alles aan om haar voorkeuren en behoeften kenbaar te maken. Haar een zeurkous noemen was nog zacht uitgedrukt. Maar ze was wel een zeurkous die voor publiek zorgde.

Trevor staarde peinzend naar een vagelijk bekend sterretje en haar getatoeëerde vriendje, die in de hoek koffie zaten te drinken. Hij vroeg zich af of Madison al onderweg was naar het restaurant – of ze haar gal spaarde om het recht in zijn gezicht te spuwen. Hij kon er niet mee zitten; hij was het inmiddels wel gewend.

Maar om de een of andere reden betwijfelde hij dat. Madison was milder geworden sinds Charlie er was. Ze was er een complexer personage van geworden, iemand voor wie het publiek echt sympathie kon opbrengen. En dat vond Trevor prima – tot op zekere hoogte. Ze konden natuurlijk niet allemaal de hele tijd aardig tegen elkaar zijn, anders zou hij zijn kijkers sneller verliezen dan je *Jersey Shore* kon zeggen. Nee, hij rekende erop dat Madison genadeloos was. Of dan toch op zijn minst schaamteloos egocentrisch. (Wat was het toch héérlijk dat ze bij gebeurtenissen die ze beneden haar waardigheid achtte de minachting niet helemaal van haar gezicht kon houden; het zag er zo verdomd goed uit op het scherm. Hij moest haar een van de komende weken echt weer eens naar een opening van een nieuwe winkel of een zwembadfeestje sturen…)

Ook dacht hij na over hoe hij de spanning tussen haar en Carmen zou kunnen opvoeren. Als je keek naar het bevoorrechte, gelukkige gezinnetje van Carmen en het arme, gestoorde gezin waar Madison uit kwam, zou je toch denken dat ze natuurlijke vijanden waren. Dus het was verbazingwekkend dat Madison Carmen nog niet naar de keel was gevlogen.

Maar goed, er leek dan wel weer enige wrijving tussen Carmen en Kate te zijn ontstaan. Ze hadden wekenlang dikke maatjes geleken, maar hij had gezien dat er tijdens de première iets gaande was tussen die twee, en hij voelde instinctmatig dat daar wel eens een goed verhaal in zou kunnen zitten. Vooral Kate was van nature vriendelijk; waarom zou zij kwaad zijn op Carmen? Wat dat betreft zou hij wat dieper moeten graven. Dat was een van Trevors grote krachten: hij vond een knopje en drukte erop. Hard, als dat nodig was. Hij lokaliseerde een psychische wond en stak er vervolgens een mes in.

Maar stond dat allemaal uiteindelijk niet ten dienste van zijn meisjes? (En de kijkcijfers, zijn reputatie en zijn eindejaarsbonus enz.?) Als hij won, deden zij dat ook. Kijkcijfers voor hem betekenden aandacht voor hen, en daar waren ze op uit, toch? Uiteindelijk profiteerde iedereen er op zijn eigen manier van.

Hij viste een schijfje limoen uit zijn bloody mary en legde die op de tafel. Ja, hij zou ook wat meer moeten nadenken over Kate Hayes. Grappig dat ze niets gezegd had over haar ziekelijke podiumangst toen ze auditie deed. Het was absoluut een verrassing geweest dat ze er in het begin, voor het oog van al die mensen, zo'n puinhoop van had gemaakt. Hij had even overwogen het podium op te rennen en haar naar de bar te slepen – om haar vervolgens, na drie of vier tequilashots, weer de bühne op te sturen. Maar ze had zich hersteld en had uiteindelijk erg goed gespeeld. En in een bepaald opzicht, dacht hij, had ze door haar fout het publiek nog meer ingepalmd; het applaus was ovationeel geweest. Ja, hij zou haar podiumangst absoluut kunnen gebruiken voor het programma. Misschien kon ze naar een zangcoach. Of een hypnotherapeut? Hij maakte een aantekening in zijn BlackBerry om Laurel de mogelijkheden te laten onderzoeken. Laurel inhuren was absoluut een slimme zet geweest. De meisjes vonden haar veel leuker dan Dana. Laurel was een soort leeftijdgenoot, wat ongetwijfeld betekende dat ze haar meer vertrouwden. Laurel was degene geweest die ervoor had gezorgd dat Kates liedje geschikt was gemaakt voor het programma, door Trevor te wijzen op een van Kates betere tekstfragmenten. En het was ook Laurels suggestie geweest om de titel van het nummer te veranderen van *Lovestruck* in *Starstruck*.

Hij verschoof zijn gedachten vervolgens naar Gaby, die gisteravond op de première weer lekker zichzelf was geweest, hangend aan de arm van een of andere holbewoner van Venice Beach. Ze bevond zich op glad ijs bij *Buzz! News*, was hem verteld; ze scheen vaak te laat te komen en de meeste tijd door te brengen rond de *green room*, op zoek naar beroemdheden. Te oordelen naar haar gefilmde interviews met Lacey Hopkins en Carmen Curtis had Gaby niet echt een stralende toekomst in de sterrenjournalistiek.

Als *Buzz! News* haar zou ontslaan, wat onvermijdelijk was (en wat natuurlijk een prachtige scène voor de show zou opleveren), zou Trevor een andere schnabbel voor haar moeten vinden. Een vriend van een vriend was op zoek naar een co-presentator voor een programma over het nachtleven – iemand die naar clubs en restaurants ging en een paar vragen aan de eigenaars stelde. Dat zou Gaby toch zeker wel kunnen?

Hij zat hierover te peinzen toen hij het stemvolume om hem heen hoorde stijgen. Hij wist het zonder dat hij op hoefde te kijken: zijn meisjes kwamen binnen en dat bleef niet onopgemerkt.

'Dat is die zangeres uit *The Fame Game*,' hoorde Trevor het sterretje tegen haar vriend zeggen. 'Ik vond dat nummer geweldig. *Lovestruck, starstruck, ready for the game*,' zong ze. 'Het is echt superpakkend.'

Trevor glimlachte. Hij overwoog nog een bloody mary te bestellen

– ter verhoging van de feestvreugde. Hij fantaseerde over het grotere kantoor dat hij vast een dezer dagen zou krijgen. En misschien een andere auto. Een Maserati dit keer, misschien?

Toen hij uiteindelijk opkeek, zag hij Kate, Gaby en Carmen glimlachend naar hem toe lopen, terwijl de andere mensen op de patio fluisterden en wezen.

Ja, dacht Trevor, *The Fame Game* was begonnen. En hij had nu al het gevoel dat hij aan de winnende hand was.

35

GEEN VERLIEZERS

Madison en Sophie waren naar Macks Auto Body Shop gereden, waar Charlie 's middags werkte, naar de sportschool waarvoor Madison hem een abonnement had gegeven, naar de Denny's op Wilshire waar hij graag zijn ontbijt haalde, en zelfs naar dat walgelijke motel, waar hij had gewoond voordat hij naar de bungalow was verhuisd. Maar Charlie Wardell was nergens te vinden.

Madisons knokkels waren wit van het knijpen in het stuur van haar Lexus. Sophie zat zwijgend naast haar en kneep in de kristallen hanger aan haar ketting. Op de parkeerplaats van de E-Z Inn stond een gast in een Whitesnake-shirt en met een petje op zijn hoofd naar hen te loeren; zo te zien was hij niet gewend aan zulke schone meisjes met frisse gezichten. Hij trapte zijn sigaret uit en begon toen naar Madisons auto te lopen.

'Eh… ik denk dat we hier weg kunnen gaan,' zei Sophie, die de man vanuit haar ooghoeken in de gaten hield. 'Ik ben niet echt in de stemming voor nieuwe vrienden.'

Madison zette de auto met een ruk in zijn achteruit, maar ze hield haar voet op de rem. 'Begroet het goddelijke in jou dan ineens niet meer het goddelijke in hem?'

'Eh...'

De man kwam dichterbij en in plaats van weg te rijden liet Madison haar raampje naar beneden zoeven. 'Hebt u Charlie Wardell gezien? De man die in die kamer daar woonde?' vroeg ze wijzend.

Hij bleef staan en krabde peinzend aan zijn pens. 'Nee,' zei hij na een poosje. 'Al een tijd niet meer.'

'Bedankt,' zei Madison en ze liet haar raam weer omhoog zoeven, hoewel ze hem nog net hoorde vragen of ze met hem wilde lunchen. 'Even verderop hebben ze taco's voor twee dollar,' riep hij.

Ze reed met piepende banden de parkeerplaats af en scheurde naar de snelweg. Ze kreeg nauwelijks lucht en haar hart stond op ontploffen.

'Waar ga je heen?' vroeg Sophie met een gefronst voorhoofd. 'Moeten we niet, weet ik veel, je stappen nagaan? Misschien ben je hem kwijtgeraakt in het Hammer Museum en heeft een of andere ober...'

Madison tilde een hand op om haar het zwijgen op te leggen. 'Ik ben hem niet verlóren,' zei ze fel. 'Charlie heeft hem gestolen.'

'Dat weet je niet zeker,' zei Sophie. 'Zeg niet zulke rotdingen over papa.'

'Noem hem nóóit meer papa,' siste Madison. 'Die klootzak heeft mijn ketting gestolen. En hij heeft mij gestolen shit cadeau gegeven. En hij heeft Gaby's oorbellen waarschijnlijk ook gejat. En nu is hij weg. De stad uit. Hij heeft niet eens een afscheidsbriefje geschreven. En dat was de vorige keer nét zo, Soph, maar toen was je nog te jong om je dat te kunnen herinneren.'

'Echt Mad, je kunt het helemaal mis hebben. Je hebt hem vast...'

'Hou je kop,' zei Madison met opeengeklemde kaken.

Sophie zweeg. Ze wrong haar handen in haar schoot. 'Het is mijn schuld,' fluisterde ze uiteindelijk. 'Ik heb hem naar je toe gebracht.'

Madison zou het heerlijk hebben gevonden om haar zus de schuld te geven, echt. Sophie had alleen maar problemen veroorzaakt sinds ze in L.A. was komen opdagen. Maar Madison wist nu dat Charlie haar op eigen houtje ook gevonden zou hebben. Sophie was gewoon degene naar wie hij het eerst toe was gegaan. 'Het is jouw schuld niet,' zei ze. Ze sloeg met haar hand op het stuur en vloekte. 'Ik vertrouwde hem ook.'

Maar zelfs nu was er een piepklein deel van haar dat nog steeds in hem geloofde. Hij was niet voorgoed verdwenen; hij had gewoon geprobeerd om de halsketting voor haar terug te brengen naar Luxe Paris en was onderweg verdwaald... Hij had tenslotte koffie voor haar gezet. Welke crimineel stelt zijn ontsnapping nou nog even uit om een pot koffie voor zijn dochter te zetten?

Ze reed terug naar de bungalow met de bloesems en de groene, goed onderhouden tuin. Bij het zien ervan ging haar hart nog sneller en pijnlijker kloppen. Zij had deze plek voor hem gevonden en was bij hem ingetrokken, omdat ze een familie wilde zijn. En ze had gedacht dat hij dat ook wilde.

Hoe had ze zó hoopvol en zó stom kunnen zijn? Ze had zin om het op een gillen te zetten.

Maar dat deed ze niet. Ze stapte gewoon de auto uit en liep het trottoir over. Haar benen voelden als lood. Sophie slofte achter haar aan; haar Birkenstocks klepperden op het beton.

Bij de veranda draaide Madison zich om. 'Ik zou hem alles gegeven hebben,' zei ze half huilend. 'Maar nee hoor, hij moest het zo nodig inpikken en ervandoor gaan.'

'O, Mad,' zei Sophie, terwijl ze haar armen uitstrekte.

Madison duwde ze weg. 'Echt... bedankt voor je hulp en alles. Maar je kunt nu beter gaan.'

Sophie staarde haar met grote blauwe ogen aan. 'Maar ik heb geen auto,' zei ze.

'Ik bel wel een taxi voor je,' zei Madison. 'Ik moet gewoon even alleen zijn.'

Sophie knikte en liep toen naar het bankje bij het hek aan de voorkant van het huis. Madison draaide zich om en liep naar binnen. Daar was het koel en schemerig. Toen ze in het midden van de woonkamer stond, voelde ze tranen over haar wangen stromen. Ze balde en ontspande haar vuisten. Dit kon niet waar zijn – en toch was het zo.

Ze liet zich op de bank zakken en toen zag ze het briefje. Het lag op het bijzettafeltje en was gekrabbeld op de achterkant van een kassabon.

Popje – ik zit in de problemen, maar ik wilde je niet om geld vragen. Dit is de beste manier. Zeg maar dat je de ketting verloren bent. Ze zijn verzekerd. Geen verliezers.
Ik zal altijd van je houden.
Charlie

Ze begroef haar gezicht in haar handen. Dat piepkleine deel dat in zijn onschuld geloofde, kromp ineen en stierf.

Wat moest ze in hemelsnaam doen?

Ze zat een uur lang roerloos op de bank. Ze dacht aan hoe gelukkig Charlie geleken had toen ze met hem naar Luxe Paris was geweest. Ze dacht aan de dag waarop ze een pak waren gaan kopen en ze hem had gevraagd met haar naar de première te gaan. Ze dacht terug aan de dag dat ze naar de Santa Monica Pier waren geweest en hij drie keer mis had geschoten. Ze dacht aan de eenhoorn die hij voor haar gewonnen had toen ze klein was en die nog steeds achter in de la in haar appartement lag. Ze dacht aan de oorbellen die hij voor haar gestolen had. Hij was niet onschuldig en, besefte Madison, hij was niet erg slim. Ik zit in de problemen, had hij geschreven. En al die tijd stroomden de tranen over haar gezicht. Ze hield van hem en ze haatte hem, en ze wist niet welk gevoel sterker was.

Een paar minuten later pakte ze de telefoon. Ze wist wat haar te doen stond. 'Hallo, u spreekt met Madison Parker,' zei ze snuffend.

'Ja,' zei de kille stem van Adele Pinchot.

Madison zette zich schrap voor wat ze moest zeggen. 'Ik heb de oorbellen en die zal ik vandaag terugbrengen. Maar de ketting heb ik niet.'

'Hoe bedoelt u?'

Ze haalde diep adem. 'Die heb ik niet, omdat ik mijn vader die heb laten verkopen voor me. Ik zit in de schulden en ik…'

'Ik vind het nogal moeilijk om dit te geloven,' zei Adele.

Madison kneep haar ogen dicht. 'Het is allemaal mijn schuld. Het was allemaal mijn idee. Ik ben verantwoordelijk. U moet mijn vader erbuiten laten.' Ze kneep zo hard in de telefoon dat haar vingers gevoelloos werden. Ze deed waarschijnlijk het stomste wat ze ooit gedaan had. Ze was doodsbang.

'We hebben uw vader op beeld…'

'Maar ik weet dat u de politie nog niet gebeld hebt, omdat u mij gebeld hebt. En ik zeg u dat het allemaal mijn idee was. Hoort u mij? Alles was mijn idee. Dus als u aangifte doet, dan doet u dat tegen mij.' Ze veegde haar wangen af: de tranen waren opgedroogd.

'Dit is uiterst ongebruikelijk, miss Parker.'

Vertel mij wat, dacht ze. Ze was bezig de grootste stommiteit van haar leven te begaan om een zelfs nog stommere reden: om haar vader te beschermen, die, als hij gepakt werd, ongetwijfeld voor een lange tijd teruggestuurd zou worden naar de gevangenis. Haar kans om ooit nog een vader te hebben zou voorgoed verkeken zijn.

Madison knikte, alsof Adele Pinchot haar kon zien. 'Ik weet het. Maar u moet denken als een Hollywoodspeler. Luister,' zei ze. Haar stem klonk echt stukken zelfverzekerder dan ze zich voelde. 'U vertelt iedereen dat Madison Parker zo dol was op uw juwelen dat ze geprobeerd heeft die te stelen. Dat levert u voor tonnen gratis publiciteit op. Luxe Paris, gloednieuw in L.A. en nu al met grote koppen in de krant! Dat is veel meer waard dan die halsketting. Ik weet hoeveel winst er op sieraden wordt gemaakt: een percentage van minstens honderd procent. U laat mijn vader hier gewoon buiten en ik neem de schuld op me. En dan komt u als stralende overwinnaar uit de bus.' En ik? dacht Madison. Mijn carrière is afgelopen. Geen verliezers? Dat denk jij, Charlie.

Adele Pinchot schraapte haar keel. 'Ik weet niet wat ik moet zeggen, miss Parker.'

'Zeg ja,' drong Madison aan. Ze ging staan en liep naar haar slaap-kamer, waar de oorbellen schitterend afstaken tegen de blauwe zijde van het doosje. Ze streek er met een vingertop zachtjes overheen. 'Als u geen ja zegt, vertel ik aan iedereen die het maar horen wil dat u mij de ketting gegeven hebt en vervolgens hebt geprobeerd die terug te krij-gen. Dan span ik een proces aan wegens contractbreuk.'

'*Pardonnez-moi?*' Adele was van schrik overgegaan op haar moeder-taal.

Madison ging onverstoorbaar verder. 'Het is al eerder gebeurd, weet u. Harry Winston – uw concurrént als juwelier van de sterren – is voor precies hetzelfde aangeklaagd. En toen hebben ze een zeer groot schikkingsbedrag moeten betalen aan een bepaalde Hollywoodactrice. Plus de juridische kosten, die, zoals u ongetwijfeld weet, niet echt voor de poes zijn.'

Adele zweeg en Madison wist dat ze erover nadacht. Net zoals ze wist dat Luxe Paris uiteindelijk akkoord zou gaan met haar voorwaarden.

En dan zou zij, Madison Parker, beschuldigd worden van diefstal. De bladen zouden de dag van hun leven hebben en Trevor zou haar ontslaan (of erger: haar filmen in een gevangenispak), en ze zou haar appartement uit gezet worden, en haar vrienden – de weinige die ze had – zouden haar de rug toekeren.

En ze zou terug bij af zijn. Met niets.

Ze staarde uit het raam, door de roze bougainville die haar uitzicht omlijstte, en zag dat Sophie nog steeds op het bankje zat. Ze moest de taxi weggestuurd hebben. Het zonlicht scheen op haar haar, waardoor het gouddraad leek.

Madison schudde vol ongeloof haar hoofd. Ze kon nu naar buiten lopen en dan zou ze niet alleen zijn. Ze zou uiteindelijk toch niet met lege handen achterblijven. Ze zou een zus hebben.

Terwijl Adele aan de andere kant van de lijn nog steeds nadacht, liep Madison de zon in. Ze tilde haar hand op om naar Sophie te zwaaien. Haar zus draaide zich om en lachte bedroefd.

Madison lachte terug. Ze was belazerd. Majestueus, tot op het bot belazerd. Maar ze was al eerder uit de goot geklommen. Ze wist bijna zeker dat ze dat nog een keer zou kunnen.

Dankwoord

Een speciaal woord van dank aan de verbijsterende mensen die dit boek mogelijk hebben gemaakt… (En omdat ik hen nu al zo vaak bedankt heb, noem ik hier wat dingen waarvoor ik hen nog niet heb bedankt.)

Farrin Jacobs, voor het opofferen van haar tijd, gezondheid, privéleven en gezonde verstand om dit boek met mij te voltooien. En omdat ze de hele dag een feestmuts heeft gedragen toen ik op mijn verjaardag moest werken en ze bij alle drie de maaltijden taart heeft gegeten.

Max Stubblefield, omdat hij zijn kerstkaart aan mij elk jaar eindigt met de woorden: 'Volgend jaar wordt jouw jaar.' Ik heb het gevoel dat 'ons jaar' zo'n twee jaar geleden was, maar ach… Hoe dan ook een gelukkig kerstfeest.

Nicole Perez-Kruger, omdat ze er altijd is om me goede raad te geven… Bijvoorbeeld: 'Als je van plan bent om schandaalfoto's van jezelf te maken, zorg er dan in ieder geval voor dat je gezicht te zien is… of dat je er enorm sexy uitziet.'

Kristin Puttkamer, omdat ze de beste tante Kristin is die mijn puppy maar kan wensen. En voor de miljoenen andere dingen die je voor me doet.

PJ Shapiro, voor het afhandelen van mijn meest nijpende juridische zaken… Zoals het sturen van een agressieve brief aan mijn gestoorde buurman, die de hele tijd mijn tuin insluipt.

Dave Del Sesto, voor het verstoppen van mijn geld, zodat ik het niet allemaal aan schoenen uitgeef.

Emily Chenoweth, wier bijdrage aan dit boek van onschatbare waarde was. Zonder jou had ik het niet kunnen schrijven.

Matthew Elblonk, die ik best wil bedanken, maar ik heb twee weken niet geslapen om de deadline te halen en jij bent degene die me hiertoe hebt overgehaald. Ik zal je na de publicatie een mooie bedankkaart sturen.

Een speciaal woord van dank voor Maggie Marr, Sasha Illingworth en Howard Huang, evenals het team van HarperCollins: Melinda Weigel, Catherine Wallace, Christina Colangelo, Sandee Roston, Gwen Morton, Josh Weiss, Tom Forget, Sarah Nichole Kaufman, Lauren Flower en Megan Sugrue.

En, zoals altijd, een enorm woord van dank voor mijn vrienden en familieleden. Jullie steun (en, eerlijk gezegd, het feit dat jullie het met me uithouden) betekent ontzettend veel voor me; ik zou niet weten wat ik zonder jullie zou moeten.

LAUREN
CONRAD

Lauren Conrad is geboren in 1986 in Laguna Beach, California. Ze is de auteur van de boeken *L.A.Candy*, *Sweet Little Lies*, *Sugar & Spice* en ze heeft ook haar eigen style guide, *Style* geschreven.

Ze weet waar ze over schrijft. Ze werd wereldberoemd door haar optredens in *Laguna Beach* en later in de succesvolle MTV-realityserie *The Hills*. Na seizoen 5 is ze gestopt met de realityserie omdat ze graag meer privacy wilde. Inmiddels is Lauren ook modeontwerpster, model en schrijfster. Ze heeft haar eigen kledinglijn ontworpen voor Kohls, de Lauren Conrad Collection, en heeft sinds begin 2011 zelfs haar eigen modelabel, Paper Crown. De filmrechten van *L.A. Candy* zijn gekocht door een Amerikaanse filmproductiemaatschappij. Conrad wordt zelf uitvoerend producent van de film met haar bedrijf Blue Eyed Girl Productions.

www.laurenconrad.com

Foto: Steve Erie

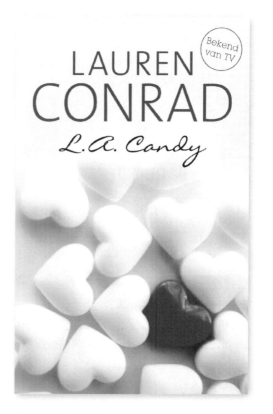

LAUREN
CONRAD

L.A. Candy

Bekend
van TV

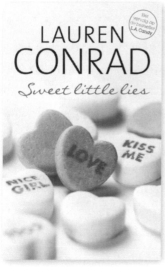

LAUREN
CONRAD

Sweet little lies

Het
vervolg op
de bestseller
L.A. Candy

LAUREN
CONRAD

Sugar & Spice

Deel 3
in de
L.A. Candy
trilogie

KIJK ALTIJD EERST
OP DE BODEM VAN JE KAST

Jane Roberts leunde tegen haar kaptafel en bestudeerde hoe haar witte zijden nachthemdje afstak tegen haar zongebruinde huid. Haar losse blonde krullen vielen losjes over haar schouders terwijl ze deed alsof ze absoluut niet geïnteresseerd was in de jongen die in haar bed lag.

'Kom 'ns hier. Of moet ik je komen halen?'

Jane glimlachte met haar blik op de grond gericht, maar keek toen op, recht in zijn chocoladebruine ogen. Ze sloop terug naar het bed, kroop over de witte zijden lakens en nestelde zich tegen hem aan.

'Janie, je bent het bijzonderste meisje dat ik ooit heb ontmoet. Ik ben zo verliefd op je, om gek van te worden,' zei hij terwijl hij haar in de ogen keek.

'Echt, Caleb?' Jane glimlachte, boog zich naar hem toe…

…en werd wakker naast een vreemde, zweterige jongen. Een vreemde, zweterige, halfnáákte jongen. Hij rook naar goedkope aftershave, zweetoksels en wiet.

Hij rolde zich slaperig naar haar om. 'Cassandra?'

Jane ging zitten en trok het laken (niet van zijde) om zich heen; niet dat het echt nodig was, want ze droeg haar favoriete babyblauwe Gappyjama, die… nou ja, alles bedekte.

'Wie bén jij?!' schreeuwde ze.

De jongen kromp in elkaar van de hoeveelheid decibellen. Hij wreef in zijn bloeddoorlopen ogen en staarde haar aan. 'Gisteravond was je haar, eh… meer zwart of bruin of zo,' zei hij verward. 'En heel lang. Het zwaaide steeds in m'n gezicht toen we…'

'Oké, zo is het genoeg,' kapte Jane hem af.

Dusss…

Dit was een van Scarletts vrienden. Of, om preciezer te zijn, een van Scarletts vandaag-nog-hier-maar-morgen-weer-vertrokken scharrels. Janes beste vriendin (en sinds een week huisgenoot) Scarlett Harp stond erom bekend dat ze jongens expres een valse naam of een fout telefoonnummer gaf (of alle twee), zodat ze hen niet nog eens hoefde te ontmoeten. Als de volgende ochtend bleek dat ze de jongen echt aardig vond en hem vaker wilde zien, zei ze gewoon dat ze de avond ervoor te dronken was geweest om de juiste informatie te geven, sorry…

Maar dat gebeurde bijna nooit. Als het op langdurige relaties aankwam, had Scarlett bindingsangst (volgens Jane) en was ze zeer kritisch (volgens Scarlett zelf).

Maar goed, wat deed die jongen in godsnaam in haar bed?

'Cassandra is in de kamer hiernaast,' meldde Jane kortaf.

De jongen grijnsde schaapachtig. 'O. Sorry, man. Ik moest vannacht naar de plee en…'

'Bespaar me de details.' Jane gaf hem een vriendelijk duwtje. 'Doei!' Ze draaide zich om toen hij zich uit haar bed hees, maar zag nog net een glimp van de slangentattoo die over zijn rug kronkelde. Iew.

Jane sprong haar bed uit en sloeg de deur achter hem dicht. Ze moest douchen, nu meteen. Wie weet hoe lang hij al in haar bed had gelegen en de boel had bevuild met Old Spice en mannenzweet?

In de glazen kom op haar nachtkastje gleed haar goudvis Bubbeltje door het water en zwaaide opgewonden met haar staart heen en weer.

'Ontbijt over twee seconden, Bubbel,' beloofde Jane. Ze hoopte dat het visvoer niet op was. Aten goudvissen ook cornflakes? Of muffinkruimels? Wat zat er eigenlijk in visvoer? En, veel belangrijker: waar was het visvoer?

Belangrijke dingen eerst. Douchen. Ze speurde de vloer af naar haar badjas. Ze liep naar de kast en stapte daarbij over een paar verhuisdozen die ze nog niet had uitgepakt. Op de dozen stond met paars oogpotlood 'Janes slaapkamer' geschreven, omdat ze geen stift had kunnen vinden tijdens haar inpakmarathon thuis in Santa Barbara.

Zij en Scarlett waren amper een week geleden naar Los Angeles verhuisd en ze was nog lang niet ingericht. Of eigenlijk leefde ze, zoals haar vader dat noemde, in een slagveld: pas als ze iets nodig had, rukte ze op het laatste moment een doos open. Zoals bij haar blauwe lievelingsbikini, of bij haar blender om een bananen-aardbeiensmoothie te maken. Elke dag zei ze tegen zichzelf dat ze binnenkort echt alles zou uitpakken. Misschien morgen. Of misschien volgende maand. Of zo.

Janes uitstelgedrag was iets wat haar nieuwe huisgenoot, Scarlett, maar al te goed kende. Er was sowieso weinig wat de twee vriendinnen niet van elkaar wisten.

Jane had Scarlett veertien jaar geleden op de kleuterschool voor het eerst ontmoet. In die tijd vond Jane het geweldig om in de verkleedkist te neuzen en haar klasgenoten aan te kleden met veren boa's, zijden sjaals, fluwelen mantels en kettingen van plastic kralen. Daarna speelde ze theevisite en schonk namaakthee in kleine plastic theekopjes. Maar de vijfjarige Scarlett deed nooit mee; volgens haar was verkleden, net als theevisite, een 'oppervlakkig spelletje voor oppervlakkige mensen'. Jane had destijds geen idee gehad wat 'oppervlakkig' betekende, maar ze was wel geïntrigeerd geweest door Scarletts rebelse geest en haar voor een vijfjarige zeer uitgebreide woordenschat.

Sinds die tijd waren ze beste vriendinnen. Scarlett was nog steeds dezelfde oude Scarlett: een rebel met idioot hoge cijfers die nooit aarzelde om te zeggen wat ze op haar hart had. En ondanks het feit dat ze weigerde haar haren te kammen of iets anders te dragen dan een spijkerbroek, was ze superknap.

En Jane was nog steeds dezelfde oude Jane: ook nu nog wilde ze het liefst mensen mooi aankleden en feesten organiseren. Dat was trouwens ook precies waarom ze na haar examen, na eerst uitgebreid met Scar door Europa te zijn getrokken, naar L.A. was verhuisd: om stage te lopen bij eventplanner Fiona Chen, die zich gespecialiseerd had in feesten en bruiloften van beroemdheden.

Scarlett zou aan haar eerste semester aan de 'Universiteit voor Snobs en Chique lui' beginnen (beter bekend als de *University of Southern California*, oftewel U.S.C.), en dus hadden ze samen een appartement in Hollywood gezocht. Het was niet de mooiste woonruimte ter wereld en ook niet de grootste. Of de stilste; Janes slaapkamerraam was ongeveer zes meter verwijderd van de afslag naar de snelweg. Al bleek dat een geluk bij een ongeluk, want de muur tussen haar kamer en die van Scarlett was nogal dun en Scarlett had haar, eh… jongensverslaving. Dus het constante geraas van het verkeer was net witte ruis die het geluid uit de naastliggende kamer ophief. Min of meer.

Ze was dan nog misschien niet helemaal klaar met uitpakken, maar Jane had al wel allerlei ideeën om hun eenvoudige nieuwe huisje aan te kleden. Met een beetje verf (ze dacht aan turquoise, mandarijn, roomwit), een paar planten (bromelia's, cactussen, een ficus met kerstlampjes erin) en met wat goedkope spulletjes van *Target* (zijden kussens, fluwelen grand foulards, nepantieke lampjes) werd het een paleisje. Optimisme was een andere bekende karaktertrek van Jane.

In haar hoofd was Jane altijd bezig met plannen en fantaseren; ze borrelde van de creativiteit. Zelfs nu, terwijl ze voor haar kastdeur stond, werd ze afgeleid door een knipsel uit een tijdschrift dat ze erop had geplakt: een foto van een antieke paarse waaier met kleine glazen kraaltjes. Wanneer ze door *Elle, Vogue, Dwell* of andere bladen bladerde, was ze voortdurend geïnspireerd en kreeg ze allerlei ideeën over wat paste bij een Oscaruitreiking-afterparty, een bruiloft op het strand of een verjaardagsgala om middernacht. (Veel van haar vrienden leefden alleen om te feesten, maar Jane leefde om feesten te organiseren.) Ze had de beige of cappuccinokleurige muren (of waren ze gewoon smerig?) volgehangen met uitgeknipte plaatjes van prachtige zalen en locaties, ingenieuze bloemstukken en andere mooie spullen.

Jane zag haar zachte blauwe badjas op de bodem van haar kast liggen, vlak naast Bubbeltjes visvoer. Kijk altijd eerst op de bodem van je kast, zei ze tegen zichzelf. Ze was zo opgewonden over haar stageplek. En dat ze nu écht in Los Angeles was. Ze kon niet wachten om te gaan genieten van haar nieuwe baantje, nieuwe jongens, nieuwe avonturen, nieuwe alles. Zij en Scarlett zouden het echt geweldig hebben.

Janes leven was altijd (nou ja, bijna altijd) prettig en voorspelbaar geweest. Ze wist niet precies hoe en wanneer, maar dat zou veranderen. Verhuizen naar L.A., wachten met naar de universiteit gaan om de stage bij Fiona Chen te kunnen doen… dat was allemaal bedoeld om de boel een beetje op te schudden, om ruimte te maken in haar leven voor iets nieuws en fantastisch.

Janes prettige fantasie werd verstoord door het geluid van een harde boer en daarna het doortrekken van het toilet. Een paar seconden later werd er op de deur geklopt. 'Cassandra?' vroeg een jongensstem.

'Eén deur verder!' riep Jane terug.

Ugh. Haar nieuwe fantastische leven zou moeten wachten tot zij en Scarlett een aantal huisregels hadden vastgesteld. Zoals… dat Scarlett geen jongens mee naar huis mocht nemen die te stom of te stoned waren om haar kamer terug te vinden.

Bij nader inzien, misschien kon ze beter investeren in een slot op haar slaapkamerdeur.

2

JE BENT GEEN COMPLÉTE TRUT

Scarlett schonk zwarte koffie in haar lievelingsbeker, waarop stond: *Cogito, ergo sum*, haar favoriete uitspraak van haar favoriete filosoof, René Descartes. Het was Latijn voor 'Ik denk, dus ik besta', maar ze vond het leuk om iedereen die het zich afvroeg te vertellen dat het Swahili was voor 'Ik ben oppervlakkig, maar jij bent lelijk'. Terwijl ze zichzelf eigenlijk het tegenovergestelde van oppervlakkig vond, en schoonheid – of in ieder geval wat daarvoor doorging in Zuid-Californië – volgens haar ernstig werd overgewaardeerd.

Scarlett wist dat ze een vreemd gevoel voor humor had. Het maakte dat mensen enigszins op hun hoede waren voor haar, maar dat vond ze wel prettig.

De late ochtendzon scheen door de vieze ramen en verlichtte de piskleurige keukenmuren. Buiten zwaaiden palmbladeren heen en weer tegen de zwart-witte achtergrond van de reclame die deze week op het billboard hing: een of ander meisje dat een string showde. Vanaf de straat klonken allerlei geluiden: getoeter van auto's, rapmuziek uit iemands flatje, de vent van de Spaanse bodega beneden, die liep te vloeken. (Scarlett sprak vier talen redelijk, waaronder Spaans, en ze herkende *mierda* en *caray*.) De ventilatoren in de ramen zoemden zachtjes en zetten de benauwde lucht in beweging zonder het echt koeler in huis te maken. De gebarsten witte thermometer met de smiley erop gaf 33 graden aan.

Terwijl ze van haar French Roast-koffie van *The Coffee Bean & Tea Leaf* dronk, ving Scarlett een glimp van zichzelf op in de tweedehands spiegel die Jane naast de koelkast had neergezet om 'de kamer er groter uit te laten zien'. (Maar waarom zou je een piskleurige ruimte er eigenlijk groter uit willen laten zien?) Ze droeg een verbleekt zwart hemdje en een jongensboxer van *American Apparel* en herinnerde zich alle keren dat jongens tegen haar gezegd hadden dat ze er juist in deze outfit zo sexy uitzag. Maar haar uiterlijk was niet iets waar ze veel over nadacht. Haar aantrekkelijkheid stond soms zelfs in de weg van wat ze werkelijk wilde. Het maakte andere meisjes jaloers op haar, zodat ze haar afkatten (op z'n best) of zich gedroegen als saboterende, aan PMS lijdende psycho-bitches from hell. Het maakte dat jongens niet verder dan haar superlange, golvende donkere haar, olijfkleurige huid en doordringende groene ogen keken om te ontdekken dat ze daadwerkelijk hersens bezat, die ze hard trainde en waar ze zelfs erg trots op was. Het vinden van scharrels was daardoor gemakkelijk, maar vriendschappen met jongens nagenoeg onmogelijk. Haar knappe uiterlijk maakte dat haar ouders – mam was een psych (kots) en pap een plastisch chirurg (dubbel kots) – regelmatig tegen haar preekten over de gevaren van seks. Alsof alleen sexy meisjes zwanger werden of een geslachtsziekte kregen…

Scarlett had in een of ander boek gelezen dat men dacht dat Descartes maar één keer in zijn leven seks had gehad. Arme Descartes! Misschien had meneer 'Ik denk, dus ik besta' iets meer tijd moeten besteden aan het denken over seks. Scarlett geloofde hartstochtelijk in een geestelijk én lichamelijk bevredigend leven, dat wil zeggen: zo briljant mogelijk zijn én zo vaak mogelijk mannen versieren. Dat was het goede leven, als het aan haar lag. Ook al leidde het soms tot vergissingen, zoals het foutje dat ze de afgelopen nacht mee naar huis had genomen.

'Goeiemorgen.'

Scarlett keek op. In de deuropening stond Jane, die een geeuw probeerde te onderdrukken. Ze droeg de blauwe badjas waarin ze eruitzag

alsof ze tien was, en haar lange blonde haren waren nat. Er zat een veeg witte dagcrème op haar enigszins sproetige neus en ze rook naar aardbeienshampoo. Ze zag eruit als de schattige kleine sloddervos die ze altijd was. Ze leek op de *girl next door* en had ook de onschuld die daarbij hoorde. Die onschuld maakte dat sommige mensen (zoals Scarlett) haar het liefst tegen alles zouden willen beschermen. Het maakte dat andere (zoals alle klootzakken op deze wereld) haar voortdurend probeerden te gebruiken.

Scarlett glimlachte. 'Hé. Wou je een ontbijtje? Of is het al tijd voor de lunch?'

'Hm. Wat hebben we?' vroeg Jane.

Scarlett trok de koelkast open. Een twijfelachtige halve limoen, één soja-yoghurtje met perziksmaak met gisteren als uiterste houdbaarheidsdatum, en een pizzadoos waar nog wat punten in zaten van een paar dagen geleden.

'Hmmm. Misschien kunnen we beter ergens wat gaan eten,' stelde Scarlett voor toen ze de inhoud van de koelkast zag.

Jane kwam bij haar staan. Met haar één meter vijfenzestig was ze net tien centimeter korter dan Scarlett. 'Nou ja… Ik wil je natuurlijk niet losrukken van je knappe, nieuwe vriendje,' plaagde ze.

Scarlett lachte.

'Ik had vanochtend al het genoegen hem te ontmoeten,' ging Jane verder. 'In mijn bed.'

'Sorry?!'

'Hij was per ongeluk mijn slaapkamer binnengewandeld. Ik weet niet, Scar. Hij voldeed niet helemaal aan de eisen die je normaal gesproken stelt.' Jane grijnsde.

Scarlett lachte terug. 'Ach, nou ja, wat zal ik ervan zeggen? Ik kwam hem een paar avonden geleden tegen bij de tweedehandsboekwinkel om de hoek. Hij stond in het gangetje bij de literatuur en las James Joyce. Hij leek me wel interessant, dus toen hij me mee uit vroeg, heb ik ja gezegd.' Ze voegde er nog aan toe: 'Trouwens, hij is alweer weg. En dat is, zoals je weet, precies hoe ik mijn mannen graag zie.'